उपासना

उपासना का जन्म 8 अक्टूबर, 1984 को चित्तरंजन, पश्चिम बंगाल में हुआ। हिन्दी साहित्य और शिक्षा में स्नातकोत्तर, बी.एड., अंकन रत्न (डिप्लोमा इन पेंटिंग)। कुछ वर्षों तक स्कूली शिक्षा में कार्य करने के पश्चात फिलहाल स्वतंत्र लेखन। सुगमकर्ता के रूप में बाल-साहित्य की कार्यशालाओं से जुड़ाव।

उनकी प्रकाशित पुस्तकें हैं—'एक ज़िन्दगी...एक स्क्रिप्ट भर!', 'दरिया बन्दर कोट' (कहानी-संग्रह); 'डेस्क पर लिखे नाम' (बाल-उपन्यास); 'बैंगन नहीं आए' (बाल-नाटक)। बाल-उपन्यास और बाल-नाटक का क्रमशः कुमाऊँनी एवं मराठी में अनुवाद।

उन्हें 'भारतीय ज्ञानपीठ नवलेखन पुरस्कार', 'वनमाली विशिष्ट कथा सम्मान' और 'विजय मोहन सिंह कथा सम्मान' से सम्मानित किया गया है।

ई-मेल : chaubeyupasana@gmail.com

एक ज़िन्दगी...एक स्क्रिप्ट भर!

उपासना

लोकभारती पेपरबैक्स

लोकभारती पेपरबैक्स में
पहला संस्करण : 2024

लोकभारती पेपरबैक्स : उत्कृष्ट साहित्य के लोकप्रिय संस्करण

लोकभारती प्रकाशन
पहली मंजिल, दरबारी बिल्डिंग, महात्मा गांधी मार्ग
प्रयागराज-211 001
द्वारा प्रकाशित

शाखाएँ : 1-बी, नेताजी सुभाष मार्ग, दरियागंज, नई दिल्ली-110 002
अशोक राजपथ, साइंस कॉलेज के सामने, पटना-800 006
1, अनमोल सोराबजी सन्तुक लेन, धोबी तलाव, मरीन लाइंस, मुम्बई-400 002

वेबसाइट : www.lokbhartiprakashan.com
ई-मेल : info@lokbhartiprakashan.com

विकास कंप्यूटर एंड प्रिंटर्स
ट्रॉनिका सिटी-201 102
द्वारा मुद्रित

मूल्य : ₹250

EK ZINDAGI...EK SCRIPT BHAR!
Stories by Upasana

ISBN : 978-81-19996-42-1

आवाज़ देकर देख लो, शायद वो मिल ही जाए
वरना ये उम्र भर का सफ़र रायगाँ तो है ही!

—मुनीर नियाज़ी

क्रम

एक ज़िन्दगी...एक स्क्रिप्ट भर!

एक ज़िन्दगी...एक स्क्रिप्ट भर!

तो हज़रत इसे कहानी समझने की भूल हरगिज भी न कीजिएगा। पन्नों पर स्क्रिप्ट-दर-स्क्रिप्ट पार होती बाकायदा एक फ़िल्म है यह। निहायत ही पिटी हुई, घिसी हुई थीम वाली, और बहुत-बहुत पहले की रिलीज हो चुकी फ़िल्म।

फ़िल्म दरअसल शहर के ही दो स्कूलों से आरम्भ होती है, देशबन्धु विद्यालय (बालिका) और देशबन्धु विद्यालय (बालक)!

डी.वी. गर्ल्स और डी.वी. ब्वायज़ ये स्कूल सुविख्यात और कुख्यात दोनों हैं। कहा जाता है न जो है नाम वाला वही तो बदनाम है। रिजल्ट ज़्यादा अच्छा होता है इन्हीं दो स्कूलों का, ज़्यादा फिसड्डी बच्चे इन्हीं दो स्कूलों में, मार्चपास्ट का चैम्पियन डी.वी. गर्ल्स, दौड़ का चैम्पियन डी.वी. ब्वायज़।

मारपीट में आगे डी.वी. ब्वायज़, मारपीट करवाने में आगे डी.वी. गर्ल्स। लड़ते हैं लड़के, मुद्दा होती हैं बेचारी लड़कियाँ। पुराने जमाने से होती आ रही हैं ज़र, ज़मीन और जोरू के लिए लड़ाइयाँ।

गर्ल्स स्कूल की लड़कियों को यदि ब्वायज़ स्कूल के बाहर का कोई लड़का छेड़ बैठे या प्रेम प्रस्ताव कर बैठे तो यह बात ब्वायज़ स्कूल के शान के ख़िलाफ़ हो जाती है। लाठियाँ, पंच चलने लगते हैं (उस वक़्त पिस्टल इतने प्रचलन में नहीं थी वरना शायद वह भी चलती)।

गर्ल्स स्कूल की लड़कियाँ अपनी कीमत जानती हैं और कीमत को सहेजकर रखना भी।

दसवीं तक की लड़कियाँ घुटनों से दो हाथ नीचे तक की नेवी ब्लू स्कर्ट पर सफ़ेद हाफ शर्ट पहनती हैं तथा ग्यारहवीं, बारहवीं की लड़कियाँ लाल पाड़ की सफ़ेद साड़ी। लड़कियाँ मिठाई के डिब्बे पर मिलने वाला गाडर लगाती हैं,

सफ़ेद जूता-मोजा पहनती हैं। स्टील के टिफिन बॉक्स में पराँठा-भुजिया या रोटी-अचार लेकर प्लास्टिक के झोले को काँख में दाब कर पैदल स्कूल जाती हैं।

लड़के टिफिन नहीं ले जाते, पैदल भी नहीं जाते, साइकिल से जाते हैं। दसवीं तक के लड़के सफ़ेद पैंट पर सफ़ेद शर्ट पहनते हैं जबकि ग्यारहवीं, बारहवीं के लड़के चॉकलेटी पैंट।

लड़कों के टिफिन नहीं ले जाने का एक बहुत ख़ूबसूरत कारण है। वो टिफिन नहीं ले जाते पर लंच टाइम उनको बहुत तेज की भूख लग जाती है। अब भूख का निवारण कैसे हो? तब वो डी.वी. गर्ल्स के सामने जाते हैं, ऐन सामने। जहाँ से समूचा स्कूल दिखता है, स्कूल की कक्षाएँ दिखती हैं, कक्षाओं की खिड़कियाँ दिखती हैं, खिड़कियों से सटी बेंचों पर बैठी हुई गोरी, साँवली, हँसती, फुदकती गौरइयों-सी मासूम लड़कियाँ।

लड़के स्कूल के ऐन सामने जाकर चाट वाले के यहाँ खड़े हो जाते हैं। पेट की क्षुधा शान्त करते हैं और आँखों की प्यास भी। चाट वाला लड़कियों की हँसी को लाख-लाख दुआएँ देता प्लेट पर प्लेट सजाता जाता है। चाट वाले को लड़कियों की अपेक्षा लड़कों को खिलाने में अच्छा लगता है। अव्वल तो लड़कियाँ लंच टाइम में बाहर नहीं निकलतीं, अलाउ नहीं है न! (अलाउ तो खैर लड़कों को भी नहीं है, पर क्या करें लड़के अमान हैं) इसलिए लड़कियाँ छुट्टी के समय पूरी भीड़ जमा कर, हड़बड़ी-गड़बड़ी करतीं, जल्दी मचातीं, शोर करतीं, दिमाग़ खा जाती हैं। एक-एक पैसे का हिसाब रखेंगी और चिल्लपों करती भाग जाएँगी। उनके उलट लड़के बड़ी फुरसत से सीनियर सिटिजन की भाँति आते हैं। राजनीति, क्रिकेट, फ़िल्म, पढ़ाई, कैरियर, रोज़गार और किसी खास को बतियाते हैं।

चाट वाले से उसके बीवी-बच्चों का समाचार पूछते हैं, बियाह से पहले के 'चक्कर' का भी पूछते हैं...फिर बिना हिसाब-किताब किये जितना माँगो उतना थमा कर गर्ल्स स्कूल की बिल्डिंग को निहारते आहें भरते चले भी जाते हैं और इसलिए चाट वाले को बड़ा भाते हैं।

ऐसे ही एक दिन मजलिस जमी है चाट वाले की। कुल दस-पन्द्रह लड़के हैं, सभी चॉकलेटी पैंट पहने हुए। कुछ चाट वाले के ठेले को घेरकर खड़े हैं, कुछ पास की बेंच पर बैठे हुए हैं। और एक अकेला लड़का अशोक के छाँव तले चट्टान पर बैठा है। सभी लड़कों में वही ज़रा चुप-चुप-सा है।

निर्निमेष आँखों से गर्ल्स स्कूल की बिल्डिंग को ताकता है फिर निराश होकर चाट वाले का चाट सजाना देखने लगता है।

"...का ताक रहा है शंकर? लउकी कि नहीं?" बेंच पर बैठे लड़कों में से एक सुनील पूछता है। शंकर कुछ नहीं कहते।

"तुको नहीं मालूम क्या...?" बेंच पर ही बैठे हुए लड़कों में से दूसरा लड़का मनोज सुनील से पूछता है।

"ना...क्या?"सुनील का प्रतिप्रश्न।

"उसका सादी ठीक हो गया है...।" मनोज जैसे धमाका-सा करता है।

सारे लड़कों का ध्यान अब इसी तरफ़ हो गया है। चाट वाले ने चाट सजाना छोड़ रखा है।

"इ लो...इ मउगे से मिलो। इनकी माशूका बियाह करने जा रही है और ये ससुर छिल्लू उनका चरणचिह्न निहारने हियाँ आए हैं।...क्यों बे?"

शंकर उठकर खड़े हो गए हैं। लड़कों की ओर पीठ करके स्वयं को छिपाने का अन्तिम प्रयास करते हुए।

"हम तो जनबे करते थे कि अइसा ही कुछ होगा। केतना समझाए इ सब चक्कर में मत पड़ बेटा, बेकार का झमेला है, पर इ लोग काहे सुनेगा! लड़की देख के बउरा जाता है न, आसिकी का भूत सवार रहता है इ लोग पर...लो भुगतो।"

शंकर कुछ कहने को मुँह खोलते हैं, पर "कहना बेकार है" की तर्ज पर एक गहरी साँस छोड़कर सिर झटककर चल देते हैं। शंकर हैं छह फुटे लम्बे साँवले किशोर जात के अहीर जो गया जिले के हैं। बाप सोलह नं. शॉप में फिटर है, लाल पास धारी।

कक्षा के दूसरे कई बच्चों के बैग में रखा सी.एल.डब्ल्यू. कारखाने का रजिस्टर शंकर के लिए सदा वर्जित फल रहा।

दूसरी बाज़ारू जिस्ता कॉपियों से ऊब चुके शंकर हमेशा से रजिस्टर के पीले पन्नों के मुरीद थे। जिसके सबसे ऊपरी दाहिने कोने में 'सी.एल.डब्ल्यू.' चटकार-सी स्याही से छपा था। पर, राजपत यादव का तकियाकलाम शंकर के नीतिशास्त्र की किताब का पहला पन्ना था। (चूँकि पहली पाठशाला घर...!)

"रजिस्टर कारखाना के काम के लिए सरकार देती है, तुमरा मुल्ला जी का हिसाब लिखने के लिए नहीं।"

यही राजपत यादव हर महीने के आख़िरी हफ़्ते के दूसरे-तीसरे दिन को फर्स्ट शिफ्ट ड्यूटी करते हैं...फिर शाम को जम्मूतवी पकड़कर गया चल देते हैं...चूरा, आम, चावल, गेहूँ लाने। और महीने के आख़िरी ये दो-चार दिन शंकर के दिन होते हैं दिन भर घूमते हैं...ख़ूब!

शंकर चित्तरंजन नामक इस शहर के एक गँवई एरिया में रहते हैं, जो ऐन नदी के किनारे है। नदी के उस पार बिहार और इस पार फतेहपुर। फतेहपुर में रास्ता नं. इक्यावन, क्वार्टर नं. बारह ए यानी ऐन गीता के सामने।

गीता के पिता फिटर नहीं हैं, चार्जमैन हो गए हैं, हरे पासधारी। उनको ए टाइप नहीं सी टाइप क्वार्टर मिल गया है...बोले तो छोटा-मोटा बँगला जैसे। पर वो ए टाइप क्वार्टर में ही रहते हैं, फतेहपुर के इक्यावन नं. रास्ता में ही। उनका कहना है कि "हम इंहे रहेंगे, अपने भाषाभाषी, अपने गाँव-जवार के आदमी लगे ही...।"

परताप चन्द देवरिया के राजपूत हैं।

गीता और शंकर एक ही कक्षा में हैं। दोनों एक-दूसरे को तब से जानते हैं जब उनका जन्म भी नहीं हुआ था...अपने-अपने माँ-पिता की आँखों से।

चौहत्तर की स्ट्राइक के वक़्त गीता पेट में थी, शंकर हो चुके थे।

शंकर पढ़ाई में ठीकठाक हैं। बंगाल बोर्ड से मैट्रिक में बासठ प्रतिशत उनकी उपलब्धि है जिसे वो जात-पांत को चीरकर रख देनेवाले हथियार के तौर पर सँभालते हैं। गीता थर्ड डिवीजन खींच पाई हैं।

गीता को तो आर्ट्स में ही जाना था, शंकर जबरन विज्ञान में धकियाए गए। बहुत से पल जो गीता के हिस्से थे, अब फिजिक्स, कैमिस्ट्री और मैथ्स के हिस्से चले गए। गीता को तब भी अपनी सम्पत्ति का पता नहीं था, अब भी नहीं जान पाईं, हिस्सेदारी बँट जाने के बाद भी।

अलबत्ता शंकर बहुत दुखी थे। सबसे ज़्यादा क्रोध उन्हें फिजिक्स पर था जिसने उनसे सप्ताह की तीन ख़ूबसूरत शामें छीन ली थीं। शाम...जब वो बरामदे से सटी सीढ़ियों पर बैठे, गोद में अंग्रेजी की किताब रखकर, उस नेटा चुआती, सुर्रसुर्र करती, दोपट्टे से नाक रगड़ती को बेरबागर देख लेते हैं। दो आँखें 'टेक्नालॉजी फॉर मैनकाइंड' पर और दिमाग़ कितकित के खेल पर! कितकित वैसे तो लड़कियों का खेल होता है। समतल सीमेंटेड जगह पर चिचरी

खाँच कर घर बनाया जाता है, फिर लँगड़ी टाँग से चिकनी गोटी को एक घर से दूसरे घर में फेंका जाता है।

शंकर नहीं जानते इस कितकित के खेल में गीता का प्रिय सेगमेंट 'रेडीहप' है। जब मुँह पर हाथ धरे, बिना जरा-सी भी आवाज़ किये बस गोटियों को इधर-उधर करना होता है।

पर शुक्र अदा कीजिए अंग्रेजी का...शंकर सप्ताह की तीन शाम उसे पेन्सिल से अंग्रेजी के कठिन शब्दों को घेरते हुए देखते हैं। या सर की ओर मुँह बाए हुए पाठ को समझ लेने की जद्दोजहद में भिड़े हुए। सुर्रसुर्र अब भी करती हैं... रूमाल से रगड़ती भी हैं नाक!

'चीज़ों को याद रखना' हमारे वश में नहीं है और न 'चीज़ों को नहीं याद रखना' ही। जिन्हें 'याद नहीं करना' हमारे वश में नहीं है दरअसल वो हमारी साँस के साथ-साथ हमारे अस्तित्व में उतराती-गहराती हैं।

...सुबह उठकर मुँह धोने से आरम्भ होनेवाली चीज़ें जो रात के बियाबान में आख़िरी बेचैन करवट तक बनी रहती हैं।

'चीज़ों को याद रखना' के क्रम में गीता रानी आज अपने इकलौते रूमाल को (परताप चन्द की पुरानी लुंगी से एक चौकोर टुकड़े को काटकर चारों तरफ़ से मोड़कर सिले हुए को अगर रूमाल कहा जा सके तो...) छोड़ आई हैं।

चींटी के क़दमों की आहट आप उस ट्यूशन में साफ़-साफ़ सुन सकते थे। चार ईंटों पर खड़ी चौकी को अभी कुछ घंटों के लिए डेस्क हो जाना था, जिसके तीन ओर बेंच हैं, लड़के लड़कियों से अँटे पड़ी।

लड़की की नाक का लिसलिसा द्रव जरा-सा नीचे सरक गया है।

गीता ऑक्सीजन को खींचने के क्रम में उसे भी खींच लेती है।

नेटा फिर सरकता है नीचे...।

सर्र ऽऽऽऽऽ...ऽऽऽऽऽ र्रांट !!!

'द पैकिंग' समझाते सर और समझते बच्चे पहले तो चिहुँकते हैं, फिर देर तक कमरे में जाने कैसी धीमी फुसफसाहटों, खिलखिलाहटों जैसी आवाज़ों की प्रतिध्वनि गूँजती रहती है।

कुछ नहीं सुनती लड़की रोआँसी हो जाती है। बिना किसी प्रयास या पूर्व अर्जित अभ्यास कि लड़की की नज़र स्वतः ही लड़के की खामोश होंठों वाली

बोलती नज़र पर जाकर ठहरती है। लड़की को उन आँखों में एक बहुत बड़ी गुफा का भरम होता है जहाँ वह अपने आप को समूचा छिपा सकती है।

शंकर गीता की मोटी-मोटी आँखों की नरमाई को बूझते हैं। शंकर ये भी जानते हैं कि गीता भी सब बूझती हैं...खाली बनती हैं। बनती हैं, इसलिए नहीं कि बनतू हैं, बल्कि इसलिए कि पूरी डरपोक्की हैं।

शंकर दो बातें सोचते हैं...एक पच्छ की एक विपच्छ की! पच्छ में उनके पढ़ाई में अच्छे होने से लेकर वे तमाम बातें हैं जो अहीर जींमदार के लेबल को धुँधला करती हैं। पर विपच्छ की एक ही बात उनके लिए रातों को जगकर तारे गिनने के लिए काफी है...ओह राम जी हो! हम अहीर क्यों हुए—

(अपने जात-बिरादर के विपरीत शंकर के इष्टदेव श्रीराम हैं)

पर सारी बाधाओं, सारी नकारात्मकताओं के बावजूद शंकर पूरे आशावान हैं...पूरी तरह सकारात्मकता से भरे हुए..."सब ठीक होगा, बस अच्छा होगा।" जाने ये अच्छा होना कब के लिए है...जाने कब से चिर प्रतीक्षित!!

शंकर बस स्टैंड पर खड़े अगोर रहे थे।

शहर सोया-सोया जागा था।

जेठ की नीम दोपहर उतरती हुई...साँझ के इन्तज़ार में। अगर इतवार न होता तो चार की सीटी के दस मिनट पश्चात् का यह समय, फतेहपुर बस स्टैंड का यह चौराहा नीड़ को लौटते पक्षियों सा चहचहा रहा होता! पर चौराहा अलसाई दोपहर सा उदास, वीरान, सुनसपाट था।

यह सुनसपाटपन शंकर को भला लग रहा था। शंकर देख रहे थे हर चीज़...। जो चीज़, जिस चीज़ के साथ पहचानी जाती है अगर कभी बिना उसके चीज़ दिख जाए तो अजब सा भयावह खालीपन लगता है...रीता-रीता सा...।

स्टैंड के सामने एक कतार में गुमटियाँ लगी हुई हैं। सामने गोपाल की पान गुमटी, फिर पाठक की मोदीखाने की दुकान, फिर देबु की श्रृंगारपटार की छोटी-सी सीमेंटेड दुकान और उसके दाएँ भगत नाई का सैलून! और सैलून के पीछे मोटे काले तने वाला वह करंज का पेड़ (शंकर जानते हैं हर महीने गीता के यहाँ लक्स और ठंडा तेल देबु के यहाँ से जाता है।)

शंकर सोच रहे हैं ये गुमटियाँ भी कितनी उदास-वीरान लग रही हैं इनकी पहचान के बिना। अगर कभी इन गुमटियों, इन दुकानों के आगे से गोपाल, पाठक या देबु का नाम हट जाए तो क्या बचेगा फिर...?

ढलती हुई उदास दोपहर शंकर के मन पर उतर रही थी।

शंकर अपनी लम्बी-गठीली उँगलियों को चटकाते हैं...चट् चट् चट्!

वो टीन के शेड में आकर खड़े हो गए।

वह देख रहे हैं पूरा बस स्टैंड...सारा चीन्हा-पहचाना, अपनी-अपनी पहचान के साथ! देख रहे हैं गोपाल को पान के पत्ते पर चूना लगाते हुए, पाठक को चीनी तौलते हुए और देख रहे हैं देबु दा को, जो शंकर के हाथों में लक्स थमा रहा है।

बीस क़दम की दूरी पर सेठ की दुकान का शटर खड़खड़ की आवाज़ के साथ खुलता है।

जैसे घने जंगल में कोई चीख गूँज कर शान्त हो गई।

एक नन्ही-सी गौरैया कहाँ से तो उड़ती हुई आई और बस स्टैंड पर बने हुए इकलौते नल के पनोहे पर बैठ गई। गौरैया चोंच चांपाकल की जड़ पर लगाती है।

ईश्शश्...धिक्कल!!

गौरैया फुदककर जा बैठती है नल के ऊपर। कल के आरोह-अवरोह पर ठोर लगाती है,

ईश्श्शश्...धिक्कल!!

जेठ सारा गीलापन सोख चुका है।

शंकर का जी किया कि हींच के चला दें नल। हरहरा कर ख़ूब सारा पानी निकल आए। नन्ही गौरैया जमाने भर की तपिश से हारी इस बारिश में भीगकर अकबका जाए।

"तुम कहाँ जा रहा है शंकर?"

शंकर घूमकर पीछे देखते हैं... "अमलादई जा रहे हैं!"

फिर गौरैया को देखते हैं...।

गौरैया उड़ी...फुर्रर्ऽऽऽ!

परताप चन्द आगे कुछ नहीं पूछते। वो भी अपनी तीनों कन्याओं समेत वहीं जा रहे हैं।

पता नहीं शंकर को क्या चुभ गया गीता का आना, या गीता का इस वक़्त आना।

पर..., कुछ था जो उन्हें खटक गया। गीता बस के पहले दरवाज़े से चढ़ीं...शंकर पिछवाड़े से। भीड़ ने ठेलठाल कर गीता को बस के बीच में पहुँचा दिया है और शंकर को भी। संयोगवश शंकर को एक सीट मिल गई। उन्होंने गीता को देखा।

गीता नहीं बैठीं तथा एक आदमी की उस सीट पर अपनी दोनों छोटी बहनों को ठूँस दिया।

गीता शंकर की ओर पीठ करके खड़ी हैं। परताप चन्द केबिन में हैं पर वो जानती हैं कि परताप चन्द की नज़र उन पर तथा उनके आसपास ही है। सो गीता सावधान हैं कि जब भी पिता उन्हें देखें तो चाहे वो कहीं भी देखती रहें, पर शंकर को देखती न पकड़ी जाएँ।

वो उदास-सा गोल्डेन कलर का सूट पहनी हुई हैं।

काले लम्बे बालों की तेल चुपड़ी चोटी कमर पर झूल रही है।

गीता शंकर को नहीं देख पा रही हैं, पर शंकर जानते हैं कि गीता समझ रही हैं कि वो उन्हें ही ताक रहे हैं।

गोल्डेन कलर का फूलों वाला दुपट्टा फरफराता है। शंकर दुपट्टे को देखते हैं।

शंकर सीट का हेलान देकर खड़े हैं।

दुपट्टा फरफराता है...शंकर के हाथ पर...।

यह कोमल स्पर्श शंकर की उपलब्धि है। उन्होंने चाँद की ठंडाई को छू लिया है।

वो गीता की गर्दन को देखते हैं...।

शिशु की कोमल हथेलियों सी गर्दन...एकदम चिक्कन-चिक्कन!!

गर्दन का ऊपरी सिरा जहाँ से घने केशों की शुरुआत होती है वहाँ बालों की एक छोटी पतली लट चोटी में आने से छूट गई है। कलम के स्प्रिंग की तरह घुँघराली लट...शंकर का मन किया कि उसे उँगली से सीधा कर दें, या उँगली में लपेटकर और उलझा दें। गीता जब आगे की ओर सिर झुकाती हैं या पीछे उचककर बहनों को देखती हैं तो लट डोलती है दाएँ-बाएँ...

फर-फर-फर !!!

महीने का आख़िरी हफ़्ता...और हर महीने के अन्तिम दिनों में शंकर को मिलनेवाली स्वतंत्रता। इस बार शंकर के पिता अकेले 'गया' नहीं गए...शंकर की माँ और तीनों छोटे भाई-बहनों को लेकर गए।

सत्रह-अट्ठारह साल का लड़का बच्चा थोड़ी होता है।

"अकेले शंकर पकाएँगे कैसे?" की चिन्ता से त्रस्त गीता की माँ शंकर को नेवता दे आती हैं, "बबुआ हमरे किहाँ खा लेना...अपने कइसे बनाओगे!"

अप्रत्याशित रूप से मिले मनचाहे निमंत्रण से भकुआ गए हैं शंकर...

"नहीं-नहीं रहने दीजिए न चाची, दिक़्क़त काहे ला करती हैं...हम होटल में खा लेंगे...!!!"

"धत् पग्गल...दिक़्क़त कईसन! तु साँझी बेरा आ जाना अबेर मत करना...न!!"

गीता की माँ शंकर को बहुत मानती हैं। सीधा-सादा लड़का है न... नज़रतकैनी भी साफ़ है। सुहागा ये कि गीता की माँ जब भी कोई काम अढ़ाती हैं...शंकर लँगड़ी टाँग पर खड़े रहते हैं। गीता की माँ सिर्फ़ शंकर को ही नहीं, शंकर की माँ को भी ख़ूब मानती हैं..."बड़ी सरल हैं यदुआइन।"

पर इन्हीं सरल यदुआइन की एक बात गीता की माँ को जरा भी समझ में नहीं आती थी। क्यों यदुआइन दिन के वक़्त रोटी बनाती हैं और रात के वक़्त भात?

आख़िर एक दिन घेरकर बैठ गईं वो यदुआइन को और लगीं खोदने...। यदुआइन बिचारी सकुचा गईं और बोलीं...

"का हलिए न दीदी बड़ होत लइकन हथी ना तब दिन में कई कई बेर भूख लगबे करतइ। रोटी रेहतैहल त अचार, पियाज, तेल, नून, कुच्छौ साथे खा लेथिहल। भात लगि दाल सब्जि तोह लगबे करतई। से रात में एक्के बार भात खा के सुथ जा हथि।"

और तब गीता की माँ को एक नया दर्शन समझ में आया। सूझ-बूझ सिर्फ़ पैसे से नहीं आती, पैसे के नहीं रहने से भी आती है।

"चाची...बस हो गया अब रोटी मत दीजिएगा!"

बाहर कमरे से आवाज़ दौड़ती हुई किचन में जाकर थक जाती है।

"इ देख...जवानी का देह अहई तबउ तीन रोटी खात हैन...ख़ूब जम के खा लल्ला तबे देहे लागे।" आवाज़ रिवर्स रेस लगाती हुई बाहर कमरे में दौड़ी जाती है। बार-बार इस कमरे से उस कमरे में दौड़ती आवाज़ खिसिया जाती है।

"अब नहीं दौड़ेंगे हम...जाओ।" कहकर आवाज़ जाकर दूरदर्शन पर नज़र आती काली-सफ़ेद समाचार उद्घोषिका के बगल में बैठ जाती है।

आवाज़ के खिसिया जाने पर सब चुप हो गए हैं बस 'अविनाश कौर' बोल रही हैं।

इसलिए गीता प्लेट में रोटी लेकर बिना आवाज़ के बाहर कमरे में पहुँचती हैं।

बेआवाज़ ही रोटी पिता की थाली में रखती हैं।

मुड़ती हैं पिता के बाजू में बैठे हुए शंकर की ओर।

उद्धत होती हैं शंकर की थाली में रोटियाँ रखने को।

पर शंकर छेक लेते हैं दोनों हाथों से अपनी थाली।

गीता देखती हैं पिता की थाली, और उसकी ओट में पिता को, जो समाचार उद्घोषिका की आवाज़ में व्यस्त हैं। फिर, खामोश नज़रें घूमती हैं, शंकर की नज़रों पर। जरा-सी जिद, जरा-सा मनुहार, जरा-सी गुजारिश...और इन पर नमक की तरह बुरका हुआ क्रोध, प्रेम के दहीबड़े पर!

स्वत: ही हट जाते हैं, थाली को छेके हुए हाथ। आहिस्ता से रोटियाँ रखकर गीता मुस्कियाती उठ जाती हैं।

यह सब देखकर आवाज़ ख़ुश हो जाती है, और किलकारियाँ मारती भागती है किचन में। प्लेट देख माँ हैरान...!

"हाँ दो रोटियाँ बाउजी ने लीं, बाकी उसने।"

गीता, माँ की चौंकी हुई आँखों का मतलब बूझ जाती हैं।

" ओ चार रोटी लइ लिहेन अइ देख तीन रोटिये पै बस कहत रहेन औं चार खाए लेइ गएन...अपनै पेटे क अन्दाज़ नाय न एनका।" हँसती हैं, स्नेह से।

उनकी ओर पीठ किये मसालों में नमक ढूँढ़ती गीता कुटिलता से मुस्कियाती हैं।

शंकर सिर पीट लेने की ख्वाहिश लिए कौर दर कौर रोटियाँ टूँगते हैं।

आज पूरी ज़िन्दगी में शंकर के पहली बार भरपेट खाने को गीता दो रोटियाँ ज़्यादा खाकर सेलीब्रेट करती हैं।

गीता की एकमात्र पनाहगार रात है, जब वो अपने आप से भी छुपाए हुए राज़ आहिस्ता-आहिस्ता उतारकर उन्हें निहार सकती हैं। जाने रात के अँधेरे में कैसा सम्मोहन है कि उनकी आत्मा के सारे सच उस वक़्त निर्वस्त्र होने लगते हैं। वो उजाले की सारी उजली बातें अँधेरे में गुनने, ख़ुश होने के लिए सहेज लेती हैं।

गीता अन्दर वाले कमरे में सोती हैं। अन्दर वाले कमरे में खिड़की से सटी हुई काठ की एक चौड़ी चौकी बिछी हुई है...जिस पर गीता अपनी दोनों बहनों के साथ सोती हैं। पिता बाहर कमरे में चौकी पर और अम्मा वहीं पास की खाट पर सोती हैं।

बहनों के सो जाने के पश्चात् गीता खिड़की से टेक लगाकर बैठ जाती हैं। एक नई दुनिया का दरवाज़ा खुलता जाता है सामने। एक नई दुनिया, जहाँ गीता, बस गीता बनकर रहती हैं, गीता चन्द नहीं। और अपने आपको बस गीता समझना उनकी ज़िन्दगी का सबसे बड़ा सुख है।

शंकर सोचते हैं गीता कुछ नहीं सोचतीं। हाँ ये सच है कि गीता शंकर जितना नहीं सोचतीं पर जितना भी सोचती हैं शंकर को ही सोचती हैं।

गीता सोचती हैं, या याद करने की कोशिश करती हैं कि किस अचानक पल से उन्हें मगही बड़ी मीठी भाषा लगने लगी। पर बहुत याद करने पर भी उन्हें याद नहीं पड़ता कि कब से वो मगही सीख लेने की जद्दोजहद में भिड़ी हैं।

शायद ये सब उनके होश पारने लायक होने के पहले की बातें हैं।

गीता कभी यह सोच ही नहीं पातीं कि आठ के बाद 'नौ' नहीं हो तो क्या होगा? गणित सीखने के बाद से ही उन्हें लगता था...कि आठ है तो उसके बाद 'नौ' पक्का आएगा ही आएगा। सो गीता गिनती सुनाते वक़्त कहीं और गलती कर दें, पूरी गलती ही बेशक पर आठ के बाद 'नौ' वह धड़ल्ले से आँख मूँदे ही कह देती थीं। गीता को यह आठ के बाद 'नौ' इस कदर रट गया था कि वह आठ दूनि सोलह के बजाय 'नौ' ही कहती थीं। लाख सिखाने के बाद भी उन्हें 'नौ' ही रटा रहा। तब परताप चन्द ने इसका हल निकाला। जैसे ही गीता आठ दूनी 'नौ' का न बोलने को होतीं उल्टे हाथों का एक भरपूर थप्पड़ उनके होंठों पर पड़ता और गलती फौरन सुधर जाती...'सोलह'।

पर यह सिर्फ़ चेतन की बात है। रात की भरी पूरी नींद में अगर कोई गीता को उठाकर पूछे ऐ लड़की! आठ दूनी? गीता चूँकि औंघाई रहती हैं, इसलिए वो गले को टटोलना भूल जाती हैं और छूटते ही कहती हैं...'नौ'।

'नौ' कहते ही गीता का चेतन जाग जाता है। गीता अपने गले को देखती हैं। नज़र वहाँ तक नहीं पहुँच सकती है। पर, हाथ से टटोलने पर गीता को वहाँ मजबूत गठी हुई किसी चीज़ का घेरा महसूस होता है। और एक गाँठ भी।

लड़की जानती है इसकी रस्सी उसे दिखाई नहीं देगी पर इसका सिरा फतेहपुर के इक्यावन नं. रास्ते में पन्द्रह सी के क्वार्टर में है। उस क्वार्टर से रस्सी जितनी ढीली होती उतने ही नपे-तुले क़दम उनके पड़ते हैं। अब अगर लड़की झटके से दौड़ लगाती है तो हाथों से रस्सी तो छूट जाएगी पर लापरवाह और असावधान हाथ उसे पकड़ लेने की हड़बड़ी में अपने मय आँख, कान और भारीभरकम नाक सहित औंधे मुँह गिर पड़ेंगे और ये गिरना सिर्फ़ उस हाथ के लिए हत्यारा नहीं होगा बल्कि उस हाथ के तले पलते उन दो जोड़ी नन्हे हाथों के लिए भी।

गीता सोचती हैं अगर मारपीट जैसी बात आए, तो ये सब तो वो हँसते-हँसते सह लेंगी। पर ये रोने-धोने या बहनों का, माँ-बाप के एहसानों का वास्ता दिये जाने वाली स्क्रिप्ट में उसी दमखम के साथ अभिनय कर पाना उनकी कूवत से बाहर है (ध्यान रहे हज़रत कि गीता के लिए गीता के समय 'इमोशनल ब्लैकमेलिंग' जैसे शब्द का ईजाद नहीं हुआ था)

गीता भोली नहीं हैं, समझ और भोलेपन का घालमेल है इसलिए वो अपने समेत सारे अपनों का पक्ष बूझती हैं और यही उनकी तकलीफ है। गीता चाहती हैं कि वो सिर्फ़ अपना पक्ष बूझें। पर, यह उतना ही सरल है जितना यह भूल जाना कि वो स्वयंभू नहीं हैं।

नाक कुछ लोगों के लिए मार देने और मर जाने की हद तक ज़रूरी है। गीता जानती हैं कि परताप चन्द के लिए दूसरा काम ज़्यादा आसान है। इस जानने के बिन्दु पर पहुँचकर गीता को इस सारी दुनिया से, भयानक विरक्ति हो आती है। खतरनाक-सी नामालूम चिढ़ जैसे। इस भयानक विरक्ति के अहम केन्द्र रस्सी थामे हाथ हैं जो रस्सी से कसी हुई गर्दन के लिए तो मजबूत हैं, पर जाति-धर्म चिल्लाते होंठों के लिए उतने ही बेबस, निरीह और कमज़ोर। सो गीता कुमारी सोचती हैं कि इस कमज़ोरी को सज़ा दी जाए।

यूँ तो इस पूरी ज़िन्दगीनुमा सच्ची फ़िल्म के निर्देशक झूठमूठ के भगवान जी हैं पर मन-ही-मन गीता जिस फ़िल्म की स्क्रिप्ट लिख रही हैं उसके निर्देशक सिर्फ़ सचमुच के भगवान जी ही हो सकते हैं। तो तय रहा, नायिका गीता, निर्देशक सचमुच के ईश्वर और नायक? सारी दिक़्क़त तो साली यहीं है। क्या ज़रूरी है कि इस तबके की लिखी जा चुकी स्क्रिप्ट का नायक हू-ब-हू स्क्रिप्ट के अनुसार अभिनय करने को राजी हो जाए? यह भी तो हो सकता है कि नायक

सलमान खान सरीखा लेटलतीफ हो या यह कि नायक नखरीला हो। या फिर यह भी हो जाए कि नायक इस 'फ़िल्म' को करने से ही इनकार कर दे! पर गीता जानती हैं कि एक दफे अगर निर्देशक अपनी पर आ जाए तो उस एक दर्शक के लिए लिखी गई स्क्रिप्ट को बनने और रिलीज होने से कोई नहीं रोक सकता। नायक की तो औकात ही क्या!!

गीता यह भी बूझती हैं कि ज़िन्दगी की जिस स्क्रिप्ट को वो हमेशा लिखती सुधारती तथा जिसमें अपना सर्वश्रेष्ठ देने की सोचती आई हैं, उसे बनाना भले ही निर्देशक बने झूठमूठ के भगवान जी के लिए मुश्किल हो, पर जिस स्क्रिप्ट को वो अभी लिख रही हैं उसे बनाना सचमुच के भगवान जी के लिए कतई मुश्किल नहीं है।

सो गीता सर्वप्रथम निर्देशक को पटाने की रणनीति पर विचार करती हैं और निर्देशक को पटा पाने में सक्षम रणनीति का चुनाव कर तमाम चिन्ताओं से मुक्त होकर स्क्रिप्ट लिखती हैं।

स्क्रिप्ट में ब्याह हो रहा है गीता कुमारी का।

गीता कुमारी पियरी पहने वेदी पर बैठी हुई हैं।

उनकी बगल में ही बैठे हुए हैं स्क्रिप्ट के तथाकथित नायक जो अमरीश पुरी जैसे दिखते खलनायक सरीखे ही हैं।

अभयदान चाहिए मुझ बिचारी को क्योंकि ये जो स्क्रिप्ट ऊपर आरम्भ हुई है, उसकी लेखिका गीता हैं और जो कुछ बढ़ेगा-बीतेगा उसकी जिम्मेदार सिर्फ़ और सिर्फ़ ये नाक चुआती नायिका होगी। सो हज़रत ये इल्जाम मुझे कतई न जाए कि मैं 'भाग्यश्री' सरीखी सुन्दर, सुकोमल नायिका को बुढ़ऊ अनायक-नायक के पल्ले बाँधने का प्रपंच रच रही हूँ।

पाणिग्रहण के वक़्त नायिका यह सोच सकती है कि अगर अपनी ज़िन्दगी की वो खुद विधाता होती तो निःसन्देह इन हाथों की जगह वह हाथ होते जिनके स्पर्श मात्र से वह उन्हें पहचान जाती।

अगर यहाँ वो हाथ होते तो वह घूँघट के अन्दर यूँ काठ बनी न बैठी होती।

अगर यहाँ वो हाथ होते तो पियरी के ऊपर ओढ़ाए चादर के अन्दर वो सुख, गर्व और शर्म से काँप रही होती।

गीता सोचती हैं कि शर्म को निभाना अब उनके लिए इस पूरी ज़िन्दगी का सबसे कठिन सीन होगा। चूँकि गीता मँझी हुई अभिनेत्री हैं सो बेशक निभा जाएँ इसे भी पर हक़ीक़तन अब लाज-हया के वे कोमल अन्तरंग क्षण उनके लिए जल रही सब्ज़ी को चूल्हे से उतारना है।

आप कहेंगे गीता ऐसा कैसे सोच सकती हैं...? उन्हीं की लिखी स्क्रिप्ट तो है ये। तो एक फेवर नायिका का...यह स्क्रिप्ट गीता की फर्स्ट च्वाइस नहीं है।

गीता जी ब्याह कर आ जाती हैं अनायक-नायक के यहाँ।

दुनिया की कोई भी फ़िल्म समूची ज़िन्दगी को नहीं दिखा सकती। वो फ़िल्म नहीं मसखरी होती है जिसमें पूरी उम्र दिखाने का दावा है। भला यह कभी मुमकिन है कि एक पूरी ज़िन्दगी (जिसके हर पल में एक कहानी है या कह लें फ़िल्म की कहानी बरोबर स्क्रिप्ट) एक पूरी फ़िल्म में समा सके। अजी उस फ़िल्म को देखते न देखते एक पूरी फ़िल्म गुजर जाती है तीन घंटे वाली (ज़िन्दगी को लेकर कहें तो स्क्रिप्ट भर)।

फ़िल्म की ज़िन्दगी में गिने-चुने तयशुदा चरित्र होते हैं, पर बेपनाह ज़िन्दगी की बेपनाह फ़िल्मों में बेपनाह किरदार आते हैं। और अपने अपने हिस्से की (तयशुदा?) रोल अदायगी कर चल देते हैं किसी दूसरी फ़िल्म का हिस्सा बनने।

हमारा अख्तियार सिर्फ़ और सिर्फ़ अपनी रोल अदायगी पर होता है। अपनी बेस्ट परफार्मेन्स दे सकने की कोशिश पर!!

गीता अनायक की वधू बनकर पहुँच जाती हैं।

कोहबर के खेल होते हैं।

ककन छुड़ाया जाता है।

गीता से रसोई छुवाई जाती है।

बस्स...इससे अधिक नहीं लिखा गया है पति-पत्नी के सम्बन्ध में, इस स्क्रिप्ट में। इरादा तो है सब जानने का, पर करें क्या स्क्रिप्ट राइटिंग गीता कुमारी के हाथ में है और वो हैं कि कुछ खोलती ही नहीं। या शायद चाहती नहीं।

तो गीता कुमारी लिखती हैं आगे...

एक दो कमरों का नन्हा-सा घर। दो ननदें हैं, सास-ससुर, वर और देवर। सास ललिता पवार हैं, ननदें बिन्दु और देवर शक्ति कपूर। हाँ अलबत्ता ससुर ज़रूर बलराज साहनी सरीखे हैं। गीता देवी घर के सारे काम करती हैं। माँजना, धोना, पोंछना से लेकर रसोई तक के सारे काम उन्हीं के जिम्मे हैं।

सास चूँकि ललिता पवार हैं, सो चुप कैसे बैठ सकती हैं, ननदें भी दहला हैं।

पर गीता अच्छी आदर्शवादी नारी होने के कारण खून के घूँट पीकर सब चुपचाप सहती हैं। सास की प्रताड़ना, ननदों का ताना, गीता उफ तक नहीं करतीं। सो गीता को कम दहेज का ताना हमेशा दिया जाता है और प्रताड़ित भी किया जाता है। एक रोज़ गीता के अमरीश पुरी देशी ठर्रे में टुन्न होकर आते हैं। बिन्दु उन्हें उकसाती हैं और ललिता पवार शह देती हैं।

अमरीश पुरी गीता के लम्बे, घने, काले केश अपनी रूखी हथेलियों में भींच लेते हैं और लात जूतों से उन पर टूट पड़ते हैं।

ऐन इसी वक़्त बिना कुंडी का दरवाज़ा धड़ाम की आवाज़ के साथ खुलता है। सामने परताप चन्द तीज की सइधा लिए खड़े हैं। और अभी परताप चन्द के चेहरे पर जो है, गीता को लगता है कि उन्हें उनकी स्क्रिप्ट व अभिनय का मनचाहे से बहुत बहुत अधिक पारिश्रमिक मिल गया है।

यह गीता के ए टाइप क्वार्टर का पहला कमरा और उसी से सटा हुआ दूसरा कमरा, जिसे अन्दर वाला कमरा कहा जाता है। अन्दर वाला कमरा बाहर वाले से एक दीवार और दरवाज़े की बिनाह पर पृथक होता है। इस क्वार्टर का बस यही एक दरवाज़ा एक पलिया है, बाकी सारे दरवाज़े दो पलिए हैं। दोनों कमरों में मोहब्बत ऐसी है कि यदि कोई अन्दर वाले कमरे से ढुका लगाकर बाहर कमरे में होती फुसफुसाहट को सुनना चाहे, तो कमरे की दीवार सब सुनवा देती है।

दोनों कमरों से बराबर सटा हुआ अन्दर की ओर एक पतला-दुबला, लम्बा-सा बरामदा है जिसके बाईं ओर सटी हुई रसोई है। रसोई में मिट्टी से लिपा-पुता लोहे का चूल्हा है। चूल्हा कोयले से जलता है। गोइंठा पर थोड़ा-सा किरोसिन चुआ कर या जूट के छोटे-से गट्ठर को गीता की माँ नीचे से चूल्हे की कड़ियों में फँसा देती हैं और ऊपर से कोयला सजा देती हैं। चूँकि चूल्हे में आँच लगाने पर पहले ख़ूब सा धुआँ होता है, इसलिए गीता चूल्हे को आँगन में रखकर ही आँच लगाती हैं।

आँगन में तीन ओर से ईंट बिछी हुई है और एक ओर से मिट्टी है। मिट्टी के छोटे-से टुकड़े पर तुलसी जी का चौका है। गीता की माँ हर मंगलवार को मिट्टी के उस टुकड़े को गोबर से लीपती हैं और चौरे में जल ढरकाती हैं। जल तो गीता भी रोज़ ढरकाती हैं तुलसी क्यारे में। दीया जलाती हैं और अगरबत्ती भी! अगरबत्ती के धुएँ का पतला-सा रेला आहिस्ता-आहिस्ता पूरे आँगन में पसरता जाता है।

उसकी महक जैसे गीता के नथुनों से होती हुई उसके अन्दर ही अन्दर तक घुलती जाती है।

यही वो क्षण होता है, जब गीता को लगता है कि शंकर का सोचना बिलकुल ऐसा ही है। बिलकुल ऐसा, नहाया-धोया-सा सुवासित-सुवासित!!

पर गीता आज इतवार के दिन अब तक तुलसी जी के चौरे में जल नहीं ढरका पाई हैं। दरअसल आज गीता के क्वार्टर में पानी नहीं आ रहा था। वजह, क्वार्टर के पिछवाड़े वाली बड़ी मोटी वाटर सप्लाई पाइप में लीकेज का होना।

हालाँकि जब कभी ऐसा कुछ होता है तो पड़ोसी काफी मददगार साबित होते हैं। अगर इस तरफ़ के क्वार्टरों में पानी न आए तो उस तरफ़ वालों के साथ एडजस्टमेंट हो जाता है। पर कभी-कभी ऐसा भी होता है कि एक पंक्ति के एकाध क्वार्टरों में ही पानी बन्द हो जाता है। जैसा कि आज हुआ है लीकेज के कारण, लड़की के क्वार्टर में। अत: निदान तो सरल-सा समाधान है कि गीता की माँ के जरिए शंकर जान जाएँगे कि उनके यहाँ पानी नहीं आया। फिर वो चाची से कहेंगे, "चाची हमरे हियाँ तो कोई है नहीं, और हम जो हैं सो नहाइए चुके हैं, तो आप लोग हमरे हियाँ क्यों नहीं नहा-धो लेते?"

पर चूँकि शंकर जानते हैं कि उनकी उपस्थिति में गीता रानी क्वार्टर आने से रहीं, सो वो उठाएँगे अपनी एटलस साइकिल और चल देंगे किसी इष्ट मित्र के यहाँ, चाची को चाबी थमा कर!

गीता मय बहनों समेत पहुँचेंगी शंकर के क्वार्टर, जहाँ अम्मा सरफ में कपड़े गोतती मिलेंगी। अम्मा चूँकि जानती हैं कि गीता को नहाने में बड़ा टाइम लगता है, सो पैंट की दोनों मोहरियों को सरफ के फेन में लथेड़ कर आपस में रगड़ती कहेंगी—"जोरे पहिले नहा ले!"

गीता इस आँगन में कई दिनों बाद आई हैं। तकरीबन चौदह सौ साठ दिनों बाद।

आँगन के बीचोबीच खड़े इस बेहद मोटे तने वाले आम की छाँह को बिसरी नहीं हैं गीता। जिसकी छाँह तले वो पूरी-पूरी दोपहर शंकर के साथ खेलना-बाटी खेलती थीं। दो पार्टियाँ बनती थीं, एक शर्मा जी की दूसरी पार्टी वर्मा जी की।

फिर गीता और शंकर के सातवीं पास करने पर दोनों ओर के मुखिया आग और फूस को अलग रखने लगे।

गीता, शंकर के स्कूल का बस्ता देखना चाहती हैं।

गीता चाहती हैं उनकी कॉपियाँ देखना और कॉपियों में रफ कॉपी देखना।

गीता उनकी रफ कॉपी में देखना चाहती हैं वही सब कुछ जो वह चाहती हैं।

वह सब कुछ जो लिख-लिखकर उन्होंने अपनी रफ कॉपी के अगले-बिचले पिछले पेज भरे हैं। वही सब कुछ जो वो श्री गोस्वामी तुलसीदास जी विरचित रामचरित मानस के रामश्लाका प्रश्नावली से उत्तर खोज कर अपनी रफ कॉपियाँ भरती हैं।

गीता हाथ-पैर धोकर पूर्व दिशा की ओर मुँह करके बैठ जाती हैं। रामचरित मानस (बाम्बे मुद्रण प्रेस) को माथे से लगाकर प्रणाम करती हैं। रामचरित मानस का इग्यारहवाँ पृष्ठ खोलती हैं—

जब ही पृच्छक अंक पर अँगुली को धरि देत।
ताके अगिले अंक ते, नवमाक्षर गनि लेत॥
ऊपर को ऊपर लिखें, नीचे निम्न लिखेत।
रामश्लाका प्रश्न यह, यथा उचित फल देत॥

गीता आँखें मूँदकर भक्ति भाव से राम जी का स्मरण करती हैं। हाथ में थमी कठपेन्सिल अन्दाज़ पर इधर-उधर घूमती, अन्दाज़ से ठहरती है "सु" पर। गीता आँखें खोलती हैं और "सु" के पश्चात् नौवाँ अक्षर गिनती हैं जो है "नु"। इस प्रकार नौवाँ अक्षर गिन-गिनकर चौपाई जब पूरी होती है तो इस प्रकार—

सुनु सिय सत्य असीस हमारी। पूजहिं मनकामना तुम्हारी॥

और एक राज़ की बात है जिस दिन भी प्रश्नावली का यह हल निकलता है गीता बउरा जाती हैं (ऐसा उनकी अम्मा को लगता है, वजह वो नहीं जानतीं)।

सो गीता शंकर की रफ कॉपियाँ देखना चाहती हैं। रफ कॉपियाँ अन्दर कमरे में हैं जहाँ जाने के लिए अम्मा की इजाज़त ज़रूरी है, इजाज़त के लिए उनके मूड का आकलन ज़रूरी है। गीता अम्मा के सुन्दर चेहरे का आकलन करने लगीं।

लगातार अपने चेहरे पर कुछ चुभते रहने को महसूस करके लड़की की अम्मा नज़रें उठाकर उसे देखती हैं। उसे यूँ जस की तस खड़ी देख हैरान हो कुछ कहने को होंठों के जोड़ तोड़ती ही हैं, कि लड़की जोड़ टूटने को समझकर झट घुस जाती है नहानघर में।

कपड़ों को दरवाज़े पर टाँगकर अन्दर से सिटकनी लगा देती हैं। आधे रूम में पानी से लबालब टंकी है और आधा खाली। जगह सँकरी है। आधी खाली जगह में लड़की आधे-अधूरे कपड़ों में खड़ी है। नहाने के क्रम में जो पहला वार पानी का देह पर पड़ता है, गीता को बड़ा यंत्रणादायक मालूम होता है। गीता अनमनी-सी टंकी के एकदम पाला हो चुके पानी में हाथ डाले खड़ी है, मानो पानी की ठंडाई और अपनी देह की क्षमता जोख रही हो।

अब पहला वार वह कर चुकी है पानी का, तीसरा और चौथा भी। पानी के वार के पश्चात् उसके हाथ साबुन की डिबिया ढूँढ़ते हैं। पर अपने साबुन के बाजू में ही नज़र आती है उसे शंकर के साबुन की डिबिया। अनायास ही लड़की उठा लेती है वह दूसरी डिबिया और ढक्कन अलगाती है...'पुराना लक्स'।

लड़की साबुन उठाकर उसे हथेली की दूसरी तरफ़ रगड़ लेती है, सूँघती है। गीता को लगता है कि इतनी प्यारी सुगन्ध दुनिया में और कहीं नहीं है। उस प्यारी सुगन्ध को अपने समूचे में मलने के पश्चात् अंग्रेजी ट्यूशन की याद के तहत उस ख़ुशबू को बालों में भी मल लेती है। (शैंपुओं की इतनी भीड़ नहीं होती थी दूरदर्शन पर तब!)

"गीतवा आज फेर मूड़ धोउ ह?"

"न...नहीं तो अम्मा!" कहती गीता जल्दी-जल्दी ढेर का ढेर पानी सिर पर उड़ेल लेती हैं ताकि साबुन का सारा फेन पानी-पानी होकर बह जाए। नहानघर से सटी बाहर की नाली में धीरे-धीरे सरकता ढेर का ढेर फेन का रेला चुगली खा चुका है।

"चंडुल न हो गई तो कहना...। इ रोज़-रोज़ बाल में साबुन लगाना निकल जाएगा तोर।"

गीता को तेल में चिपुड़े बाल अब खास ठीक नहीं लगते, एक तो चिपचिप करते हैं दूसरे तेल पीकर लीखें ख़ूब मोटा जाती हैं और बाल से ज़्यादा वही चमकती हैं। सो हफ़्ते के तीन दिन लक्स के कर्जदार हैं।

तो, जब भी शंकर के पिता 'गया' जाते हैं ,शंकर पन्द्रह अगस्त उन्नीस सौ सैंतालिस सेलीब्रेट करते हैं। ख़ूब घूमते हैं शंकर, और घूमने के क्रम में गीता का दीदार करते हैं। उनका घूमना और लफंगई होती ही है, टी-कलर होंठों के एकदम नीचे चटक काले तिल वाली लड़की के दीदार के लिए।

गीता गोरी है। पके हुए 'गेहूँ की बाली' की तरह...धप-धप गोर!

नैन-नक्श ख़ूब सुन्दर तो नहीं हैं, पर भोलापन ऐसा गजब कि अगर सौ खून करने के बाद भी गीता अपनी मोटी आँखों से दो क्षण टुकुर-टुकुर ताक दे तो जज साहब फौरन फैसला सुना दें—"नवजात शिशु किसी की हत्या नहीं कर सकता, लिहाज़ा मुल्ज़िमा को बाइज्जत बरी किया जाता है।"

शंकर इसी भोलेपन के फेर में फँस गए हैं। यूँ तो शंकर गीता को रोज़ ही देखते हैं, स्कूल जाते समय भी और स्कूल से आते हुए भी। पर ये उनका बोनस प्वाइंट होता है। और स्कूल से आते-जाते देखना वैसा ही है जैसे जर्जर पुल पर चढ़कर नदी की उफन आई बाढ़ को देखना।

होता यह है कि डी.वी. गर्ल्स और डी.वी. ब्वायज़ दोनों स्कूल सुबह सवा सात पर लगते हैं। लड़कियों को चूँकि पैदल जाना होता है, इसलिए कारखाने में जब पौने सात की सीटी होती है, ठीक तभी निकलती हैं झुंड के झुंड में! घुटने से एक-एक डेढ़-डेढ़ बीत्ता नीचे तक नेवी ब्लू स्कर्ट पहनी लड़कियों का झुंड अलग होता है और साड़ी वाली लड़कियों का झुंड अलग। अमूमन साड़ी वाली लड़कियों का झुंड स्कर्ट वाली लड़कियों के पीछे ही रहता है। लड़के निकलते हैं ठीक सात की सीटी होने पर।

लेकिन शंकर सीटी होने के पाँच मिनट पहले ही निकल जाते हैं। कहते हैं—" अगर पाँच मिनट पहले ही स्कूल पहुँच जाएँगे तो स्कूलवा काटेगा थोड़े!"

पर ऐसा होता नहीं है। पाँच मिनट लेट भले पहुँच जाएँ शंकर पहले नहीं पहुँच पाते।

निकलते हैं ठीक छह पचपन पर। रेस में साइकिल चलाते हुए जब तक जाते हैं तब तक साड़ी वाली लड़कियों का झुंड थाना मोड़ के पास पहुँच गया होता है।

अब शंकर एकदम रेस में साइकिल चलाकर पहुँच जाते हैं थाना मोड़ से सौ क़दम दूर, एक झुराए हुए नारियल गाछ के पास। चाहे अब वो साइकिल की चढ़ी हुई चेन को पुनः-पुनः चढ़ाएँ या कैरियर में दबाए हुए बस्ता में से कुछ खोजना शुरू करें या चाहे सूसू करने के बहाने सड़क से ज़रा नीचे उतरकर मुँह फेरकर खड़े हो जाएँ और कनखियों से ताकें गीता को। उनके लिए बस इस बात का महत्त्व है कि उनके पीछे से आती हुई, बराबर से गुजरती हुई वो आगे निकल रही हैं।

जाने कैसी तो ख़ुशबू होती है दो क्षण के लिए दो मीटर की नजदीकी की भी।

झुंड के दस क़दम आगे निकल जाने के पश्चात् शंकर या तो हाथ झाड़ते-पोंछते उठ खड़े होते हैं या फिर फुर्ती से लपकते हैं साइकिल की ओर। उनके देवीदर्शन का प्रथम चरण पूर्ण हो चुका है। अब शंकर कहीं नहीं रुकेंगे, सीधे ठहरेंगे छह नम्बर रास्ता के पास। बीच में कहीं रुकना बहुत खतरनाक है...बोले तो रिस्की।

होता यह है कि तब तक सात बज गए होते हैं और सारे जाने-पहचाने चाचा लोग ड्यूटी के लिए निकल गए होते हैं। जब-तब कोई न कोई जान-पहचान का भेंटा ही जाता है। अब किसी ने उसकी हीरोगिरी भाँप ली और पिता जी से चुगली लगा दी। बस्स इसके आगे सोचने पर शंकर का वश नहीं है। ज़्यादा जोर देने पर धुंधला-सा माँ का हाँऽऽ...हाँऽऽ...करके बरजना नज़र आता है और पिता का देदनादन दिये जाना। सो शंकर अपने इस रोजाना के क्रियाकलाप पर पूरी सतर्कता बरतते हैं।

शंकर पहुँचते हैं छह नम्बर रास्ता के पास। यहाँ सारे क्वार्टर डी. टाइप हैं। शंकर को यहाँ विशेष दिमाग़ भिड़ाने की ज़रूरत नहीं होती। इस रास्ते में ढेरों बेर, अमरूद, जामुन और आम के पेड़ हैं। सभी शंकर से पक्की यारी निभाने वाले, अपने-अपने मौसम में टूटकर फलते हुए।

जब स्कर्ट वाली लड़कियाँ शंकर के कुछ करीब पहुँचती हैं तो शंकर दोनों झुंडों को सगर्व देखते हैं—हम अकारण नहीं खड़े हैं। पर शीघ्र ही यह गर्व लज्जा में बदल जाता है। वस्तुतः शंकर यह समझ जाते हैं कि चोट्टी लड़कियाँ सब बूझती हैं।

शंकर सोचते हैं कि क्या ये बूझी हुई लड़कियाँ कभी रिगाती होंगी गीता को उनके नाम से?

तब क्या गीता हँसती होंगी!

पर एक राज़ की बात है जो शंकर कतई नहीं जानते कि गीता मँझी हुई अभिनेत्री हैं।

शंकर चेका चलाते हैं, और कई बेर भदभदाकर गिर पड़ते हैं। शंकर आह-पता लेते हैं, कहीं क्वार्टर वाले जग तो नहीं रहे हैं। स्कर्ट वाली लड़कियाँ आहिस्ता-आहिस्ता गेट खोलकर अन्दर जाती हैं और सारे बेर चुनकर लेती आती हैं। शंकर को उसका हिस्सा थमाकर साड़ी वाली लड़कियाँ भी आपस में बेर बाँट लेती हैं। लाल बेर जब गीता के दाँतों से कुचलकर,

स्लाइवा में लिथड़कर स्वाद बनकर गीता की जिह्वा पर पसर जाता है, शंकर महसूसते हैं जैसे उनका चेका चलाना सफल रहा।

ऐसे ही एक दिन शंकर 'चेका चलाने' वाले अन्दाज़ में अपने मन की बात गीता से कह बैठे।

'चेका चलाने' वाला अन्दाज़ हड़बड़ी में नहीं बना था, न भय से। बस शंकर वो हुनर जानते ही नहीं थे कि शब्दों को चाशनी में कैसे लपेटकर परोसा जाता है।

वाकया कुछ यूँ है कि उस दिन शनिवार था।

शनिवार को दोनों स्कूल हाफ टाइम ही चलते हैं। यानी कि सवा सात से पौने दस तक। ऐसे में अक्सर होता यह है कि बच्चे छुट्टी मार लेते हैं। उस पर भी आफत है माघ का जाड़ा। पढ़ाई कुछ खास नहीं होती, शिक्षक भी जैसे गपियाने के मूड में रहते हैं उस रोज़।

सो वह भी शनिवार था। उस रोज़ भी माघ का जाड़ा था, बाकायदा घने कुहेसा के साथ। गीता का साड़ी पहनना भी जल्दी हो गया। गीता जानती थीं कि अधिकतर लड़कियाँ आज स्कूल नहीं जाएँगी। रज़ाई का आनन्द लेंगी। पर, चूँकि गीता को बिलावजह का नागा पसन्द नहीं है, सो गीता समय से कुछ पहले ही स्कूल के लिए निकल गई हैं।

गीता को अकेली, समय से पहले निकलते देख शंकर की ट्रेन छूटने लगती है। वो पराँठे के बड़े-बड़े कौर निगलते हैं। पर निकलते नहीं हैं। पहले कुछ देर ठहरकर समय के अन्दाज़ से "अब तक थाना मोड़ से आगे निकल गई होंगी" का अन्देशा लेते हैं, फिर निकलते हैं अपनी साइकिल पर। एक चिरई तक नहीं डोल रही थी। शंकर जब थाना मोड़ से कुछ आगे निकलते हैं, तो देखते हैं कि गीता कारखाना गेट पहुँचने को है पर अजीब तरह से लँगड़ा-लँगड़ा कर चल रही हैं।

दरअसल गीता की एक ट्रेजिडी है कि उन्हें साड़ी बाँधनी नहीं आती। जिस-तिस तरह वो साड़ी लपेट तो लेती हैं, पर रोज़ कारखाना गेट के आसपास ही एक दर्जन सेफ्टीपिन भोंके हुए होने पर भी साड़ी की चुनट दगा दे जाती है। सहेलियाँ अच्छी हैं। रोज़ उसे पास वाले बड़ गाछ के मोटे तने के पिछवाड़े ले जाकर चुनट ठीक करती हैं। ऊपर की प्लेट सजाती हैं और इतने कायदे से कि गीता के वापस घर पहुँच जाने तक चुनट और प्लेट अपनी वफादारी निभाते हैं।

"का हुआ?"

"अं...क...कुछ नहीं...बस्स!"

शंकर खुलकर लदर-फदर हो चुकी मुट्ठी में जकड़ी हुई साड़ी की चुनट को देखते हैं।

"अइसे कइसे जा पाओगी?...बइठो!" इशारा पीछे के कैरियर पर है।

"(हूँ...कह तो ऐसे रहे हैं जैसे हमारे भतार हों!)" गीता कहती हैं पर शंकर कुछ नहीं सुन पाते।

गीता ख़ूब गुस्साना चाहती हैं। अन्दर से, एकदम अन्दर से खोजती हैं क्रोध का कोई एक कण कि वो अपनी जिद को समझा सकें कि शंकर का प्रस्ताव उन्हें जरा भी अच्छा नहीं लगा है—कि नहीं, वो हरगिज नहीं बैठेंगी शंकर की साइकिल पर।

पर खोजने से भी उन्हें ऐसा कोई क्रोध का कण नहीं मिला। अलबत्ता यह ज़रूर लगा कि उन्हें शंकर का यूँ भतार की तरह बोलना ख़ूब अच्छा लगा है।

"पर...!"

शंकर गीता के "पर..." को भाँप जाते हैं। पीछे की ओर देखते हैं या शायद देखने का अभिनय करते हैं। देख तो वह पहले ही चुके हैं।

"पूरा कुहेसा है...कोई चीन्ह थोड़े न पाएगा, वैसे भी आज जल्दी निकल गए हैं।"

"..."!

एक भरपूर नज़र उन्हें देखते हैं फिर कुछ पल ठहरकर उँगली से साइकिल की हैंडिल पर पसर आई ओस की बूँदों को साफ़ करते हुए पुनः कहते हैं—"तुम पेट्रोल पम्प लगे ही उतर जाना।"

गीता कुछ नहीं कहतीं उन्हें एक नज़र देखती भर हैं या नहीं, दरअसल वो उनके कन्धों को देख रही हैं।

दोनों जनि सोच भी रहे हैं और नहीं भी। या यह हो सकता है कि लाख डर, भय, ऊँच-नीच सोचने के बावजूद वो करना वही चाह रहे हैं जो उन्हें अच्छा लग रहा है। गीता बिना जवाब दिये एक हाथ से बोरे का झोला सीने से चिपकाए और दूसरे हाथ से साड़ी की गाजू-माजू हो चुकी चुनट को सँभालकर पीछे कैरियर पर बैठ जाती हैं। गीता अपनी ज़िद को पुचकार चुकी हैं, "हम अच्छा लगने के लिए थोड़ी न बइठे हैं, हम लदफदा कर चल नहीं पाते इसलिए बइठे हैं।"

सावन कहेला भदउआ से...
ए जी हमें रउआ एके मति के...
हम गरजबे रउआ बरसबी
ए जी हमें रउआ एके मति के॥

आहिस्ता-आहिस्ता पहिए घूमने लगते हैं। कारखाना का इलाका पार होने पर टैक्सन मोटर गेट आता है। उसके जस्ट बाद ढाल है—एकदम खड़ी ढाल।

बड़ा रोमांटिक रास्ता है, बोले तो एकदम 'कयामत से कयामत तक' टाइप। फिलिम में जूही चावला अपनी सहेलियों के साथ जइसे रास्ते से पिकनिक मनाने जाती है न, एकदम-एकदम ओएसा ही रास्ता है, डिट्टो! (क्षमा चाहती हूँ सुधी पाठको, परन्तु ऐसा मैं नहीं कहानी के नायक सोच रहे हैं।)

प्रेम, इश्क, मुहब्बत कुछ भी कह सकते हैं चीज़ों को देखने, परखने, महसूसने का एक अलग ही नज़रिया दे देता है। एक पक्षपाती नज़रिया! दुनिया की हर शय को सुन्दर, कोमल, मासूम, नादान, प्यारा समझने वाला नज़रिया। एक ऐसी दुनिया रच देता है प्रेम जहाँ कुरूप तो कुछ होता ही नहीं और अगर होता भी है तो ग्रे शेड में। समग्रता के साथ नहीं जम पाती कुरूपता।

'The first stage of love is the best stage of life.'

शंकर ने ज़िन्दगी की कॉपी के हर पृष्ठ पर नोट्स साइड में यह पंक्ति लिख रखी है।

शंकर उदास हो गए हैं, पर यह उदासी भी पूरी तरह चटकार न होकर ग्रे शेड में है। रोमांच और अनजानी सी ख़ुशी की छौंक के साथ।

आप कहेंगे लो भला...इसमें उदास होनेवाली कौन सी बात हो गई? नायक के साथ ही तो है उसकी नायिका।

लेकिन मेरे प्रिय पाठको यही तो उदासी की असल वजह है कि नायक के साथ ही है नायिका।

सोचिए भला...कितने क्षणों के लिए है यह साथ! एक पल, दो घड़ी, बस्स रास्ता ख़त्म, साथ ख़त्म।

और यही सोचना उसे उदास कर गया है। कितना भला होता हे राम जी कि जो ये रास्ता अभी के अभी मीलों लम्बा हो जाता। कई मील लम्बा। कि बरसों लग जाएँ पहुँचने में। कि कोई मंजिल ही न हो इस भटकन की। भटकते रहें यूँ ही सारी उम्र साथ-साथ।

हमारे लिए ये सारी बातें गप्प हो सकती हैं, कोरी भावुकता भर, लेकिन बच्चू, यही सारी गप्प और बेकार-सी बातें बड़ी अज़ीज़ हैं इस नायक को। बड़ी अर्थवान...। शंकर उदास हैं, पर होना चाहते नहीं। ख़ूब सोच रहे हैं, पर सोचना चाहते नहीं हैं। पर इ साली सोच एक के बाद एक सवार है दिमाग़ पर।

अब लो पूछो इनसे..."अब का सोच रहा है रे?"

शंकर ये सोच रहे हैं कि क्या बात करें गीता से?

गुलाबी-गुलाबी सुबह, डैम का ये किनारा, नारियल के पेड़, पंछियों का शोर, माहौल का ये अधजगापन! सोचें तो और क्या सोचें शंकर?

रोज़ इसी वक़्त गुजरते हैं इस रास्ते से पर बड़ी संगदिली से बेपरवाह अन्दाज़ में पार कर देते हैं इसे। ख़ूब रेस में साइकिल चलाते हैं तेज-तेज, हैंडिल छोड़ कर, एकदम आमिर खान स्टाइल में (इसी चक्कर में बाप की साइकिल कई बार गिराकर तोड़ चुके हैं, और बाप से पिटा भी गए हैं)। लेकिन आज यूँ ही बेपरवाही से इस रास्ते को पार कर देने का मन नहीं कर रहा है उनका। आधा ढलान तो यही सोचने में पार हो गया कि क्या बात करें? आख़िरकार ख़ूब नाप-तौल कर बिना सिर घुमाए ही पूछते हैं...

"ठीक से बैठी है न?"

"आँय...?" कुछ साइकिल की खड़र-खड़र की आवाज़ और कुछ तेज हवा के कारण गीता सुन नहीं पाती हैं।

"हम पूछे कि ठीक से बैठी है न?"

अबकी बार शंकर अपना मुँह जरा-सा पीछे की ओर घुमाकर पूछते हैं।

"हाँ...हाँ!"

गीता ठीक से तो बैठी हुई हैं, पर आराम से नहीं बैठी हुई हैं। कैरियर की तीलियाँ उनके नितम्बों पर चुभ रही हैं।

"पर ये शंकर से बताने वाली बात थोड़ी न है...छी:!"

पेट्रोल पम्प से ठीक दो क़दम पहले शंकर को भान हुआ कि जिस सुख में अब तक वो गोते लगा रहे थे, उससे निकलने का वक़्त अब आन पहुँचा है। शंकर एक पैर से टेक लगा साइकिल रोक देते हैं। गीता को हल्का-सा कूदकर उतरना पड़ता है। गीता आगे निकलने को होती हैं, कि शंकर खखार कर गला साफ़ करते हैं।

जाने कैसे गीता को लग जाता है कि अब बस्स...वो बात हुई ही जाती है जिससे वो इतने दिनों तक बच रही थीं।

और ऐन इसी पल गीता के दिमाग़ में दो बातें एक साथ आती हैं—पहली तो यह कि वो दाहिने हाथ से गाजू-माजू चुनट को मजबूती से थाम लें और बाएँ हाथ को कन्धे पर टिका दें जिससे जूट का झोला कन्धे पर पीछे झूल जाए फिर कहें...

"हमारे स्कूल का अबेर हो रहा है हम जा रहे हैं।"

दूसरी बात जो उनके दिमाग़ में आई ये कि वो दाएँ-बाएँ सिर घुमाकर देख लें। आसपास कोई चीन्ह-परिचित नज़र न आने पर लड़की बहुत दम से कार्बन डाई आक्साइड छोड़ती है। गीता को बहुत डर लग रहा है। क्या कहेंगे शंकर इसका नहीं, बल्कि जो शंकर कहेंगे उसका वो सामना कैसे करेंगी, इसका!! पर गीता समझ चुकी हैं कि जो शंकर कहेंगे उसके श्रवण से बड़ा सुख उनके लिए कुछ नहीं होगा, सो गीता शंकर के कुछ कहने के क्षण को कैमरे में पूरी तरह रिकॉर्ड कर लेना चाहती हैं।

ताकि, जब-तब, रात की गहन नीरवता में उसे पल दर पल रिवाइंड किया जा सके।

पर, बज़ाहिर गीता बहुत ज़रूरी काम कर रही हैं।

गीता बाएँ हाथ से पूरी गाजू-माजू चुनट को मजबूती से थामे हुए हैं। और दाएँ हाथ के अँगूठे के नाखून से अनामिका के नाखून को खुरच रही हैं। झोला अभी साइकिल के कैरियर पर ही है।

शंकर हकलाते हैं...

"उ...हम कह रहे थे..."

गीता की आँखें उँगलियों पर हैं और शंकर की आँखें गीता की आँखों पर।

शंकर चुप हो गए।

गीता अपनी आधी पलकें उठाती हैं।

नज़र ठहरती है उठे हुए पैडिल पर टिके हुए शंकर के पैरों पर। शंकर चमड़े का काला जूता पहने हुए हैं। जूते की सिलाई किनारे-किनारे से उधड़ जाने के कारण मोजे का गला हुआ हिस्सा भी नज़र आ रहा है। गीता को उधड़ी सिलाई वाले जूते में फँसा पैर काँपता हुआ-सा लगा। कोई और वक़्त होता और सामने शंकर नहीं होते तो गीता निश्चित रूप से बहुत जोर खिलखिला कर हँसतीं। पर गीता समझदार हैं, जानती हैं ऐसे गम्भीर अवसर पर हँसा नहीं जाता।

आधी पलकें खोलने के प्रयास में गीता का चेहरा जरा-सा तिरछा हो गया है। उनकी नाक में सफ़ेद पत्थर की लौंग अटकी पड़ी है, जिसकी डंडी कुछ लम्बी है, जिससे लौंग नाक से कुछ ऊपर दीखती है। कुछ देर पहले का ताजा-ताजा उगा हुआ सूरज, जिसकी ताजा-ताजा रोशनी जब लौंग पर पड़ती है तो सफ़ेद पत्थर से सतरंगी आभा फूट पड़ती है।

सफ़ेद पत्थर की सतरंगी आभा और गीता की आधी झुकी नज़र उनके चेहरे के बच्चेपन और सम्मोहन को कई गुना कर देती है।

शंकर अपलक ताकते रहे।

शंकर स्वयं को भूल-से गए।

लम्बी खामोशी को महसूस कर गीता की पलकें पूरी खुल जाती हैं।

नज़र ठहरती है, शंकर की नज़र पर जो है गीता की लौंग पर।

गीता अपनी लौंग से खिसियाकर उसे तर्जनी से अन्दर दबा देती हैं।

शान से खड़ा लौंग का पत्थर नाक से चिपक जाता है।

तारतम्य टूट जाता है।

शंकर अपने को याद आ जाते हैं।

गीता शंकर से भी खिसिया जाती है।

झोला उठाकर चुपचाप चल देती है।

शंकर अपने को कड़ा बनाते हैं...

"हम...हम न तुमसे प्यार करते हैं।"

बस्स...आठ से नौवें सेकेंड के बीच भर जितनी नज़र ठहरती है शंकर पर।

निशाना सही लगा।

वो दुबारा पुकारे जाने की आस में नन्हे-नन्हे क़दम सहेजती चली जाती हैं।

गीता ने स्वीकार नहीं किया, अस्वीकार भी नहीं किया। बस इतना और हुआ कि इंग्लिश ट्यूशन से घर की दूरी और घर से इंग्लिश ट्यूशन की दूरी उनकी जन्नत हो गई। दोनों के थम-थमकर पड़ते क़दम मानो स्केल की दो सेमी. से आठ सेमी. की दूरी माप रहे होते। एक सेमी. से दो सेमी. तथा आठ सेमी. से दस सेमी. की दूरी मापना वर्जित था उनके लिए। दरअसल जोखिम होने के कारण उन्होंने उसे वर्जित कर रखा था। दो सेमी. के बिन्दु से वो नन्हे-नन्हे दस क़दम चलते और दूसरे बिन्दु की शुरुआत से ऐन पहले गीता ठिठक जातीं।

"अब तुम जाओ कोई देख लेगा।"

पर शंकर की आश्वस्ति भरी मुस्कराहट इस डर को अगले दस क़दम के ऐन पहले वाले बिन्दु पर स्थगित कर देती। यूँ साथ चलते हुए अक्सर दोनों को लगा कि बस्स दुनिया इतनी भर ही है, दोनों के वृत्त भर, मुट्ठी में समाने लायक। इस समाने को जब तब साझा महसूस भी किया था उन्होंने।

गीता की काँपती हुई हथेलियों को थामे हुए होने के समय पर और एक बार जेठ की सुनसान दोपहर को दो से आठ सेमी. के बीच उगे हुए नये बेर और असंख्य अनजान झाड़ियों की ओट में जब शंकर अपने होंठों को गीता के गुलाबी होंठों पर रखना चाहते थे। पर कुछ भय, घबराहट और रोमांच की हड़बड़ी में उनके होंठ गीता के सटीक होंठों पर न पड़कर नाक और ऊपरी होंठ की बीच की जगह पर पड़े थे।

कुछ लिसलिसा गरम-गरम-सा लग गया था शंकर के होंठों पर। गीता को इस सीन में लजा जाना था और मौसमी चटर्जी स्टाइल में मुस्कराकर उन्होंने अपने दोपट्टे से शंकर के होंठ पोंछ दिये।

सुर्रऽऽ सुर्रऽऽ करती गीता उन्हें बच्ची लगी थी। नन्ही-मुन्नी-सी मासूम बच्ची!

गीता का छोटा-सा गोल चेहरा अपनी साँवली हथेली में भरे शंकर कुछ क्षण टुकुरटुकुर देखते रह गए। गीता ने उनकी दाईं हथेली को अपने दोनों हाथों में भरकर अपने होंठों से छुलाया था, देखा था उनकी आँखों में, फिर छुलाया था अपने होंठों से।

और शंकर को फ्रेन्च, इंग्लिश चुम्बन के सारे स्टाइलों से जैसे घिन हो आई थी, जिसकी सलाह और अनुभव उनके दोस्तों ने उनसे बाँटे थे। शंकर बस अपने होंठों को गीता के होंठों से छूकर रह जाने दिये।

पता नहीं क्यों तो शंकर को अचानक ऐसा लगा जैसे ढेर का ढेर, ख़ूब-ख़ूब ढेर सारा नमक उनकी आँखों में इकट्ठा हो गया है। इतना सारा कि अब उसका बोझ नर्म पलकें नहीं सँभाल पाएँगी। शंकर एक बार अपनी दूब जैसी मोटी पलकें झपकाते हैं।

पर नहीं, अब अगर नमक का एक भी कण ज़्यादा हुआ तो गीता भाँप जाएँगी। शंकर गीता को भाँपने नहीं देना चाहते, क्योंकि वो जानते हैं कि यह नमक का आना एक संक्रामक रोग है। इस भाँप लेने से वो इतना डर गए कि गीता को खींचकर उस ओट से बाहर लेते आए। गीता अकबका गई थीं।

"घिना गए का?"

शंकर गीता की आँखों में कुछ क्षण देखते रहे और कुछ क्षण नाक से जरा-सा बहरियाए हुए नेटा को। फिर उन्होंने अँगूठे और तर्जनी की चिमटी बनाकर नेटा को गीता की नाक से खींच लिया। हाथ झटककर उँगलियाँ पैंट की जाँघ में पोंछ लीं।

जो हमारे भदेस से प्रेम नहीं करता वो हमसे प्रेम नहीं कर सकता। जो हमारे भदेस से प्रेम करता है वो हमें हर रूप में प्रेम करता है। उसके तईं बदल जाने या नहीं बदलने-सा कुछ नहीं होता।

सो इस दुनिया को मुट्ठी में भर लेने की खुमारी उन पर ऐसी तारी हुई कि चलते-चलते कब और कितनी दफा आठ से दस की दूरी तय कर ली, इसका तो हिसाब भी नहीं होगा उनके पास।

इश्क, मुश्क, खाँसी, ख़ुशी छुपाए नहीं छुपती। पहले बस फुसफुसाहटें हो रही थीं, पर उनके दुस्साहस ने फुसफुसाहटों को मुखर बना दिया। किसी शुभचिन्तक ने यह मुखर होती फुसफुसाहट परताप चन्द के कानों में फूँक दी। परताप चन्द स्तब्ध रह गए। ज़मीन में धँसकर आधा रह गया उनका कद उस शुभचिन्तक के समक्ष।

ये वो दौर था जब पिता तानाशाह होते थे, और कभी-कभी तानाशाही के कठोर आवरण में लिपटे हुए माँ सरीखे भी।

डे टाइम से लौटे परताप चन्द। और दिनों की अपेक्षा ज़्यादा थके-थके-से थे।

दोनों छोटी बहनों पर बुरा प्रभाव पड़ेगा के ख़याल से उन्हें सपनों की ख़ूबसूरत दुनिया में खो जाने दिया गया।

बाकायदा पेशी हुई गीता की, जिस अदालत के जज भी परताप चन्द थे और जिरह करते विपक्ष के वकील भी। गीता को अपनी सफ़ाई में बस "जी बाउजी" कहने भर की छूट थी।

बाहर कमरे के बीचोबीच गीता फ़र्श पर बैठी हुई दोनों हथेलियों को आपस में मल रही थीं। अम्मा और बाउजी खिड़की से सटी काठ की कुर्सियों पर बैठे थे। अम्मा के आँचल ठुँसे मुँह से शायद सिसकारी-सी उभरी थी...।

"आज पांडे जी भेंटाए थे। तुमको और उ यदुउवा के बेटवा को लेकर... इ झूठ है कि...?"

यद्यपि गीता जानती हैं कि मोहल्ले के सभी अभिभावकों की नज़र में पांडे जी नारदमुनि हैं। सो गीता यदि अपनी पूरी प्रतिरोधक क्षमता से विरोध करें तो वो

जानती हैं कि इस नकार पर विश्वास कर लिया जाता। पर, गीता कभी न कभी खुल ही जाने वाली बात को अभी के अभी खोलकर देख लेना चाहती थीं। डर और उहापोह से मुक्ति के लोभवश गीता झूठ नहीं बोल पाईं।

"हमका तोहसी इ उम्मीद नाई रही। हमका तोहपे अपने से जियादा भरोसा रहा। कभउ अपने तीनू छोटकी बहिनिन के बारे में सोचू ओनकर का होय?"

पिता की मोटी-मोटी आँखों में भी गीता को बूँद भर-सा दिखा कुछ, जो नहीं दिखने जैसा ही था, जो दिखाए जाने के लिए नहीं आया था। मन की तोड़मरोड़ से निकला, बेहद पारदर्शी!

पिता की इतनी संक्षिप्त प्रतिक्रिया गीता को शॉक्ड कर गई थी।

उन्हें लगता है जैसे वो बहुत भारी गलती कर बैठी हैं और उन्हें सज़ा न देकर दरअसल बहुत बड़ी सज़ा देने की साजिश है ये। गीता सोच रही थीं कि अब कि तब पिता उठेंगे और पास पड़े हुए अपने कारखाने वाले जूते से जमाएँगे दो-चार। कहेंगे, "कलमुँही, कमीनी इसी दिन के लिए पैदा किया था तुझे?"

पर अपने सन्देह का फिजूल हो जाना गीता को आश्वस्त नहीं करता, बल्कि उनके अन्दर बेचैनी भर देता है। बेतरह, बेहद भयानक बेचैनी।

उस रात और उसके बाद की सारी रातें गीता की नींद के लिए नहीं थीं। गीता खिड़की पर लगी लोहे की घनी जालियों से गाल सटाए अँधेरे को घूरा करतीं। जालियों का ठंडा लोहा जैसे उनके अन्दर की हर चीज़ को ठंडा करता जा रहा था। गीता सोचतीं क्या इस अँधेरे में झट से कोई उजली चीज़ चमकेगी जिसमें गीता के तमाम रतजगों का हिसाब होगा और उनका कोई मीठा-सा फल भी?

गीता अक्सर रात की स्तब्धता को बिना हिलाए-डुलाए लेटी हुई बहनों के बगल से उठ बैठती हैं। आहिस्ता से चौकी से नीचे उतरती हैं। बीच वाले दरवाज़े से झाँककर बाहर कमरे का जायज़ा लेती हैं। पिता की चौकी पर कोई हलचल नहीं है, न उसके बाजू में बिछी हुई अम्मा की खाट पर। कान पूरी तरह अड़े हुए हैं। चौकी और खाट की किसी भी हल्की-सी आहट पर। कोई सुगबुगाहट न पाकर गीता निराश नहीं होतीं, बल्कि गहरे काले अन्धकार में भी सुकून रेशम की लकीर बनकर उनके चेहरे पर चमक जाता है।

वस्तुतः गीता चाहती हैं कि वो सबके हिस्से की फिक्र अपनी हथेली में बटोर लें। पिता माँ, शंकर, सबके हिस्से की फिक्र ताकि ये सब निश्चित होकर सो सकें, एक बेहद प्यारी नींद। और उनकी चिन्ताओं को अगोरती खो-सी गई वह!

हर किसी के प्रेम का अनुभव अपने आप में अनूठा और दूसरे से सर्वथा पृथक होता है।

प्रेम विवाह का लड्डू नहीं है कि "जो खाए वो पछताए जो ना खाए वो भी पछताए।"

प्रेम करने वाला कभी पछताने की स्थिति में रहता ही नहीं। प्रेम हमेशा हर हालत में पाता है। यह अलग बात है कि यह 'पा लेना' कभी समझ में आ जाता है और कभी नहीं आता। "जो समझ में नहीं आने वाले को" बूझ लेते हैं उनके लिए ज़िन्दगी में कुछ और बूझना बाकी नहीं रह जाता।

पर ये "बूझ लेने वाले" बड़े लोग होते हैं। गीता और शंकर मिट्टी के माधो हैं।

शंकर का मन नहीं लगा स्कूल में...।

लड़कों के बीच से जो चले तो घर ही चले आए।

शंकर अगर जानते कि दुनिया को तबाह करने का राज़ क्या है तो आज वो राज़ पक्का खुल जाता।

उनके हाथ अगर एटम बम लग जाता, तो आज वो बम फूट ही जाना था।

सात दिन बाद गीता देवरिया चली जाएँगी। पन्द्रह दिन बाद ही की तो तारीख है।

शंकर बिना खाए-पिए घर से निकल गए, पर अब जाएँ कहाँ ? बस सीधे-सीधे चलते रहे और आ पहुँचे रिवर रोड तक जो इक्यावन से पाँच फर्लांग की दूरी पर है। रिवर रोड रेलनगरी का सबसे लम्बा रास्ता है। स्टेशन से नदी तक। अगर कोई अन्धा स्टेशन से सीधा चलना शुरू करे और सीधा ही चलता रहे तो रास्ते का अन्त अजय नदी पर होता है।

शंकर अभी अन्धे की-सी स्थिति में हैं।

शंकर पुल पर सीने के सहारे झुके खड़े थे। नदी में पानी था बहुत कम। पर शंकर जानते हैं कि किस-किस चट्टान के नीचे गहरा पानी हो सकता है। उनका मन हुआ कि दब जाएँ यहीं कहीं किसी चट्टान के नीचे। पर वो ऐसा कुछ नहीं कर सकते थे। वो एक वादे के कैदी थे...।

लू चलनेवाली दोपहर से बचने के लिए, उस बी टाइप क्वार्टर की खिड़कियाँ पूरी तरह बन्द थीं।

बस खिड़कियों के ऊपर बने रोशनदान से धूल सनी धूप अन्दर आ रही थी। रोशनदान आयताकार थे। आयताकार धूप का आख़िरी सिरा कमरे के बीचोबीच आधा अधूरा फैला था।

कमरे में झाँवर कालापन-सा था।

धूप के उस पार गीता थीं।

शंकर इस पार थे।

बच्चे धूप की नरम आँच में खड़े होना चाहते थे।

पर धूल के कण आँखों में किरकिराने का भय था।

शंकर गीता के कन्धे के पार देख रहे थे।

कमरा था, जहाँ सीमेंट की चौड़ी रैक थी जिस पर एक छोटा-सा आईना, कंघी व महकउआ तेल रखा था। राम जी का एक पुराना फ़ोटो और चीनी मिट्टी का गुलदान था, जिसके नकली फूल नकल में मुरझाए हुए थे। रैक के बाजू में जहाँ गीता खड़ी थी वहाँ एक काठ का टेबल था जिस पर सैलोरा 'ब्लैक एंड व्हाइट' टी.वी. थी।

आख़िर में नज़र ठहरती है कमरे के कोने में जहाँ परताप चन्द की चौकी पर गीता की मझली बहन लेटी थी। जिसे देखकर उसके दोपहर की तगड़ी नींद में खोए हुए होने का भ्रम होता था। बहुत सी बातें "सोए हुए होने" का धोखा देकर पहचानी जा सकती हैं, जिसे "जागे हुए होने" का एहसास देकर देख भी नहीं पाते हम!!

शंकर तसल्ली करके आए थे कि परताप चन्द दिन ड्यूटी पर गए हैं। गीता को पता था अम्मा पड़ोस में हैं।

उनके पास बहुत कम क्षण थे जी लेने के लिए।

शंकर की आँखों में टूटा हुआ ताजमहल था, गीता बस बी टाइप क्वार्टर ही बना पाई थीं।

उन्होंने सब बताया था...सब।

और हाथ फैलाकर माँगा था...

"हमको छूकर बोलो, कोई उल्टा-सीधा काम नहीं करोगे तुम?"

हालाँकि गीता को अपने मनवाने पर भरोसा नहीं था। अगर इतना ही मनवाना आता तो ये मनवाने की नौबत क्यों आती? पर ज़िन्दगी में एक जगह ऐसी होती है जहाँ इनसान अपना सब कुछ मनवा सकता है। गीता जानती थी वो जगह उनके सामने है, और इसी भरोसे माँग रही थीं।

शंकर ने गीता का फैला हुआ हाथ कसकर थाम लिया।

शंकर चाहते तो नहीं थे, पर गीता के मनवाने पर उन्हें सारी प्रतिज्ञा दोहरानी पड़ी।

वो गीता को देख रहे थे, अँधेरे में गीता का चेहरा साफ़ दिखाई नहीं पड़ रहा था। पर गीता के चेहरे की गढ़न शंकर को इस कदर रट गई थी कि शंकर को सब साफ़-साफ़ दिखाई देने जैसा दिख रहा था।

गीता के आसपास एक गन्ध थी...एक गन्ध जिसे शंकर बचपन से ही पहचानते हैं।

शंकर पक्के तौर पर आश्वस्त हैं कि यदि उनकी आँख पर पट्टी बाँध दी जाए तो इस गन्ध के सहारे वो सौ करोड़ की भीड़ में से भी गीता को ढूँढ़ निकालेंगे।

शंकर गीता से ज़्यादा गीता की गन्ध को पहचानते हैं।

शंकर गीता को बस एक बार कसकर गले लगा लेना चाहते थे।

शंकर चाहते थे, एक बार गीता को पकड़कर रो लें, ख़ूब-ख़ूब जी भरकर।

पर, शंकर कुछ नहीं कर पाए। बस गीता को देखते रहे।

कुछ क्षणों बाद गीता एकदम धुँधली दिखाई देने लगीं। शंकर घबराकर अपनी आँखों को खाली करना चाहे कि उन्हें एकदम ही एहसास हुआ कि कोई रुई-सी नाज़ुक चीज़ आकर टिक गई है उनके सीने से।

शंकर गले लगाने का हुनर नहीं जानते थे, पर उन्हें सहारे की सख्त ज़रूरत थी।

उन्होंने गीता के इर्द-गिर्द अपनी बाँहें गूँथ दीं।

कि बस्स इससे भयंकर पीड़ा के क्षण नहीं आ सकते जीवन में। जो शंकर इस क्षण को जी लिए तो ज़िन्दगी में कुछ भी झेल जाएँगे।

ज़मीन पर टिके रहना त्रासद नहीं...पर खुले आकाश में उड़ने का वैभव जीने के पश्चात्, पथरीली ज़मीन पर पटक दिया जाना, त्रासदी का चरम है।

कितने सारे आले थे, हर आले पर अलग-अलग चीज़ें रखी हुईं।

जाने आले कम थे या चीज़ें ही ज़्यादा थीं!

बन्द, बंगाल के होने के पहले से ही उससे जुड़ा था।

समय प्रेमनगर के गाने हिट हो जाने का था, बेशक फ़िल्म बासी हो चुकी थी।

'ये लाल रंग...कब मुझे छोड़ेगा...।'

भय था कि बन्द सफल होते थे।

असफल न कर पाने की स्थिति में भी चेष्टा करने वालों की कमी नहीं थी।

बंगाल के इतिहास में एक और बन्द दर्ज होने जा रहा था। तमाम माँगों के साथ उसका ऐलान किया जा चुका था।

जो शंकर स्कूल की प्रार्थनासभा में गाते थे...

इतनी शक्ति हमें देना दाता,
मन का विश्वास कमज़ोर हो न...

वो राजपत यादव का जीवन राग था जिसकी धुन वो कभी नहीं बिसरे।

भूलना ज़रूरी था क्योंकि इसे समय भूल रहा था। वो समय के साथ नहीं चल सके।

राजपत यादव इंक पेन से लिखा था।

लिखावट पर समय का आँसू चू गया।

तमाम कार्यक्रम और प्लान तय किये गए।

शनिवार की स्ट्राइक को असफल बनाने के लिए शुक्रवार की रात को राज़दार बनाया गया। तय हुआ कि असफल करने में सफल होनेवाले सारे साहसी लोग रात को ही कारखाने में जाकर ठहर जाएँगे।

नौकरी तो नौकरी है।

"सरकार पइसा हमको लोहा तोड़ने के लिए देती है, बइठ कर भात भकोसने के लिए नहीं।"

एक चौराहा था...

राजपत यादव न भय का साथ दे सकते थे, न उसका मूक समर्थन कर सकते थे। तीसरा रास्ता जहाँ से वो आ रहे थे (चुप रहकर विरोध करने का रास्ता)। पर उन्होंने चुना चौथा रास्ता जो तीसरे रास्ते से आगे बढ़ता था। डंके की चोट पर विद्रोह का रास्ता!

यहाँ चोट पहले लगनी थी, डंका बाद में बजना था, पर डंका पहले बज गया चोट खारिज हो गई, बुरी तरह खारिज।

रात गहराने के साथ लोहा काटने की तीव्रता भी गहरा गई। छह-सात साइकिलें स्टैंड में लग चुकी थीं। कारखाने के तमाम अतड़ों-पतड़ों में छिपने की बहुत सी जगहें थीं जहाँ से दूसरों को नज़र न आने का भ्रम होता था।

भ्रम भारी पड़ा नैतिकता वालों पर...!

बन्द को असफल होने से रोकने में सफल होनेवाले अन्देशे में थे कि नैतिकता वाले लोग गड़बड़ करेंगे। सारे कोने-अँतरों की उलट-पुलट शुरू हो चुकी थी। गड़बड़ियों को भूसे की बोरियों की तरह धुना जा रहा था।

दिन प्लेटफार्म पर थोक-थोक फेंके हुए मूँगफली के छिलके हो गए थे। बिखरे, टूटे, कुचले हुए!!

राजपत यादव सिर्फ़ कराह सकते हैं...।

"शंकर...प्...पानी!"

शंकर को पता है कि घर में एक बच्चा है जो कभी चल नहीं पाएगा।

शंकर ने नौवीं में पढ़ा था कि 'मेरुदंड' ही आदमी को खड़ा होने में सहायता करती है।

घोर बारिश के मौसम में जब बारिश सूखी हुई मिट्टी पर बरस कर सोंधी-सोंधी गमकती है, कोयले पर भुट्टा पकने की महक हर ओर से घेरती है। शंकर राजपत यादव के पैताने बैठे भुट्टे के दाने छुड़ा रहे थे।

"कौन्च्ची है...?"

"मकई...!"

"पानी जोर से पड़ित हइ, गाय के भीतर कर दे!"

"परसों तो बिक गेलइ न...!"

"...!"

राजपत यादव करवट नहीं ले सकते। बस माथा दाएँ से बाएँ कर लेते हैं।

एक कमरा था। जहाँ काठ की एक टेबल, चौकी और शिव-पार्वती के चित्रों के अलावा बस खामोशी थी, थकी हुई, हाँफती खामोशी! खिड़की से बाहर ईंट और खपड़े से बना हुआ गाय का घर था, जिसके खूँटे खाली पड़े थे अब।

वह खाली खूँटा राजपत यादव की आँखों का स्थायी भाव था।

यदुआइन को अब अक्सर लगता है कि, वो जब भी आँच लगाने के लिए माचिस की डिबिया खोलेंगी तो डिबिया खाली ही मिलेगी।

यद्यपि डिबिया को देखकर हमेशा उसके भरे हुए होने का भ्रम होता है।

पेन्शन शुरू नहीं हुई, इक्के-दुक्के ट्यूशनों से क्या होता है?

चार साल की ज़िन्दगी थी कि चार हजार कर्जों में डूबी हुई।

कर्ज सिर्फ़ पैसे का नहीं होता।

शंकर को नौकरी मिल सकती थी, मिलनी चाहिए थी। परताप चन्द हर सम्भव कोशिश, पूरी ईमानदार कोशिश कर रहे थे, कि नौकरी उन्हें मिल जाए पर "बिना लिए" नहीं करना है की मुहिम तेज थी।

पुरानी चीज़ों के प्रति दीवानगी दरअसल गुजरी हुई बातों के प्रति ही दीवानगी है। जिस तरह पुरानी चीज़ों के बगैर अपना खुद का घर भी अपना नहीं लगता उसी तरह बीती हुई बातों व यादों के बग़ैर ये अपनी ज़िन्दगी भी अपनी नहीं लगती।

चार साल बाद मायके आने का दिन बना था।

गीता चित्तरंजन आई थीं।

बस स्टाप पर गीता जी मझली बहन के साथ खड़ी हैं।

दूरदर्शन 'हमारा बजाज' से निकलकर 'क्लीनिक प्लस' और 'राजदूत' पर पहुँच गया था।

बस का आना अब विशेष हड़बड़ी नहीं है।

बस में सीट मिलना बड़ी बात नहीं है।

सो न सीट पाने की खास आतुरता न देने की वैसी आकुलता!

जड़ें नहीं बदलतीं, वरना शायद करंज का पेड़ भी वहाँ से हटकर किसी खुले मैदान में जा चुका होता कि "मुझे प्रकाश संश्लेषण के लिए पर्याप्त धूप नहीं मिलती।"

बहुत सी ऐसी चीज़ें थीं जिनकी जड़ें बहुत गहरे धँसी थीं।

ऐसी गहरी जड़ों वाली चीज़ें जो नहीं चल पातीं, उन्हें ज़िन्दगी अपने साथ घसीट लिए जाती है।

घिसटाहट ने गीता को साड़ी कायदे से बाँधना सिखा दिया था।

पर एक बात जो कोई नहीं जानता कि गीता आज भी गलत साड़ी पहनती हैं। इस प्रतीक्षा में कि शायद गलत पहनते-पहनते वो सही पहनना भूल जाएँ।

पर भला कोई साइकिल चलाना भूला है आज तक?

बस लेट...सीटें खाली थीं।

शंकर को मिहीजाम जाना था, बैठ गए आमलादई की बस में।

छोटी बहन को सीट पर बिठा दिया गया।

कभी-कभी खड़े रह जाना बहुत बड़ा सुख होता है।

शंकर पूछना चाहते थे...

"क्या तुमको आर.पी.एफ. वाले अब भी गन्दे लगते हैं?"

पर पूछा...

"तुम्हारी सरदी कैसी रहती है अब?"

"इम्म.ऽऽऽ..."

शंकर ने मन में दोहराया...

"इम्मऽऽऽ...?"

उन्हें घोर अनजानेपन का एहसास हुआ।

शंकर ने फिर मन में दोहराया...

"आँय...?"

उनका मन किया कि अपनी ही आवाज़ को चूम लें।

कि जैसे उनके अन्दर से उनकी गीता ने पूछा हो—"आँय...?"

"सर्दी कैसी रहती है तुम्हारी?"

"ठीक ही है!"

शंकर को लाल रंग से बहुत डर लगता है। वो गीता की कलाइयों की हरी चूड़ियों को देखते रहे।

गीता दुखी हैं ऐसा उनको देखकर नहीं कहा जा सकता, पर उनके रोआँ पर वो रंग नहीं है जो ससुराल से पहली बार आई लड़की के होता है।

गीता के सामने एक खिड़की खुली थी जहाँ से चन्दा मामा सुन्दर दिखते थे।

गीता घर का सारा कचरा खिड़की से बाहर फेंक देती थीं। घर साफ़ चमचम हो जाता था।

गीता खुलकर ख़ुश रहती थीं।

परताप चन्द ने खिड़की बन्द करवा दी।

गीता चुपचाप खिड़की से हट गईं। पर फिर उन्होंने अपने लिए कभी कोई खिड़की नहीं खोली।

जब वो खिड़की नहीं तो कोई सी भी खोल दो क्या फर्क पड़ता है।

परताप चन्द ने गीता के लिए नई, ख़ूब सुन्दर समझकर एक खिड़की खुलवा दी जहाँ से हमेशा दोपहर ही दिखती है...एकसार, एक रंग! खिड़की में मोटी जालियाँ लगी हैं।

गीता बस हमेशा रोआँ गिराकर घर का कचरा एक कोने में इकट्ठी करती जा रही थीं।

"यादव चा का सुनकर बहुत ख़राब...!"

"हाँ!! सिक मिल गया है...।"

"तो...नौ...क...री?"

"देखो का होता है! होने देगा सब तब न!"

उनका मन किया कि ख़ूब कसकर थाम लें शंकर की हथेलियाँ और कहें...

"सब ठीक हो जाएगा। कैसे नहीं होगा हम लोग मिलकर सब ठीक कर लेंगे!"

पर शब्द वहीं रहे, गीता आगे घिसटा गई थीं न! चिल्लाकर कहना पड़ा...

"राम जी पर भरोसा रखो!"

शंकर नहीं चाहते थे कि उनके फटे हुए होंठों की टूटी हुई मुस्कराहट कोई देखे।

शंकर अपनी जेबें टटोलने में व्यस्त हो जाते हैं।

कंडक्टर चिल्लर पैसे माँग रहा था।

उन्हें पता है कि उनकी जेब में बस छह रुपये थे जो अब कंडक्टर के हाथों में हैं।

बेशक वो इस तथाकथित फ़िल्म के नायक आज भी हैं पर, उन्हें 'नेचुरल एक्टिंग' नहीं आती।

"कितना दें...?"

"दो रुपिया और...!"

कंडक्टर की खिसखिसाई आवाज़ के बाद चूड़ियाँ दो-तीन दफा खनकीं।

शंकर को लजाना चाहिए था, पर लजाए नहीं।

कुछ बातें पता होती हैं कि इसी तरह से होंगी।

बहुत सी बातें पता नहीं थीं शुबहा में थीं।

शंकर को नहीं पता था कि अब गीता की गन्ध कैसी है?

वैसी ही जैसी थी, या उसमें कोई नई गन्ध घुल गई है?

क्या उनकी मौलिक पसीने की गन्ध में गुटखे या पान पराग की मिलावट हो गई है?

या कहीं उसमें तीखे सेंट की महक तो नहीं घुल गई है?

शंकर का बहुत मन किया कि एक बार, बस एक बार पूरे गहरे तक खींचकर महसूस कर सकें वह आदिम गन्ध!!

"आजकल क्या कर रहे हो तुम?"

शंकर अपनी चप्पलें देखते हैं। पिछले चार साल में यह छठी या सातवीं है, पूरी तरह घिसी हुई।

ज़िन्दगी थी कि बिखरे हुए सामानों से अटा पड़ा कमरा, समझ में ही नहीं आता कि कहाँ से समेटना सहेजना शुरू करें।

अप्रैल की दोपहर है कि मन से उतरती ही नहीं और हम प्रतीक्षा में रहते हैं 'कोई' आएगा और इन बिखरे हुए सामानों को सहेजकर जगह पर रख देगा।

पर...हर आने वाला 'कोई' हमें वह कोई नहीं लगता जिसका हम इन्तज़ार कर रहे थे।

कॉफी, चाय का प्रतिस्थापन्न है...चाय नहीं।

एक माँ है, जिसका बेटा गुम हो गया था।

सब कहते थे कि वो मर गया।

पर माँ है कि सालों से इन्तज़ार कर रही थी।

पर एक दिन...एक दिन उस माँ के सामने बेटे की लाश रख दी गई है। और अब जो उस माँ की आँखों में होना था, कुछ वही सूखापन है शंकर की आँखों में।

गीता जानती हैं कि उनकी गलती नहीं है फिर भी, वो महसूस करती हैं कि उन्हें सज़ा दी जानी चाहिए, कि...

वो किसी के बुरे दिनों की बुराई को अपने साथ की ऊष्मा से सहला न सकीं।

किसी के पैरों की थकान की सरसों तेल और लहसुन पकाकर मालिश नहीं कर सकीं।

नहीं दे पाईं बेतहाशा धूप से थके सिर को अपने स्नेहिल स्पर्श से राहत।

गीता नहीं हैं वहाँ, जहाँ उनकी सबसे ज़्यादा ज़रूरत है।

"हमारे समय समाज में प्रेम करना, अपराधबोध पालना क्यों है शंकर?"

गीता चाहती थीं, पर पूछ नहीं पाईं।

लोग सोचते हैं कि प्रेम की उदास रातों को आगे दस साल बाद इत्मीनान से सोचकर उन बेवकूफियों पर हँसा जाएगा। पर ये इत्मीनान तब होता है जब इस पर साथ-साथ मिलकर हँसा जा सके, वरना फिर अपने आप पर ज़िन्दगी भर हँसते रहो।

शंकर की मुस्कराहट कुछ ज़्यादा ही चौड़ी है। हाथ हिला कर विदा लेने वाला जमाना नहीं था।

गीता बस सिर हिला कर रह गईं।

बस से उतरते हुए उन्होंने मझली का हाथ पकड़ रखा था।

थोड़ी देर चलते हुए उनकी पकड़ मजबूत हो गई।

पता नहीं कैसे तो बच्चे बूझ ले जाते हैं कि बड़े उनसे कुछ कहना चाहते हैं।

"का भए दीदी?"

गीता कुछ क्षण उन दो नन्ही आँखों में झाँकती रहीं।

"किसी से मत कहना कि शंकर हमको बस में मिला था!"

"काहे?"

गीता ने धीरे से वह पतली-दुबली ताँबई कलाई छोड़ दी और उत्तर लिखा—"खामोशी।"

कार्तिक का पहला फूल

कमरे में खामोशी की सरगोशियाँ थीं। सरगोशियों में सपनों की छटपटाहट थी। सपनों में स्मृतियाँ ही बचीं थीं अब।

बुढ़ापा उम्र का रेस्ट हाउस था। ओझा जी को लगता था कि ज़िन्दगी धागे की एक रील है। जिस दिन पूरी उधड़ जाए उसी दिन ख़त्म हो जाएगी। घड़ी टिक-टिक की रफ्तार से बढ़े जा रही थी। खिड़की से सूरज का एक नर्म-गर्म टुकड़ा कमरे में बिखरा था। बाहर हल्की हवा के साथ धूल भी थी। कार्तिक की ख़ुशनुमा सुबह अब दोपहर की तरफ़ बढ़ रही थी। ओझा जी की हथेलियों की सूजी नसों में, झुकी-झुकी-सी पीठ में, छाती और घुटनों की पीछे झूलती चमड़ी में ज़िन्दगी ने बाकायदा उम्र की नब्बे दस्तखतें छोड़ी थीं। उन्होंने बालिश के नीचे से स्टील की एक नन्ही डिबिया निकाली।

खैनी धीरे-धीरे रगड़ कर होंठ के पीछे दबा लेने पर वह स्वाद नहीं देती थी, जो स्वाद बाईं हथेली पर रखकर उसे कस-कसकर दूसरी हथेली से पीटने के बाद अँगूठे से ख़ूब रगड़ कर होंठ में दाबने पर आता था। रोज़-ब-रोज़ लगातार खैनी बनाने के कारण बाईं हथेली के बीचोबीच एक काला मटमैला निशान बन गया था। खैनी बनाते हुए अक्सरहाँ ओझा जी खुदरा दिनों की जुगाली करने लगते थे।

ज़िन्दगी खुदरा दिनों की रोटी कुतरती जाती थी। रोटियाँ इच्छाएँ थीं। याद पत्थर थी। सीने पर लदी रहती थी। ओझा जी ने इन पत्थरों को तोड़-तोड़ कर इन्हें मिट्टी कर दिया था। इस मिट्टी में ढेर सारे पौधे रोपे गए। दरवाज़े पर गुलाबी फूलों से लदी बोगनबेलिया की सघन बेलें फैली थीं। फिर एक पंक्ति से गुलाब और चमेली के पौधे थे। थोड़ा और आगे बढ़ने पर वृत्ताकार घेरे में गेंदे के पौधे थे।

उसके पास ही हरसिंगार और अमरूद के पौधे थे। एकदम आख़िर में अड़हुल का एक पौधा था। यह पौधा वह अपनी नासिक वाली बेटी के यहाँ से लाए थे। पौधे फकत फूल-फल के ही नहीं थे। कुछ जंगली पौधों की पत्तियाँ व डालें इस ख़ूबसूरती से छाँटी गई थीं कि उनसे उस नन्हे-से आँगन की ख़ूबसूरती कई गुना बढ़ गई थी। यह सब कोई नई बात नहीं थी।

पारसनाथ में रेलवे के ओपन लाइन में जब ओझा जी थे तब भी उनके क्वार्टर का दो बित्ता भर बागीचा ख़ूबसूरत फूल-पौधों से सजा रहता था। एक बार तो जी.एम. ने उन्हें सौ रुपये का ईनाम भी दिया था। ओझा जी को अपने पौधों पर बहुत गर्व था। उन पर ठहरनेवाली एक प्रशंसात्मक दृष्टि ओझा जी का रोआँ-रोआँ पुलकित कर देती थी।

खैनी खाकर वो उठे। जनेऊ को आहिस्ता-आहिस्ता पीठ पर रगड़ते हुए आँगन में आए। एक-एक पौधे के पास ठहरे। रात भर झरे, सूखे हरसिंगार और भूरी पत्तियाँ उन्होंने सुबह ही चुनकर साफ़ कर दी थीं। मिट्टी में पर्याप्त नमी थी। अड़हुल के अलावा अन्य किसी पौधे पर फूल या कली नहीं आई थी। जिस तन्मयता से चित्रकार कैनवस पर रंग भरता होगा, जिस ममता से माँ अपने शिशु को दूध पिलाती है, ओझा जी उसी मोह-ममता-तल्लीनता से मिट्टी की निराई-गुड़ाई करते। पौधों में पानी देते। धोती उनकी मिट्टी से लिसड़ जाती। नाखूनों में जमी मिट्टी टीसने लगती थी। पर पौधों से मोह बढ़ता ही जा रहा था। एक-एक पत्ता, बूटा-बूटा उनकी छुअन जैसे पहचानता था।

माँ का सबसे कमज़ोर बच्चा माँ की सबसे ज़्यादा ममता पाता है। अड़हुल का यह पौधा ओझा जी का ऐसी ही कमज़ोर सन्तान था। अब तक कभी इस पर एक भी फूल नहीं पनपा था। पत्ते चिकने-चमकीले-सुन्दर थे। टहनियाँ भी सुडौल थीं। ओझा जी अक्सर पौधे की छँटाई करते। समय से खाद-पानी सब होता। उसकी चिकनी पत्तियों को प्रेम से सहलाते। उनकी नसों में बहता हुआ स्नेह और जीवन जैसे कतरा-कतरा पौधे तक सम्प्रेषित होता रहता। उसे मिनटों निहारते। और दो दिन पहले ही ओझा जी ने उस पर गुनगुनाती हुई नन्ही कली देखी थी। कली अब-तब खिलने की स्थिति में है। ओझा जी ने आहिस्ता से कली को छुआ। मुस्कराए। पनोहा पर आ गए।

नहाने के लिए चांपाकल चलाते वक़्त पैर की नसें तड़-तड़ करती थीं। पूरी देह टटाती थी। बूढ़ा आदमी देह से नहीं हिम्मत से चलता है।

हिम्मत ही थी वह, जो मानने ही नहीं देती थी कि अब उनकी देह थक रही है। यद्यपि वे स्वयं सबसे कहते, "बड़ी उमिर हो गइल बा हमार!"

पर यही हिम्मत तब चुकने लगती जब बुखार सिर पर चढ़ने लगता। या पेट परेशान करने पर उतारू हो जाता। ओझा जी अक्सर ही कहते, "प्राण को देह से बहुत मोह होता है। प्राण जल्दी देह नहीं छोड़ना चाहता। पर देह तो अयोग्य हो जाती है। इसी मोह के कारण मृत्यु के समय आदमी को कष्ट होता है।"

जब-तब यही मोह उन्हें बाँधने लगता। छूटी हुई चीज़ों और लोगों का मोह...। मित्र, परिजन, बन्धु, पत्नी। और पौधों का मोह तो था ही। इस मोह का कोई अर्थ है क्या? छूटी हुई चीज़ें और लोग पास नहीं थे। और जो नहीं छूटे थे वो भी आख़िर कितने घड़ी पास हैं इसका कोई ठिकाना है?

"नमामीश मिशान निर्वाणरूपं..." का पाठ अरसा हुआ छूटे। छोटा-सा शिवलिंग कोने में धकेल दिया गया था। उन पर अब बेलपत्र नहीं चढ़ता। कमरे में काठ का एक काला बक्सा था। बक्से में ढेर सारी पुरानी किताबें और पत्रिकाएँ थीं। बानवे-तिरानवे तक की कादम्बिनी के अंक थे। कभी बहुत चाव से उन्होंने ये किताबें ख़रीदी थीं। उन पर दुलार से अख़बार की जिल्द मढ़ी थी। अब तो इस तरफ़ देखने तक का मन नहीं करता। बक्से में धूल अँटी पड़ी थी। ओझा जी कपड़े से धूल झाड़कर किताबें सजा रहे थे। बहू खाना लेकर आई थी, "बाबूजी खाना।"

"रख दो।"

ओझा जी पूर्ववत् किताबें सजाते रहे। बहू खाना-पानी रखकर चली गई। किताबें रखकर उन्होंने बक्सा बन्द कर दिया। सामने खाने की थाली थी। खाना देखकर उन्हें पत्नी बेतरह याद आती थी। पत्नी को तब नाम से पुकारे जाने का चलन नहीं था।

"सुन तारु हो...!" ही कहकर काम चला लिया जाता था। पत्नी खामोशी से ही आगे-पीछे डोलती रहती थीं। उनके आसन पर बैठ जाने के बाद ही थाली में गरम खाना परोसतीं। ओझा जी जितनी देर खाते वो बेना डोलाती रहती थीं। उन्हें सब्ज़ी तीखी चाहिए होती तो तीखी ही मिलती। मीठा खाने का मन होता तो मीठा हाजिर हो जाता था। ओझा जी काम में भिड़े रहते। पत्नी बार-बार पहले खाना खा लेने की चिरौरी करतीं। वह सुनी-अनसुनी कर देते। काफी वक़्त बाद मनमौजी काम निपटाकर आते। बावजूद इसके खाना गर्म ही मिलता।

उस दिन बारिश हो रही थी। बागीचे के हर पौधे तक पानी जाने के लिए वो करहा तैयार कर रहे थे कि पत्नी पकौड़ियाँ लेकर बरामदे में हाजिर। पत्नी बार-बार पहले गर्म पकौड़ियाँ खा लेने का आग्रह कर रही थीं। उन्होंने बुरी तरह झिड़क दिया था, "हर समय क्या खा लीजिए...खा लीजिए लगाए रखती हो? देखतीं नहीं काम निपटा रहा हूँ। तुम्हें तो बस अपने पकौड़ियों की पड़ी है।"

पत्नी शायद अन्दर तक आहत हो गई थीं। धीरे से बोलीं थीं, "जब हम ना रहब न तब बुझाई तहरा।"

दोपहर किसी उदास पुरानी धुन की तरह चढ़ रही थी। खाने पर मक्खी भिनभिनाने लगी। ओझा जी ने हथेली हिलाकर मक्खी भगा दी। दीवार के कोनों पर मकड़ी के जाले लटक आए थे। खिड़की पर बैठा कबूतर पंख फड़फड़ाता उड़ गया।

सुबह-सुबह उठकर ओझा जी पौधों को सुप्रभात कहने आए तो अड़हुल पर एक नन्हा फूल खिल चुका था। उजले फूल की पंखुड़ियों के निचले सिरों पर कत्थई रंग के धब्बे थे। पूरे बागीचे में मौसम का पहला फूल शर्माया-शर्माया-सा मुस्करा रहा था। अरहर की झाड़ से आँगन बुहारते हुए कई दफे नज़र उधर ही को उठ जाती। जैसे कत्थई स्याही में उँगली बोरकर उजले फूल पर छिड़क दिया गया हो। जिसकी भी थी बड़ी ख़ूबसूरत कलाकारी थी यह। दिन फूल के इर्द-गिर्द, उससे ही सराबोर गुजरा। कार्तिक की सन्तरई शाम अब भागने लगी थी। हवा से दूब झूम रहे थे। एक पोता ओझा जी के पास ही बैठा मोबाइल चला रहा था। बच्चों को मोबाइल चलाते देखकर ओझा जी को जैसे कुछ होने लगता था। कोई उलझन या ऐसा ही कुछ।

"का टीप-टाप कर रहे हो?"

"कुछ नहीं।" पोते ने व्यस्त भाव से कहा।

किसी का भी अपने पास बैठना कभी-कभी ओझा जी को रोमांच से भर देता था। बीते दिनों की मौखिक जुगाली करने के लिए मन कुलबुलाने लगता। पर अब स्मृतियाँ, वर्तमान सोच, कल्पनाएँ, स्वप्न सब इस कदर गड्ड-मड्ड हो गए थे कि एक-एक सूत को अलगाना अब मुश्किल लगता था। कुछ भी कहने से पहले मन-ही-मन जैसे कोई तैयारी चलती थी। सोचे हुए और बोले हुए का फर्क मिट गया-सा लगता था। कई बार कुछ बातें ओझा जी मन में

इतना दुहरा लेते कि उन्हें ऐसा लगता कि वो इसे दूसरों को कई दफे सुना चुके हैं। कई बार इसके उल्टा भी होता था कि दूसरों से कई बार कही हुई बातें भी मन में दुहराई गई-सी लगती थीं। दिन भर कमरे में ओझा जी की साँस के अलावा बस चूहों की भागदौड़ सुनाई पड़ती थी। ऐसे में बोलता हुआ टी.वी. भी निर्जीव नहीं लगता था। ओझा जी ने खखारकर कुछ पंक्तियाँ कहना शुरू किया था। पोते ने ऊबे व विरक्त भाव से कहा, "सुनाई हुई कहानी कितनी बार सुनाएँगे बाबा?"

ओझा जी के पास आगे कहने के लिए कुछ नहीं बचता था।

दुनिया के हर आदमी के पास एक त्रिभुज था। तीखे कोणों वाला त्रिभुज। ओझा जी के भीतर भी कोई त्रिभुज था। ओझा जी अपने भीतर के त्रिभुज को लगातार घिसते रहते थे, कि वह कोमल, नर्म एवं गोल बना रहे। कि जब भी किसी से उनका त्रिभुज टकराए तो सामने वाले को कम-से-कम चोट पहुँचे। लेकिन दुनिया के पास न तो इतना धैर्य होता था न वक़्त...इसलिए ओझा जी से टकराने वाले दुनिया के हर त्रिभुज की चोट बेहद मारक होती थी।

यादों की रेत जब जिधर जी चाहे फिसल जाती थी। पाँच बेटियों में जब सबसे बड़ी सयानी हुई तो ओझा जी ने मझले भाई से वर ढूँढ़ने में मदद माँगी। भाई साँझ की बाती में घी डालते हुए बोले थे, "सेठ टोडरमल कहता है कि भाई बेटी अपने दम पर पोसता है कि भाई के दम पर।"

ओझा जी चुप। धीरे-धीरे सारी बेटियाँ अपने-अपने घर की हो गई थीं। छुट्टियों में उनसे मिलने आतीं। दुलार जताया जाता। शिकायतें दर्ज होतीं।

"आप छोटी को ज़्यादा मानते हैं।"

"आप बड़ी को ज़्यादा मानते हैं।"

शब्द की कई तहें थीं। एक शब्द से कई अर्थ साधे जा सकते थे। ओझा जी मानने से थक गए थे।

हवा में खुनक बढ़ रही थी। सूती शाल बदन पर ढीली पड़ गई थी। अँधेरा गाढ़ा था। ओझा जी लालटेन जलाने कमरे में जाने लगे। आँगन के कोने में अड़हुल मुस्करा रहा था। ओझा जी उसके पास गए। उसकी पंखुड़ियों का मोती-सा उजलापन चमक रहा था। ओझा जी धीमे से फुसफुसाए, "तुम्हारे पास तो कोई त्रिभुज ही नहीं है!"

कार्तिक के एक हल्के झोंके से फूल सिहर गया।

सुबह ओझा जी सबसे पहले हरसिंगार के पास गए। उसके फूल चुनकर ओझा जी फेंकते नहीं थे। उन्होंने सारे फूल पेड़ की जड़ों के चारों ओर गोल घेरे में रख दिये। क्यारियों की ईटें टेढ़ी-मेढ़ी हो गई थीं। ईटें सीधी करती हुई ओझा जी की नज़र अनायास ही अड़हुल पर गई थी। डाल सूनी थी। ओझा जी का दिल धक से हो गया। किसने किया यह? उन्होंने बहू को आवाज़ लगाई...

"यह अड़हुल का फूल किसने तोड़ा?"

"आज एकादशी है तो पूजा के लिए मैंने ही तोड़ लिया।" बहू धीरे से बोली।

ओझा जी का मन रोने-रोने को हो आया। वह चुपचाप बैठकर क्यारी की ईटें सही करने लगे। बोगनबेलिया की लताओं के पास छत पर कबूतर था। कबूतर टुकुर-टुकुर ओझा जी को देख रहा था। अड़हुल की वह सूनी डाल कार्तिक के झोंके से अब भी झूम रही थी।

एगही सजनवा बिनु ए राम!

मध्यम ऊँचाई वाले बाँस को (जिस पर गुब्बारे, प्लास्टिक की पिपिहिरी और खिलौने टँगे थे) सिलिंडर भइया ने पाकड़ से टिकाकर खड़ा कर दिया और सोर पर बैठकर सुस्ताने लगे।

पाकड़ के ठीक सामने अभी भी हनुमान मन्दिर ही था। मन्दिर में हनुमान जी की मूर्ति थी। मूर्ति की उम्र जरा भी घटी-बढ़ी नहीं दिख रही थी। जस का तस एक हाथ में पहाड़ तथा दूसरे हाथ में गदा लिए हनुमान जी अभी भी उड़ने को तैयार दिखते थे।

नज़र मन्दिर से आगे बढ़ी थी। सिलिंडर भइया की उम्र जब जवानी और अधेड़ावस्था के बीच ही थी, माने कि समझ लीजिए जवानी ज़्यादा अधेड़पन बहुत कम, तभी मन्दिर के बाद फैले बबूल के सारे झाड़-झंखाड़ उखाड़कर ज़मीन साफ़ कर दी गई थी। सरजू सुनार की बँसवारी उजड़ गई थी। उससे आगे एक अन्धा कुइयाँ था; वह भी एक दिन ईंट, मिट्टी से पाटकर चिक्कन कर दिया गया था। चिक्कन जगह पर 'ज्ञानकुंज शिक्षण संस्थान' की छोटी-सी इमारत बन गई थी। जब कुइयाँ पाट दिया गया था, बबूल साफ़ कर दिये गए थे, तब की अपनी नई-नोचर कनिया से सिलिंडर भइया ने कहा था, "एगो बात पूछें?"

कनिया अबरक लगी चमकती चूड़ियों से खेलती बोली थी, "हूँम्म्म...!"

"अब तुम अपना गन्दा असुद्ध कपड़ा कहाँ फेंकोगी?"

कनिया हँसने लगी थी। हँसते हुए ही पूछी थी, "एकर चिन्ता रउआ काहें धर लिया है?"

सिलिंडर भइया चुप।

कनिया तरस खाते हुए बताती थी कि "अम्मा जी बोली हैं कि काग़ज़ में लपेटकर कौनो घूरा प फेंक देना।"

सिलिंडर भइया माचिस की तीली को मसाले पर घिसे थे। एक घर्षण से ही तीली भक् से जल उठी थी। काँपती हथेलियों से जलती तीली को आड़ करके बीड़ी जलाई थी उन्होंने। फिर, दो-तीन दफे तीली हवा में फटके थे। बुझी हुई तीली को सिलिंडर भइया ने फेंक दिया था।

सिलिंडर भइया ने भर मुँह धुआँ उगला था। लाल चींटियों की एक लकीर जड़ों से होती हुई, पाकड़ के तने से ऊपर जाकर कहीं गुम हो जा रही थी। जीवन को उसकी नंगई के साथ स्वीकार करते जाना दुरूह कार्य था, बेशक उसकी नंगई पर कोई सा भी झीना आवरण लगाकर जिया जा सकता था कम अज़ कम!

सिलिंडर भइया तर्जनी और अँगूठे की पकड़ में फँसी बीड़ी का लम्बा कश लेते थे। कुछ भी करके दुख से छुटकारा पाया जा सकता था, और दुख था कि ससुरा कुछ करने ही नहीं देता था। ख़ूब धुआँ निकालकर सिलिंडर भइया ऊपर आसमान में ताकते थे। धूप कम थी, उमस ज़्यादा।

असल में पैंतालिस-छियालिस के सिलिंडर भइया, नकल में पचपन-छप्पन के दिखते थे। तब की नई-नोचर कनिया अब सोलह साल पुरानी हो गई है और टोला के चार-छः घरों में बर्तन माँजने जाती है।

कनिया के एक लड़का और एक लड़की है।

लड़का छोटा है।

लड़की रजस्वला हो गई है।

सिलिंडर भइया जब से सुने थे कि लड़की रजस्वला हो गई है, तब से अंउजाए रहते। सोलह साल पुरानी कनिया को अपना मरद पूरा बउरहा लगता है। दस बोली रोज़ सुनाती है।

कनिया मिट्टी के चूल्हे में लवना लगाती थी। आँच लहलहा उठी थी। कनिया जीरा का फोरन देकर कटी हुई लौकी कड़ाही में डाल देती थी। सब्ज़ी चलाते हुए धुएँ से बचने के लिए आँखें मिचमिचा कर कहती थी, "हमरो तऽऽ बाप रहुवन! बाप राम के कबउ पता भी न लागल कि कब बेटी सयान हुई, अउर हमारी बिदाई भी हो गई। तुम्हारे अइसा तो बाप ही नहीं देखे हम!"

सिलिंडर भइया आईना लेकर बाल काढ़ते रहते थे। कनिया परात में आटा लेकर गूँथने लगी थी, "हम मर बिला गए हैं, कि इन्हीं को फिकिर धरा है

बुचिया का लेगी, कहाँ फेकेगी! दू पइसा कमाना न धमाना, खाने-पीने का हाय-हाय और बेटी को देंगे तो मेमेसाहब वाला चीज़ देंगे...पुराना-धुराना कपड़ा नहीं लेगी बेटी!"

बुचिया उठकर अन्दर किसी कोने में टी.वी. देखने चली गई। सिलिंडर भइया जानते थे कि, उनको कहीं शरण नहीं मिलनी थी। खिलौनों वाला बाँस लिए वह बाहर निकल गए थे। सिलिंडर भइया अब निरगुन नहीं गाते, पिपिहिरी बजाते हैं। निरगुन गाने से कुछ नहीं मिलता था। पिपिहिरी बजाने से पिपिहिरी बिक जाती है, गुब्बारे व प्लास्टिक के खिलौने भी बिक जाते हैं। इसलिए मेहनत मजूरी के ऑफ सीजन में जब भी कहीं मेला लगता है या 'नहान' होता है तो सिलिंडर भइया पिपिहिरी बजाते हुए वहाँ पहुँच जाते हैं। पिपिहिरी फूँक से शुरू होती हल्की बजती थी। फूँक से बजती पिपिहिरी में अचानक फूँक के अलावा छाती से उठता कोई उबाल भी शामिल हो जाता था। कोई बहुत पुराना लार, दुख, पीड़ा से भर्राया हुआ रुदन। हल्की बजती पिपिहिरी घिसघिसी, भारी और बेसुरी बजने लगती थी। बच्चे जो पिपिहिरी ख़रीदने आते थे बेसुरी, कर्कश बजती पिपिहिरी सुनकर बढ़ते हाथ पीछे खींच लेते थे। सिलिंडर भइया तुरन्त मुँह से पिपिहिरी निकाल लेते थे। खँखार कर रुदन थूक देते थे। दुबारा होंठों में दबाकर पिपिहिरी बजाते थे। हल्की फूँक के साथ पिपिहिरी हल्की बजने लगती थी। हँसते-मुस्कराते बच्चे पिपिहिरी मोल लेते थे।

सिलिंडर भइया हमेशा सौ पचास बचाकर रखते थे और प्रत्येक महीने मेडिकल स्टोर से 'सेनेटरी पैड' अख़बार में लपेटकर लेते आते थे, कनिया के लाख कलह-कचाइन के बावजूद!

तीन-चार कश खींच लेने के पश्चात् सिलिंडर भइया ने धीरे से तर्जनी को बीड़ी पर ठोंक कर राख नीचे गिरा दी थी। हवा भारी थी, राख हल्की! हवा, राख को अतीत में उड़ा ले गई।

सतरोहन बो चाची लड़-लड़ कर सबका जी हलकान किये रहती थीं। रतनी दिदिया का ब्याह पक्का हो गया था। अट्ठाइस गुन मिले थे। लड़का था तो वैसे गाजीपुर का पर देखउकी के लिए जो फ़ोटो आया था वह पास वाले बाज़ार के रोशन स्टूडियो का था। खिंची हुई सुन्दर, बड़ी आँखों वाले लड़के का चेहरा लमलोल था। ब्याह का लगन अगली गरमी व मानसून के संक्रमण काल में था।

सतरोहन चाचा बड़े शान से बताते थे, "दस बीघा तो खेत है, चौखंडी बड़ा बगइचा है और लरिका तो का बताएँ भइया बड़ा भारी पंडित है।"

पर जब ब्याह पक्का होने की ख़बर आई ठीक तब ही अजामिल जी बाबा ने यह खुलासा किया था, कि "लरिका पंडित-फंडित कुच्छु नहीं बकलोल है।"

अजामिल जी बाबा के साढ़ू की बहन की ससुराल उसी गाँव में थी जहाँ रतनी दिदिया का ब्याह तय हुआ था। अजामिल जी बाबा ने ही बताया था कि "लरिका सम्पूर्णानन्द संस्कृत विश्वविद्यालय से शास्त्री कर चुका था। चुरकी रखता है। पंडितों की टोली के साथ रहता ज़रूर है पर उनका भोजन बनाता है, अर्थात् रसोइया है।"

सतरोहन बो चाची दिन भर चूल्हा-चौकी, घर-दुआर में भिड़ी रहती थीं और बड़बड़ाती रहती थीं। गाँव के लौंडे-लपाटों ने टोला की औरतों के विषय में एक सर्वमान्य निष्कर्ष पारित किया था, "जिन-जिन औरतों की ठुड्ढी और होंठ के आसपास का हिस्सा ललछाहुँ था, वे सब बेजोड़ 'झगराहिन' थीं। लेकिन सारे नाम गिनाने के पश्चात् एक और सर्वसम्मत निष्कर्ष निकला था, "चाहे कोई कितना हु तेज बनि ले, सतरोहन बो भौजाई तो सबकी अम्मा हैं।"

किसी सरकारी महकमे में स्टोरकीपर रहे मुनरिका सुकुल बहुत थोड़ी-सी राशि के साथ जब गाँव आए थे तो सबसे पहला ज़रूरी काम जो उन्हें लगा, वह था आँगन के एक तरफ़ के हिस्से में कच्ची फ़र्श और पक्की दीवारों वाले दो कमरे संग पलानि बनवा लेना। इतना ज़रूरी काम निपटाने के मुट्ठी भर सालों बाद मुनरिका सुकुल अनजानी दुनिया में चले गए थे। आँगन के दूसरी तरफ़ के हिस्से उनसे छोटे भाइयों महेसर व रमेसर सुकुल के थे। मुनरिका सुकुल के एकमात्र पुत्र सतरोहन चाचा संस्कृत से एम.ए. पास थे और ठीकठाक नौकरी पा लेने के अपने अथक प्रयासों में थक जाने के पश्चात् अब कलकत्ते में किसी मारवाड़ी सेठ के यहाँ पूजा-पाठ करवाते थे। महेसर सुकुल को भी सतरोहन चाचा ने किसी मारवाड़ी सेठ से कह सुनकर कलकत्ते में ही एक ठाकुरबाड़ी में लगवा दिया था। महेसर सुकुल साल-छः महीने में कभी-कभार घर आते थे।

महेसर सुकुल को तीन बेटियों के पश्चात् पिछड़े-पछाड़े पुत्ररत्न की प्राप्ति हुई थी। रमेसर सुकुल लुधियाना में किसी ऊनी वस्त्र बनाने वाली कम्पनी में काम करते थे और साल के तीन-चार महीने घर पर ही रहते थे। घर पर रहनेवाले मौसम के दौरान रमेसर सुकुल साइत देखना, गणना मिलान, पोथी बाँचना जैसे

छिटपुट पंडिताऊ कार्यों हेतु सर्वसुलभ रहते थे। रमेसर बो ईया जवानी के बीमार दिनों में ही गुजर गई थीं।

लक्ष्मी माता कहती हैं कि अगर सम्बन्ध बिगाड़ना है तो मुझे बीच में रख दो। आँगन के एक ओर मुनरिका सुकुल का हिस्सा था, दूसरी ओर महेसर व रमेसर सुकुल का। महेसर बो ईया ने बीच आँगन में लक्ष्मी माता को रख दिया था।

सतरोहन चाचा कभी नवरात्र तो कभी सावन में मारवाड़ी सेठ के यहाँ जब मंत्र उचारते होते थे तो रमेसर सुकुल, उनके हिस्से की भी ज़मीन में बोवाई-कटाई करवाकर अनाज मुनाफा खुद रख लेते थे। प्रत्येक बार सतरोहन चाचा ट्रेन भर जनरल की खिड़की वाली सीट पर योजनाएँ बनाते आते थे कि इस बार तो खेत का बाँट-बखरा करवा ही लेना है और खेती बटइया पर दे देनी है। किन्तु प्रत्येक बार एक दुलारे हुए शातिर आश्वासन के साथ उन्हें वापसी की ट्रेन पकड़नी पड़ती थी। रमेसर सुकुल अपने हक की अक्षुण्णता के प्रति इतने सचेत थे कि दूसरे के हक की कतरब्योंत कर अपने हक में जोड़ लेना भी उन्हें ख़ूब आता था। किसी से भी नहीं डरने वाली सतरोहन बो चाची, रमेसर सुकुल से भी डरती नहीं थीं, लिहाज़ ज़रूर करती थीं। इस लिहाज की सबसे अहम वजह उनके अपने पुरुष का सिमसिमाह होना था।

जवानी के दिनों में चार साल अज्ञातवास के संघर्षों से वापसी के पश्चात् हर साल की तर्ज पर सतरोहन सुकुल घर आते थे। पुनः घर से जाते हुए जब सतरोहन सुकुल अपना सामान बाँधते होते थे तब ही, घर पर बनाया हुआ डब्बा भर शुद्ध घी चाची जबरन उनके झोला में ठूँस देती थीं।

सतरोहन बो चाची माथा पर लूगा सही करके पूछती थी, "बात कईलाऽऽ हाऽऽ चाचा जी से?"

"सबर कर।"

"तुम परधान से काहे नहीं बतियाते हो?"

सतरोहन सुकुल समझाते थे, "घर की बात घरई में रहने दो अबहीं!"

"घर की कौन सी बात हो? कुछ रखे हो हमारी लड़कियों के लिए? कइसे इनका ब्याह-सादी करोगे?"

सतरोहन बो चाची सुबकती रहती थीं और सतरोहन चाचा कुछ नहीं बोलते थे। उनके 'कुछ नहीं बोलने' के प्रति सतरोहन बो चाची की खीस पीत चिड़चिड़ाहट बढ़ती जा रही थी रोज़-ब-रोज़। वर्ष-दर-वर्ष! महेसर बो ईया मस्तानी थीं।

ऐसी मस्त कि उनका नामकरण ही हो गया था 'दरोगाइन'। 'दरोगाइन ईया' महेसर सुकुल जैसा सुस्त तोंदियल बच्चा नहीं चाहती थीं। उन्हें रमेसर सुकुल जैसा तेज-तर्रार खड़ी नाक वाला लड़का चाहिए था। और जैसी ईश्वर की अनुकम्पा कि उनका पुत्र ठीक रमेसर सुकल पर ही गया था। अक्सरहा दरोगाइन ईया की मस्ती और सतरोहन बो चाची की खीस पीत चिड़चिड़ाहट की आपस में ठन जाती थी।

दारोगाइन ईया, सतरोहन बो चाची को सरापते हुए कहती थीं, "तोर भतार के मुँहवा सड़ के चू जाए, तू राँड़ी हो जाए!"

दरोगाइन ईया अगर वीर थीं, तो सतरोहन बो चाची बावन वीर थीं, "हाँ रे हम तो राँड़ी होइए जाएँगे। एकई ठे न भतार है हमारा! तुम कबउ राँड़ी नहीं होओगी। क्या है एक ठे भतार मूएगा तो दुसरका हो जाएगा, दुसरको मर गया तो तिसरका भतार कर लेना।"

एक सीधी, एक तिरछी आँखों वाली 'साढ़े चार फुटी' रतनी दिदिया यानी कि उत्तर प्रदेश माध्यमिक शिक्षा परिषद द्वारा प्रदत्त दसवीं के अंकपत्र के अनुसार 'स्नेहलता शुक्ला' तीन-चार लड़कियों के साथ बैग लेकर जब 'राजकुमारी देवी बालिका इंटर कॉलेज' के लिए निकलती थीं, तो देखती थीं कि विपरीत दिशा से दो-चार साइकिल सवार लड़के आ रहे होते थे। वो एक लड़की बाकी लड़कियों की तरह ही बातों में लगे हुए होने के बावजूद आँखों के किसी विशेष कोण से साइकिलों और पैदलों की निरन्तर घटती जा रही दूरी नापती थी। जब साइकिलों व पैदलों की दूरी न्यूनतम पर होती थी, लड़कियाँ सायास (हालाँकि अभिनय अनायास का ही होता था) साइकिल सवारों पर उड़ती-सी नज़र डाल लेती थीं। उस एक लड़की को धक्का-सा तो नहीं ही लगता था (क्योंकि अब उसे इस सब की आदत सी पड़ती जा रही थी) लेकिन एक छोटी-सी उम्मीद जो अब-तब में जलने-जलने को हुई रहती थी भक् से बुझ जाती थी। उन चार जोड़ी आँखों में से एक फूटी हुई नज़र भी लड़की के हिस्से में नहीं आती थी। किसी काज परोज, नेवता हकारी में नहीं जाने वाली लड़की को सतरोहन बो चाची जबरन ठेलठाल कर गरियाती हुई भेजती थीं। अब जाना तो था ही, सो रतनी दिदिया ठीक से जाती थीं। तब, जब बिजली नहीं होती थी, रतनी दिदिया चार इंच लम्बे-चौड़े शीशे के बगल में लालटेन टाँग देती थीं।

बोरोप्लस लगाने के बाद चेहरा ज़्यादे तेलउँस लगने लगता था। रतनी दिदिया गमछा से एक बार चेहरा पोंछकर हल्के हाथों से पाउडर लगा लेती थीं। वैसलीन वगैरह मिल जाए तो ठीक, वरना गरी का तेल भी होंठों को चमका डालने के लिए काफी होता था। काजल आँखों में लगा लेने के पश्चात्, बुझ चुकी अगरबत्ती की सींक को काजल में बोर कर रतनी दिदिया एक छोटी-सी बिन्दी लगा लेती थीं। फिर नाक से पतली सींक निकालकर छोटी-सी 'हाय रे नथुनिया' पहन लेती थीं और लालटेन की अँजोरा शीशा के नजदीक जाकर देखती थीं। झल्ल से एक सुनहरी लकीर चमकती थी, और गायब हो जाती थी। रतनी दिदिया मुस्करा देती थीं।

जयमाल के समय कन्यापक्ष की सीता जी सरीखी सारी सुन्दर लड़कियाँ दुल्हन (जो टैयरा टीका नथिया पहले नज़रें झुकाकर बैठी होती थी) के पीछे खड़ी होती थीं तथा वरपक्ष दूल्हे राजा के पीछे जमा होता था। लड़के मुस्किया कर ताकते थे। कन्यापक्ष से होने के बावजूद लड़कियों में एक अकड़ होती थी। बीच-बीच में कोई लड़की सामने आकर दुल्हन का टीका सीधा कर देती थी या गिरी हुई लाल चुनरी के छोर को उठाकर कुर्सी के हत्थे पर रख देती थी। फ़ोटोग्राफ़र दुल्हन को जरा चेहरा उठाने के लिए कहता था, और सारी स्थितियों, मुस्कराहटों को ओ.के. करने के पश्चात् क्लिक कर देता था। सारे हँसते-मुस्कराते ख़ूबसूरत चेहरों के बीच कन्या पक्ष के सबसे आख़िरी कोने में रतनी दिदिया का आधा चेहरा ही आ पाता था। आधे चेहरे की आधी आँख अपनी बगल वाली ख़ूबसूरत लड़की को देखती होती थी, जो पता नहीं जाने या अनजाने चेहरे पर झूल आई लट को बड़ी अदा से पीछे कर रही होती थी कि, तभी कैमरा क्लिक हो गया था। बाद में जब कभी शादी की विडियोज देखी जाती थीं तो दूल्हा-दुल्हन के अलावा भी बहुत सारे चेहरों पर कैमरा बार-बार ठहरता था, लेकिन वहीं कहीं आसपास बैठकर ब्याह के गीत गाती रतनी दिदिया के होते हुए भी कभी उनका पैर, कभी दुपट्टा, कभी पीछे की चोटी और कभी-कभार आधा चेहरा क्षणांश भर को उनकी पहचान बताकर गायब हो जाता था। दुल्हन के घर वाले हँसकर मीठा उलाहना देते थे—

"कितना कम आया है रतनी का, पता नहीं मुँहचोरनी कहाँ घुसी पड़ी थी!"

रतनी दिदिया के पास जो जवाब था वह किसी को दिया नहीं जा सकता था। रतनी दिदिया से अगर पूछा जाता कि "अपने बारे में बताओ जी लड़की!"

तो रतनी दिदिया को एक वाकया याद आता था। वाकया दुपट्टा सँभालने के टटका दिनों का था। सुबह के व्यस्त वाले समय में रतनी दिदिया मसाला पीस रही थीं, कि तभी दर्द से लबरेज किसी जीव की चीख गूँजी थी किंयाँ ऽऽऽ किंयाँ ऽऽऽ—

रतनी दिदिया को लगा जैसे कोई तीखी पीड़ा से बिलबिलाया हो। रतनी दिदिया ज्यों का त्यों अधपिसा मसाला छोड़कर पूरे आँगन में देखने लगी थीं। दुनिया की हर आवाज़ बिना किसी सुर लिपि के भी स्वयमेव एक भाषा होती है। वही भाषा रतनी दिदिया को खींच रही थी। रतनी दिदिया छटपटा कर दुआर पर गईं पर वहाँ पर कुछ नहीं था। वो वापस आँगन में आईं। फिर वही चीख गूँज रही थी। रतनी दिदिया ने दिशा पहचानी तो पाया कि आँगन के ठीक पीछे वाले नीम के पेड़ पर एक कौवा अपनी चोंच से एक नन्हे मेढक को नोच रहा था। दर्द से बिलबिलाता मेढक चीख रहा था। रतनी दिदिया जोर से चिल्लाई थीं। कौवे ने थोड़ी देर के लिए नोचना छोड़कर इधर-उधर देखा। कोई खतरा न पाकर वापस अपने शिकार को नोचने लगा। रतनी दिदिया ने पास पड़ा एक पत्थर उठाकर वहाँ निशाना लगाया। कौवा उछला और थोड़ी फड़फड़ाहट के बाद वापस वहीं आकर टिक गया। तभी एक और कौवा आ गया था। रतनी दिदिया बाहर भागीं। उन्होंने रमेसर सुकुल से कहा। रमेसर सुकुल बोले, "अब कुछ नहीं हो सकता। बस इतना होगा कि कौवे थोड़ी देर के लिए उसे छोड़कर उड़ जाएँगे। बस! फिर तो चींटियाँ भी लग जाएँगी। किसी भी सूरत मेढक का मरना तो तय ही है।" रतनी दिदिया नीम के पास गईं। चीखें बन्द हो चुकी थीं। इसलिए नहीं कि मेढक की पीड़ा ख़त्म हो गई थी, इसलिए कि उसकी क्षमता ख़त्म हो चुकी थी। कुछ समय पश्चात् जीवन समेत पीड़ा भी ख़त्म हो जानी थी। मेढक छटपटा रहा था, तड़प रहा था, कराह रहा था। उसे कोई नहीं बचा पाया।

रतनी दिदिया चाहती थीं, पर वो भी उसे नहीं बचा पाईं। ब्रह्मांड में उसका कहीं कोई ईश्वर नहीं था। उस दिन रतनी दिदिया ने साक्षात् रूप में जाना था कि जीवन दरअसल यही था। रतनी दिदिया ने उस दिन स्वयं को एक मेढक के मार्फत पहचान लिया था। वह भी अपने क्षत-विक्षत नुचे हृदय के साथ जी रही थीं। बिना हल्की सी भी 'आह' किये। एक तरह से ये उनकी जिद थी कि वे आह नहीं करेंगी। यानी कि उन्होंने दुनिया को ठेंगा दिखाकर कह दिया था, "एहऽऽ जाओ न। तुम हमें भाव नहीं दोगे तो हमें ही तुमसे भाव पाने का कौन सा शौक चढ़ा है!"

और इतना कहकर रतनी दिदिया ने स्वीकार्य रूप से खुद को छिपा लिया था और घठाहुर होती गई थीं। परन्तु ढीठ हो जाने के बावजूद घाव में गजबजाहट भी होती थी, और भयंकर पीड़ा भी! इस घाव की साफ़-सफ़ाई बेहद ज़रूरी थी, अन्यथा यह घाव अन्दर-ही-अन्दर सड़ जाने वाला था। यह सड़ा हुआ घाव पूरी देह आत्मा में जहर फैला सकता था।

मुक्ति बेहद ज़रूरी चीज़ थी। बाबा-दादी वाले बेहद बचपने के दिनों में ही रतनी दिदिया ने बिना 'मुक्ति' को पहचाने ही उसका मार्ग तलाश लिया था। उन दिनों दीपावली के पहले 'घरकुंडा' बनता था। घरकुंडा बोले तो? बच्चे मिट्टी के छोटे-छोटे घर बनाते थे और दीपावली के दिन उसमें लक्ष्मी-गणेश की मूर्तियाँ रखकर पूजा करते थे। रतनी दिदिया अपनी छोटी-छोटी हथेलियों से ही सबको चकित कर देनेवाला सबसे ख़ूबसूरत 'घरकुंडा' बनाती थी। यह सबका 'चकित होना', 'मिट्टी के घर' के अलावा मिट्टी के फूल, मिट्टी के गुलदान, मिट्टी की मूर्तियों पर भी टिकता जा रहा था। सबका चकित होना अच्छा लगता था बच्ची रतनी को, पर उससे ज़्यादा अच्छा लगता था एक नई चीज़ का 'गढ़ा जाना'। यह एहसास क्या था न रतनी दिदिया तब समझ पाई थीं, न अब। लेकिन यह था कि कुछ भी गढ़ लेने के पश्चात्, दुनिया का दिया हुआ कोई भी घाव पहले की तरह मर्मान्तक नहीं रह जाता था।

गाँव के बिलकुल पास से ही एक छोटी नदी बहती थी। नदी के पास वाली मिट्टी बेहद चिकनी और मुलायम थी। रतनी दिदिया किसी भी बच्चे को एकाध रुपये थमाकर मिट्टी मँगवा लेती थीं। धूप में तपी मिट्टी पर जब पानी गिरता था तो एक सोंधी गन्ध के साथ हल्का धुआँ भी उठता था। रतनी दिदिया को लगता था कि इस गन्ध से उन पर एक उन्माद सा छा जाता है। रतनी दिदिया अपनी कराह व धैर्य को भी इस मादक गन्ध के साथ गूँथकर लोइयाँ बना लेती थीं। पर, दुपट्टा सँभालने वाले टटका दिनों के बासी दिनों की ओर बढ़ने के पश्चात् भी इस गन्ध के प्रति रतनी दिदिया का जारी रहा दीवानापन दुनिया के साथ-साथ सतरोहन बो चाची को भी खटकने लगा था। सतरोहन बो चाची सोचती थीं कि 'अगर मन ही लगाना है तो सिलाई करे, कढ़ाई-बुनाई सीखे, वो भी न हो तो नाईगिरी वाला काम, क्या कहते हैं, 'बुटिसियन' सीख ले। ये मिट्टी की लोई से कइसी प्रीत भाई?' लेकिन दुनिया में यह एकमात्र ऐसा कोना था जहाँ रतनी दिदिया आत्मविस्मृत शान्त और सन्तुष्ट दिखती थीं।

सतरोहन बो चाची चाहकर भी उन्हें रोक नहीं पाईं। रतनी दिदिया भूल जाती थीं कि आँखें हैं, नाक, कान होंठ हैं। उस वक़्त रतनी दिदिया के पास कुछ नहीं रह जाता सिवाय मिट्‌टी और मिट्‌टी में सने हाथों के। गीली मिट्‌टी की लोई पर उँगलियों की रेखाएँ स्पष्ट दिखती थीं। रतनी दिदिया उँगलियों पर हल्का पानी लेकर चिकना देती थीं। रेखाएँ मिट्‌टी में धुँधली होकर गायब हो जाती थीं। एक जैसा आदमी, स्त्री, फूलदान, मेढक जैसी चीज़ें रचते-गढ़ते रतनी दिदिया उकता गई थीं। यह बेमजा लग रहा था। जैसे इकरसता-सी, अधूरापन-सा। रतनी दिदिया ने सोचा कि अब वो वह नहीं बनाएँगी जो दिखता है। रतनी दिदिया ने उस दिन वह बनाया था जो दिखता नहीं था 'खुरपा थामे एक हाथ!' हाथ की उँगलियाँ गठीली थीं और उसकी नसें उभरी हुई-सी दिखती थीं। दूसरी जो न दिखनेवाली चीज़ रतनीदिदिया ने बनाई थी वह था 'एक चेहरा' जिस पर सिर्फ़ आँखें ही थीं। दो ख़ूबसूरत आँखें बस।

दुनिया हँसती थी और पूछती थी, "ईऽऽऽ का बना है? पगऽऽलीऽऽ?"

मन-ही-मन दुनिया पर हँसती रतनी दिदिया उस दिन पक्के तौर पर आश्वस्त हो गई थीं, कि दुनिया क्रूर ही नहीं मूर्ख भी है। इस मूर्ख दुनिया को अपनी आत्मा से गढ़ी चीज़ें दिखाना न सिर्फ़ चीज़ों का बल्कि अपनी आत्मा का भी अपमान था। रतनी दिदिया ने रमेसर सुकुल से अनाज रखनेवाली कोठरी का आधा कोना अपने लिए माँगा था एक आक्रामक ज़िद के साथ! पहली बार उनके 'मरखंडी गाय' जैसे हाव-भाव देखकर रमेसर सुकुल ने बिना किसी पूछताछ के साफ़ तौर पर वह आधा कोना दे दिया था। कोठरी का वह अँधेरा, सीलन भरा कोना बेतरह की न दिखाई पड़ने वाली चीज़ों से भरता गया था।

रमेसर सुकुल एक जरसी गाय ख़रीदे थे। गाय के लिए एक अदद घर का होना निहायत ज़रूरी था। रमेसर सुकुल कार्तिक से पहले घर पूरा करवा लेना चाहते थे। रमेसर सुकुल फ़ोन मिलाते थे तो एक मीठी जनाना आवाज़ उभरती थी "आपका एकाउंट कॉल करने के लिए बहुत कम है"...टींऽऽ टींऽऽ टींऽऽ फ़ोन कट।

"परसउवें तो पइसा भरवाए हैं हम। ससुरी सब बैलेंसवा खा-चबा जाती है।" रमेसर सुकुल उस मीठी आवाज़ पर खिसिया गए थे।

रमेसर सुकुल खाँसते हुए आँगन में गए थे। सतरोहन बो चाची माथे पर आँचल खींचकर आटा गूँधने लगी थीं। रतनी दिदिया बर्तन माँज रही थीं।

रमेसर सुकुल दरोगाइन ईया को सुनाते थे, "गाय का घर बनवाना है। कमकरवा के इहाँ गए तो पता चला कि बापे-पूते कहीं बाहर गए हैं, फ़ोन में बैलेंस भी खतम हो गया है।"

रमेसर सुकुल रतनी दिदिया से पूछे थे, "तुम्हारे फ़ोन में बैलेंस है रतनी?"

रतनी दिदिया रे 'हूँऽऽ' करके हाथ धोया था। दुपट्टे से हाथ पोंछकर रतनी दिदिया ने रमेसर सुकुल को फ़ोन थमा दिया था। रमेसर सुकुल ने फ़ोन लगाया "हलोऽऽ!"

"हाँ सिलिंडर...रमेसर सुकुल बोल रहे हैं!"

"परनाम पंडी जी!"

"कुसल रहो, ईऽऽ बतावऽ कहाँ हो?"

"अबहीं तो बाहर हैं। कौनो काम था बाबा?"

"हाँ भाई...गाय के लिए घर बनवाना है। कल तुम और बावन आ जाओगे?"

"हाँऽऽऽ...हाँऽऽऽ एकदम!"

"इ आपका नम्बर है?"

"सतरोहन का नम्बर है! ठीक है, आओ तब।"

"ठीक...।" फ़ोन कट।

सिलिंडर भइया 'सतरोहन सुकुल' के नाम से नम्बर सेव कर लिए थे।

तीन पुत्रों व दो पुत्रियों वाले बावन कमकर को तीन कमरों का मकान विरासत में मिला था। ईंट का बिना पलस्तर वाला वह एक बेहद सकिस्त मकान था। एक इंच भी खुली जगह नहीं थी। मकान में एक मिट्टी का चूल्हा था। मकान के सामने बमुश्किल एक हाथ ज़मीन थी, उसके बाद नाली और नाली के बाद मकान शुरू हो जाते थे। सामने की खाली ज़मीन पर बकरियाँ बँधी रहती थीं। बावन कमकर मौसमी मजदूरी करते थे। कभी खेतों में, कभी मकान निर्माण में तो कभी मनरेगा तो कभी अन्य कोई मजदूरी मिल ही जाया करती थी। कभी-कभी यूँ भी होता था कि कुछ नहीं मिलता था। ऐसे दिनों में बावन कमकर मनिहारी की चीज़ें बेचते थे। पता नहीं क्यों तो सिलिंडर भइया के दिमाग़ में एक चित्र बन गया था कि मेहनत-मजूरी सब मर्द टाइप काम थे। लेकिन मनिहारी या फेरी लगाना, औरतों से मोलभाव को लेकर सारातोरी करना उन्हें मउगाही लगती थी। बावन कमकर जब-तब इसी बात पर ठनक जाते थे, "हई ठेंस रही कि नाऽऽ सरऊ, तऽऽ भुक्खे मुअबऽऽ!"

सड़क की दाईं ओर अजामिल जी बाबा का अहाता था। जिसके चारों ओर ईंट की चहारदीवारी बनी थी। चहारदीवारी के एक कोने पर आसमानी पट्टी रंग कर काले रंग से लिखा रहता था—'आ गया नीबू की ख़ुशबू के साथ नया एक्टिव व्हील! सफ़ेदी की चमकार बार-बार!'

चहारदीवारी के दूसरे कोने पर पीले रंग की पट्टी रंग कर काले रंग से लिखा था—'मिला गाँव में ही रोज़गार, शहरों में जाना है बेकार!'

सड़क के बाईं ओर हाल-फिलहाल गेहूँ कटने के बाद की उदासी और खालीपन पसरा था। सुबह भी ऐसी लगती थी, कि जैसे किसी पुराने बासी दिन को वापस आसमान पर टाँग दिया गया हो। आसमान के एक कोने में धूप थी, तो ठीक बाजू में पीला-पीला गँदला बादल छाने लगता था।

कुछ दिन पहले ही प्रधान जी ने 'फलाना बैंक' में बावन कमकर और उन जैसे बहुत से लोगों के एकाउंट खुलवाया था। नरेगा के ऑफिस में खंड विकास अधिकारी कुर्सी पर बैठे रहते थे। मुखिया जी ने पैसे निकलवाने की बैंक स्लिप पर साइन करवाकर सिलिंडर भइया और बावन कमकर को आठ-आठ सौ रुपये थमा दिये।

पता चला था कि बिधान सुकुल के खेत से दक्षिण की तरफ़ ज़मीन पर पोखरा खुदवाना था। सब कुछ काग़ज़-पत्तर पर हो हवा गया था।

प्रधान जी कहते थे, "चलो तुम्ह लोगन का भी मेहनत, जाँगर बच गया, इधर भी कुछ काम हुआ।"

अब, जब बिन जाँगर डुलाए सिलिंडर भइया को आठ सौ रुपये मिल ही गए थे तो उन्हें थोड़ी अय्याशी का ख़याल आया था। यह कुछ अजूबा भी नहीं था। लेकिन अय्याशी के ख़याल के साथ ही उन्हें मोबाइल का ख़याल आया था। दरअसल देश की पहली मोबाइल फ़ोन कम्पनी वाले गुरु ने कहा था कि "देश के हर घर में एक फलाना मोबाइल होगा!" और यही मोबाइल फ़ोन की कम्पनी वाले गुरु जी हर रिक्शे, ठेले वाले को फलाना मोबाइल फ़ोन थमाते जा रहे थे। फलाना टू फलाना मोबाइल पर लोकल कॉल एकदम फ्री फ्री फ्री। हाँ-न के बीच डगराते मन को अय्याशी ने सीधा तर्क देकर—"मोबाइल फ़ोन खाली अय्याशी नहीं, बहुत काम की भी चीज़ है। एतना सारे लोग उरुआ थोड़ न हैं कि मोबाइल फ़ोन ख़रीद रहे हैं!"—गाँव की ही चट्टी पर बनी 'मुस्कान मोबाइल शॉप' पर पहुँचाया था।

सिलिंडर भइया को सिर्फ़ फ़ोन या मैसेज नहीं करना था, गाना सुनना था, विडियो भी देखना था। बलिहारी सिलिंडर भइया की किस्मत; मात्र हजार रुपये में सेकेंड हैंड 'फलाना' मोबाइल फ़ोन उपलब्ध था एम.पी.थ्री तथा विडियो की सुविधा के साथ। सोनू से कहकर सिलिंडर भइया चुन-चुनकर गाना भरवाए थे। श्रीदेवी का नागिन वाला डांस तो सिलिंडर भइया को इतना अच्छा लगता था कि वो नागिन नगीना मणि सीरीज का सारा विडियो गाना भरवा लिए थे।

सोनू बड़े भेद भरे गले से बताए थे, "एगो नया विडियो आया है। ख़ूब मस्त! ऊऽऽ भी भर दें।"

हालाँकि सिलिंडर भइया कच्ची उम्र के तो नहीं थे, किन्तु चट् से उनके दिमाग़ में इसका अर्थ नहीं आया था। उन्होंने बिना बूझे ही हामी भर दी। घर वाले एकबारगी आडियो-विडियो वाला रंगीन मोबाइल फ़ोन देखकर ख़ुश हो गए थे। बावन बो चाची पति की नज़र बचाकर धीरे से सिलिंडर भइया को केहुनिया कर कहती थीं, "एहऽऽ सिलिंडरा तनि नानी के फ़ोन लगइबे बाबूऽऽ?"

मोबाइल फ़ोन ख़रीदने के बाद से ही सिलिंडर भइया में थोड़ी गुरु गम्भीरता आ गई थी। अब मोबाइल कोई छोटी-मोटी चीज़ तो थी नहीं, सो लड़कपन से काम नहीं चलना था। बैठे हुए सिलिंडर भइया की पीठ और कन्धे एकदम से सीधे हो गए थे, "ढेर मत बतियाना। अबहीं टैरिफ नहीं है। ज़्यादे पइसा कटेगा।" कहकर खट्-खट् फ़ोन मिला दिये थे।

बावन बो चाची चिल्ला चिल्लाकर बतियाती थीं, "अम्मा नीक हऊऽऽ नऽऽ? हई हमार नम्बरवा सेभ क लीहऽऽ!"

सिलिंडर भइया बावन बो चाची को बरजते थे, "शीऽऽ माई धीरे बोल। धीरे बोलबे तबउ उहाँ सुना जाए।"

बावन बो चाची लजा जाती थीं। धीरे-धीरे बोलने लगती थीं फिर क्रमशः तेज होती-होती फुल पर पहुँच जाती थी, "हाँऽऽ हो अम्मा बकरीया गाभिन बाय!"

मार्च की सुबहें—जो फुर्तीली और हल्की चुभन से शुरू होनेवाली थीं—के उलट आज सुबह अपनी प्याली में बादल इकट्ठे कर बड़ी फुर्सत व इत्मीनान से खेल रही थी। इत्मीनान से खेलती सुबह अपनी उम्र से कमसिन व मासूम लगती थी। आँगन वाला चांपाकल अचानक ख़ूब बालू देने लगा था। बाल्टी में मैले कपड़े लिए रतनी दिदिया दुआर पर लगे सरकारी नल पर पहुँची थीं। दुआर के दाईं तरफ़ नल था। नल के बाद गाय की नाद थी।

खूँटे से बँधी काली गाय जुगाली कर रही थी। दुआर के बाईं तरफ़ गाय के लिए घर बन रहा था। ईंट व मिट्टी से। मिट्टी एक ओर गूँथकर रखी हुई थी। सिलिंडर भइया ईंट के ऊपर गीली मिट्टी रखते थे, मिट्टी पर ईंट रखते थे फिर ईंट पर गीली मिट्टी रखते थे। बावन कमकर पोखरा से मिट्टी ढोकर ला रहे थे। बारी-बारी से बाप-बेटा काम अदल-बदल लेते थे। फिलहाल आज भर के लिए पर्याप्त मिट्टी हुई ही थी, कि तभी कहीं से बावन कमकर का बुलावा आ गया था। "थोड़ी देर में आते हैं," कहकर बावन कमकर चले गए थे।

रतनी दिदिया सिलिंडर भइया के पीछे से आई थीं। इसलिए सिलिंडर भइया को रतनी दिदिया के आने का कुछ भी पता नहीं चला था। रतनी दिदिया दुपट्टे को लेकर असमंजस में थीं। दुपट्टा ओढ़कर कपड़े धोने में दिक़्क़त होनी थी। दुपट्टा सीने से हटाकर रतनी दिदिया देखती थीं। औसत से भारी स्तन छोटी-सी काया में ज़्यादे भारी दिखते थे। रतनी दिदिया ने पीछे मुड़कर देखा। सिलिंडर भइया ईंटें जोड़ने में मसरूफ थे।

रतनी दिदिया ने तार पर दुपट्टा फैलाकर टाँग दिया था और घुटनों तक सलवार चढ़ाकर कपड़े धोने लगीं। चांपाकल से सुसुम पानी की धार गिर रही थी जिसके नीचे कपड़े धोना अच्छा लग रहा था। तार बहुत ज़्यादे ऊँचा नहीं था। इस तरह अगर देखा जाए तो हल्के नीले फूलों की छपाई वाले पीले सूती दुपट्टे के उस तरफ़ सिलिंडर भइया ईंटें जोड़ रहे थे, इस तरफ़ रतनी दिदिया कपड़े धो रही थीं। सिलिंडर भइया कपड़े धोए जाने की आवाज़ तो सुन रहे थे पर 'कौन' पे न उनकी आँख गई थी न दिमाग़। उन्होंने ने पैंट की पिछली जेब से हजार टकिया मोबाइल निकाला और प्लेलिस्ट से एक गाना प्ले कर दिया थे। थोड़ी देर तक इंस्ट्रूमेंटल धुन बजती रही थी...

ट्रिंग ट्रिंग...टेंऽऽ टेंऽऽ
ओढ़नी के रंग पीऽऽयर,
ओढ़नीऽऽ के रंग पीऽऽयर,
ओढ़नी के रंग पीयर,
जादू चला रहल बा
लागे कि जइसे खेतवा में...
सरसो फुला रहल बाऽ!!

रतनी दिदिया ने पलटकर अपनी ओढ़नी देखीं थीं। हल्की हवा से दुपट्टा धीमे-धीमे हिल रहा था। रतनी दिदिया उम्र के उस पड़ाव पर पहुँच चुकी थीं जहाँ नये सिरे से नई कोंपलों के खिलने का सोचना भी बचकाना लगने लगता था। उनके तईं यह सब एक महीन किस्म का छिछोरापन ही था। रतनी दिदिया वैसे भी अपनी गम्भीरता के प्रति अतिरिक्त रूप से सजग रहती थीं। उन्हें ऐसा लगा था जैसे कि इस गाने का बजते रहना उनके कड़े अभ्यास से साधी हुई 'शुष्क परत' में सेंधमारी का प्रयास था। जैसे कि गाना अपनी पूरी भव्यता के साथ उनकी गम्भीरता को मुँह चिढ़ा रहा हो। रतनी दिदिया ने तार से अपना दुपट्टा उतारकर सीने पर फैला लिया और थमथम कर चलती सिलिंडर भइया से तीन क़दम दूर पहुँची थीं। सिलिंडर भइया ईंट से ईंटें जोड़ रहे थे। एक हथेली ने दो बार उनके कन्धों को थपथपाया। सिलिंडर भइया चौंक कर मुड़े थे। "काम करने आए हो न इहाँ?"

रतनी दिदिया अपना चेहरा खुद नहीं देख सकती थीं, पर उन्हें ऐसा लगा कि यह कहते हुए उनकी दाईं भौंह की उठान नुकीली हो गई थी। सिलिंडर भइया एक नज़र रतनी दिदिया को देखकर गाय को देखने लगे थे। गाय पूँछ से मक्खियाँ झाड़ रही थी। गाय की पीठ पर ठीक बीचोबीच एक मक्खी बैठी थी। मक्खी ऐसी जगह पर थी, जहाँ न गाय की पूँछ पहुँच पा रही थी न उसका मुँह। रतनी दिदिया की भौंह की उठान कुछ ढीली पड़ गई थी।

"या तो गाना ही सुन लो, या काम ही करो!"

सिलिंडर भइया ने मोबाइल निकालकर गाना बन्द कर दिया था।

रंगीन सेट में सब कुछ रंगीन था। स्क्रीन भी रंगीन, डिस्प्ले, थीम्स, श्रीदेवी का डांस सब कुछ रंगीन।

पूरे घर में सुत्ता पड़ गया था। सिलिंडर भइया कान में इयरफ़ोन लगाकर गाना सुन रहे थे। गानों की लिस्ट के बाद 'पर्सनल' नाम का आख़िरी विडियो लिस्ट में दिखता था। सिलिंडर भइया प्ले दबाया और अजीब सी आवाज़ों के साथ विडियो शुरू हो गया था। सिलिंडर भइया डरकर चारों ओर देखते थे। उन्हें ये देखकर राहत हुई थी कि सारे लोग सोए हुए हैं और इयरफ़ोन की वजह से ये सारी आवाज़ें सिर्फ़ वह ही सुन पा रहे हैं। पैताने एक पतली चादर थी, सिलिंडर भइया चादर ओढ़कर विडियो देखने लगे थे। उसके बाद लगातार कई दिनों तक ऐसी विडियोज देखते रहे थे। सिलिंडर भइया अलग-अलग किस्मों

की इतनी विडियोज डाउनलोड करवाकर देख लिए थे कि एकबारगी ही उनका मन अघा गया था। 'शाश्वत चीज़ों' के विषय में सोचने की जो न्यूनतम योग्यता थी, सिलिंडर भइया उसका 0.000001 प्रतिशत भी पूरा नहीं करते थे। सिलिंडर भइया अगर सोचते, तो यही सोच सकते थे, कि क्या कोई ऐसी चीज़ है दुनिया में जिससे कबउ मन ही न भरे? सिलिंडर भइया अगर अपने बारे में सोचें तो यही पाएँगे कि कोई भी चीज़ एकदम शुरुआत में जितनी चुहुलगर लगती थी, कुछ दिनों के संग साथ के पश्चात् एकदम बासी और उबाऊ लगने लगती थी। उबाऊ और मित्रविहीन दुपहरिया में उनकी पहली संगी बनी थी 'टन-टन, टन-टन टेलीफ़ोन हल्लो हाँ जी बोलो कौन?'

सिलिंडर भइया अकसर 'फलाना कम्पनी' के लोकल नम्बर्स को इधर-उधर करके, मिलाकर फ्री लोकल कॉल्स का लाभ उठाना चाहते थे।

पता नहीं कब कौन सा संयोग जुट गया था कि तमाम तरह की महीन भारी कर्कश मर्दाना आवाज़ों के पश्चात् एक शोख जनाना आवाज़ सुनाई पड़ी थी। ठीक से सुनने के लिए सिलिंडर भइया ने वाल्यूम बढ़ा दिया।

"कौन बोल रहे हैं आप? राँग नम्बर! अब फ़ोन मत कीजिएगा समझ गए? हम पुलिस में ये नम्बर दे देंगे...।" आदि-इत्यादि जैसे बेसिक झाकाझुमर के पश्चात् आख़िरकार लड़की लाइन पर आ गई थी जिसने अपना नाम सानिया बताया था। गोरखपुर के किसी गाँव में रहने वाली सानिया के पति बी.एस.एफ. में थे और जम्मू में पोस्टेड थे। घर पर बस बूढ़ी सास थी। सिलिंडर भइया सोचते थे कि "ससुरी नाम भी अपना टी.वी. सनीमा जइसा ख़ूब बढ़िया बताती है...सानिया!"

सिलिंडर भइया भी ख़ूब सोच-विचार कर टी.वी. सिनेमा जैसा अपना भी एक नाम धर लिए थे 'समीर...हवा का झोंका!' समीर कहते हुए सिलिंडर भइया यथासम्भव अपनी आवाज़ को भारी व गम्भीर बनाए रखे थे पर 'हवा का झोंका' पर आते-आते उनकी आवाज़ शोख हो जाती थी। जवाब में देर तक फ़ोन पर खिलखिलाहट गूँजती रही थी। सानिया ऐसी कुशल खिलाड़ी थी जिसके जिम्मे सिर्फ़ खेल खेलना ही नहीं, खेल सिखाना और जारी रखना भी होता था। तमाम खेल खेलने के दौरान जब झूठमूट की दुनिया में सचमुच की सानिया की साँसें धौंकनी की तरह तेज-तेज भागती थीं तो सिलिंडर भइया को लगता था कि वे उत्तेजना से उत्तेजित नहीं हो रहे हैं, बल्कि उत्तेजनाओं को पहचान रहे हैं।

साँसों की बारीक भाषा पढ़ना सीख रहे हैं। क्रमशः वो जनाना आवाज़ों की इतनी किस्में सुन चुके थे कि उन्हें यही लगता था कि वह फ़ोन पर आती स्त्री की इतनी सटीक पहचान कर सकते थे कि उसकी उम्र, उसकी देह, उसका चरित्र सब कुछ गिना जाएँगे। एकदम शुद्ध-शुद्ध गणना। आवाज़ें क्या थीं? आवाज़ों की भी कोई शक्ल होती थी क्या? तीखी, कोमल, गोल, तिकोनी, खुरदरी-सपाट, तमामतर अलग-अलग शक्लों से भरी एक दुनिया आवाज़ों की भी। सिलिंडर भइया चाहकर भी अपनी आवाज़ की शक्ल आज तक नहीं देख पाए थे। शायद इसीलिए उनकी खुद की पहचान भी खुद से बाकी थी। अपनी आवाज़ को पहचान लेने की छटपटाहट के साथ सिलिंडर भइया जब निरगुन की तान छेड़ते थे तो उन्हें एक धुँधली-सी शक्ल नज़र आती थी। सिलिंडर भइया उस शक्ल का पीछा करते परत-दर-परत गहराई तक उतरते गए थे। और आखीर में जब उन्हें लगता था कि बस अब वो और उनकी आवाज़ आमने-सामने होने ही वाले हैं कि ठीक तभी शब्द चूक जाते थे। सिलिंडर भइया पहली परत पर लौट आते थे। सिलिंडर भइया को एक साथ दो चीज़ों का शिद्दत से एहसास होता था 'गहरी सन्तुष्टि और गहरी प्यास का भी।' पता नहीं यह कैसी प्यास थी जिसे तृप्त करने की कोशिश भर से सन्तुष्टि मिलती थी और पता नहीं यह कैसी सन्तुष्टि थी जो प्यास को लगातार गहरा करती जाती थी। तो हर आवाज़ के हिस्से में अलग शक्ल आई थी। फ़ोन पर सानिया की गदराई आवाज़ उसके भरुका जैसे गालों वाली सुन्दर स्त्री होने का आभास देती थी। सिलिंडर भइया के मन में अचानक ही एक बात आई थी कि पता नहीं रतनी दिदिया की आवाज़ फ़ोन पर कैसी लगती होगी? एक स्थायी थकावट की लकीर जो रतनी दिदिया की आवाज़ में नज़र आती थी क्या वह फ़ोन पर और गाढ़ी हो जाती होगी? या सिरे से गायब हो जाती होगी?

सिलिंडर भइया मोबाइल में काँटेक्ट लिस्ट खोले थे। 'सतरोहन सुकुल' के नाम से एक नम्बर स्क्रीन पर उभरता था। सिलिंडर भइया ने कुछ नहीं सोचा और फ़ोन मिला दिये थे। घंटी जाने लगी थी। लेटे हुए सिलिंडर भइया एकबारगी ही उठकर बैठ गए थे। घंटी बीच में रुक गई थी। आदत के विपरीत सिलिंडर भइया ने स्वयं को 'हलो' कहने से रोक लिया था। क्षण भर घिचपिच, चिचिर-मिचिर की आवाज़ के पश्चात् कोई 'हलो' कहता था। सिलिंडर भइया 'हलो' को पहचान गए थे। सेकेंड बढ़ता जा रहा था दो...चार...आठ।

कोई फिर 'हलो' कहता था। सिलिंडर भइया को पहली बार कोई स्त्री आवाज़ सुनकर उत्तेजना हुई थी। रीढ़ से शुरू होती उत्तेजना। फ़ोन पर एक थकी हुई और उतनी ही मासूम आवाज़ की शक्ल नज़र आई थी। सिलिंडर भइया के होंठ चिपके थे। उन्हें अपने ही गले में तार जैसी लम्बी पतली आवाज़ महसूस हुई। सिलिंडर भइया आवाज़ घोंट गए थे। फ़ोन पर एक लम्बी खिंची साँस थी, फिर 'हलो' था। इस बार एक ऊबा हुआ विरक्त 'हलो' था। सिलिंडर भइया ने फ़ोन काट दिया था।

वैसे सच पूछा जाए तो सिलिंडर भइया, कभी रतनी दिदिया के बारे में ठीक से सोचते भी नहीं थे। हाँ ये था कि कभी-कभी जब रतनी दिदिया सामने पड़ जाती थीं तो एक मोह सा उपजता था 'बिचारी!' हालाँकि सिलिंडर भइया उस समय मन में आने वाले शब्द 'बिचारी' पर भी यह तर्क कर सकते थे कि 'बिचारी' कउन माने में रे? माँ-बाप ज़िन्दा, घर-परिवार कुशल...फिर बिचारी क्या? शायद 'बिचारी' उसका नेपथ्य में रहना, 'बिचारी' उसकी चुप्पी! तो बस जरा-मरा 'मोहा जाने' भर नज़र के अलावा सिलिंडर भइया ज़्यादे आगे-पीछे नहीं सोचते थे। चलिए मान लीजिए कम सोचते थे, पर सोचते तो थे ही!

सिलिंडर भइया के कमरे की खिड़की चौड़ी कम थी। औसत लम्बी खिड़की में लम्बवत् लोहे की तीन छड़ें लगी थीं। खाट पर बैठे-बैठे ही सिलिंडर भइया खिड़की के ताखा पर उँगलियों से टटोले कुछ। धातु जैसी एक चीज़ का उँगलियों से स्पर्श हुआ। सिलिंडर भइया ने धीरे से उसे उँगलियों से खींचा। शेव करके ऐसे ही कुछ दिनों बाद इस्तेमाल होने के लिए रखी हुई एक पुरानी पत्ती (ब्लेड) थी वह। पत्ती में एक तरफ़ से भूरा जंग लगा था। सिलिंडर भइया ने नाखून के भीतर पत्ती चलाई। नाखून सख्त थे। गाँठ की तरह। पत्ती ठीकठाक काम कर रही थी। नाखून के छोटे-छोटे टुकड़े गिर रहे थे। टुकड़ों में जमी हुई काली मैल साफ़ दिखती थी। दुनिया में बेशुमार किस्मों की स्त्रियाँ थीं—लम्बी-नाटी, साँवली-गोरी, दुबली-मोटी लेकिन इन तमामतर स्त्रियों में 'स्त्रीत्व' दुर्लभ जैसी स्त्रियों में दिखता था। अधिसंख्य चेहरों के बीच वह भी दो आँखों, होंठों की दो फाँक, और एक नाक वाला इनसान का चेहरा ही तो था न? लेकिन क्या था जो खींचता था अपनी तरफ़। सिलिंडर भइया की ओर से बार-बार कुछ लपककर बढ़ता था रतनी दिदिया की ओर। जैसे ही वह चीज़ रतनी दिदिया तक पहुँचने ही वाली होती थी कि रतनी दिदिया किनारे हट जाया करती थीं।

वह शै, रतनी दिदिया को बिन छुए हवा में घुलकर गायब हो जाती थी। सिलिंडर भइया को लिफ़ाफ़े में बन्द एक पुरानी शाम याद आई थी। सिलिंडर भइया लिफ़ाफ़ा खोले थे। बबूल के फूलों जैसी वह एक जर्द, खामोश और मामूली शाम थी। परिन्दे बहुत दूर आसमान में उड़ रहे थे। उनके पंखों की फड़फड़ाहट यहाँ नहीं सुनाई पड़ती थी। बिधान बो ईया चांपाकल चला रही थीं। पानी भल्ल-भल्ल बाल्टी में भरता जा रहा था। कहीं से वापिस आ रहे सिलिंडर भइया रमेसर सुकुल के दुआर से गुजर रहे थे। वहाँ एक चीज़ अटकी थी। सिलिंडर भइया ठहर गए थे। एक गाय रमसेर सुकुल के दुआर पर चुपचाप खड़ी थी। दुआर पर और कोई नहीं था। गाय के आगे पुआल का एक छोटा-सा गट्ठर था। रतनी दिदिया गाय की देह सहला रही थीं। गाय की देह में हड्डी थी और हड्डी पर बस चमड़ी थी। मांस कहीं नहीं था। चमड़ी से ढकी हड्डियाँ नुकीली दिख रही थीं। रतनी दिदिया बहुत ममता से उसकी एक-एक पसली टोह रही थीं। गाय के थन मरे हुए से सुन्न लटके थे। उसकी योनि का भाग एक मोटी पाइप जैसा लग रहा था घुप्प! काला! छितराया हुआ-सा...बीभत्स। वहाँ सूखा हुआ गोबर चिपका था। रतनी दिदिया धीरे-धीरे उँगलियों से गोबर हटा रही थीं। रतनी दिदिया ने गाय की गर्दन सहलाई, गाय ने सिर उठा लिया था। रतनी दिदिया सहला रही थीं। गाय लगातार सिर उठाती जा रही थी।

दुख एक ऐसा आईना था जिसमें सिर्फ़ अपना चेहरा दिखता था। पर, अगर पहचानने की कोशिश करें तो दिखता था कि आईने में बहुत सी महीन दरारें पड़ी थीं। उन दरारों में देखने से अपना स्वयं का चेहरा भी कई टुकड़ों में बँटा हुआ-सा दिखता था। लेकिन और नजदीक जाने पर एकदम साफ़-साफ़ दिखने लगता था। दरअसल सिर्फ़ वह हमारा चेहरा नहीं था। उस चेहरे के असंख्य टुकड़ों में एक टुकड़ा भर हमारा था। बाकी टुकड़े तो दुनिया के अनगिन चीन्हे-अचीन्हे चेहरों के थे। सिलिंडर भइया को लगा था कि आईने की इस हक़ीक़त को पहचान लेने वाला चेहरा रतनी दिदिया के चेहरे जैसा ही होता है निरगुन जैसा! सच, रहस्यमयी, बेतरह पिघला हुआ-सा। उस क्षण सिलिंडर भइया ने अपने आप से कहा था, वो रतनी दिदिया को समूचे तौर पर पहचानते हैं...एकदम ठीक, हूबहू वही...जो वो हैं! रतनी दिदिया की नज़र उन पर पड़ी थी। हैरानकुन ढंग से बेतरह पिघला हुआ चेहरा 'मरखंडी गाय' के से भाव में तब्दील हो जाता था। रतनी दिदिया अन्दर चली गई थीं।

अब जल्द ही ससुरइतिन हो जाने वाली रतनी दिदिया अपनी क्षमता से भी ज़्यादा चुप रहने लगी थीं। रात की बारी थी। दाहिनी दीवार पर साठ वाट का बल्ब चमक रहा था। टी.वी. देखते हुए काम निपटा लेने की सुविधा के लिए रतनी दिदिया और सतरोहन बो चाची ने मिलकर गैस-चूल्हा कमरे में ही रख लिया था। सतरोहन बो चाची का वश चलता तो कमरे में ही एक चांपाकल भी लगवा लेतीं और टी.वी. देखते-देखते बर्तन माँज-धोकर फिट कर लेतीं। सतरोहन बो चाची और रतनी दिदिया 'गोपी बहू' वाला सीरियल बहुत मन से देखती थीं। चाची, गोपी बहू की मामी को चुड़इल कहती थीं। सीरियल में गोपी बहू ख़ूब ढेर सारा गहना-कपड़ा पहनकर खाना बनाती होती थी कि तभी, टी.वी. के बाहर रैक पर रखा मोबाइल फ़ोन टनटनाने लगता था। सतरोहन बो चाची, अनसाते हुए फ़ोन में रिसीव का बटन दबाती थीं। कुछ क्षण बाद ही चेहरे पर उल्लास आ जाता था। चाची, फ़ोन पर बतियाते हुए ही छोटकी से टी.वी. का वाल्यूम कम करने को कहती थीं। फ़ोन पर पहले रतनी दिदिया की सास थीं। फिर भावी नीलेश दूल्हा मोबाइल पर कहते थे "पड़नाम मम्मी जी!" सतरोहन बो चाची ख़ुश होकर कहती थीं! "खुस रहो बबुआ! ठीक हो न?"

चाची झुककर रतनी दिदिया के हाथ से बेलन ले लेती थीं और फ़ोन थमाने लगती थीं। रतनी दिदिया कहती थीं, "ना!"

चाची फ़ोन नीचे करके धीरे से चिरौरी करती थी, "ले बतिया ले!"

रतनी दिदिया ने भी धीमे पर दृढ़ स्वर में कहा, "कहे न नहीं बतियाएँगे!"

असमंजस में घिरी सतरोहन बो चाची ने फ़ोन कान के पास लगाकर कहा, "एह बबुआ रतनी तो बाहर गई है! बाद में फ़ोन करना!" नीलेश दूल्हा अच्छा मम्मी जी कहकर फ़ोन काट देते थे। सतरोहन बो चाची देर तक दुनिया भर का बड़बड़ाती रहती थीं।

काम-धाम ख़त्म करने के पश्चात् रतनी दिदिया के पास कोई काम नहीं बचता था। पर, चूँकि बिजली रानी की पारी रात की थी, सो अधिक सोचने-विचारने की ज़रूरत नहीं पड़ती थी। विज्ञापन भी इतने बड़े होते थे कि रतनी दिदिया को लगता था कि "ई भी दस मिनट का कोई कार्यक्रम था?"

टी.वी. में अगड़म-बगड़म कुछ भी देखती थक गई आँखें खुद-ब-खुद नामालूम ढंग से मुँद जाती थीं। सतरोहन बो चाची दुनिया की सबसे सुखी प्राणी थीं,

इसलिए बिछावन पर लेटते ही उनको नींद आ जाती थी। सतरोहन बो चाची की नींद कभी भी बीच में नहीं टूटती थी। उनकी देह में सवा तीन बजे का एक स्थायी अलार्म सेट हो गया था। सवा तीन बजे से ही कमरे में धीमी आवाज़ में खटर-पटर शुरू हो जाती थी। एक ही कमरा जो चौड़ा कम लम्बा ज़्यादा था। कमरे की छत इतनी नीची थी कि चौकी पर रतनी दिदिया भी खड़ी नहीं होती थीं। चौकी पर खड़े होते ही पंखे से सिर टकरा जाने का भय था। कमरे के बाएँ कोने पर टीन का एक बहुत बड़ा ट्रंक था जिसमें दुनिया भर की चीज़ें रखी हुई थीं। ट्रंक के ऊपर कथरी, गद्दे, रजाइयाँ तह लगाकर रखी थीं। ट्रंक के दाहिनी तरफ़ एक पटरे पर तीन अटैचियाँ एक के ऊपर एक थीं।

ट्रंक और अटैचियों से ज़रा आगे आने पर चार फुट चौड़ी दो चौकियाँ थीं। चौकी के बाद बस दो बित्ता ज़मीन बची थी। उसके बाद दीवार थी। दीवार में तीन रैकें थीं। सबसे ऊपरी रैक में विष्णु जी, लक्ष्मी जी, और भोले बाबा का फ़ोटो था। पूजा की एक डोलची थी जिसमें पूजन सामग्री के अलावा बृहस्पतिवार व्रत कथा, जिउतिया व्रत कथा, वैभवलक्ष्मी व्रत कथा के साथ तमाम तरह की कथाओं की किताबें थीं। बीच वाले रैक में छोटा-सा रंगीन टी.वी., टी.वी. के ऊपर डी.टी.एच. की मशीन और बगल में एक छोटे-से स्टैंड पर नोकिया बारह सौ रखा हुआ था। सबसे निचले रैक में कंघी, शीशा, सिन्दूर, आँवला तेल, लाल दन्त मंजन व लाल स्टोन वाले एक जोड़ी टॉप्स थे। कमरे में एक कोने से दूसरे कोने तक नॉयलान की रस्सी बँधी हुई थी। रतनी दिदिया अपने सलवार-कुर्ते, सतरोहन बो चाची की साड़ियाँ, पेटीकोट-ब्लाउज तथा छोटकी के फ्रॉक सब तहिया कर उसी पर टाँग देती थीं। कमरे में कहीं भी खिड़की नहीं थी। बाईं दीवार पर एक छोटा-सा रोशनदान मात्र था। सूरज जैसे ही सर के ऊपर से गुजरने लगता था, कमरे में अँधेरा-सा छा जाया करता था। जल्द ही अँधेरे हो जाने वाले कमरे में चिड़ियों की चहचहाहट के बहुत पहले से ही खटर-पटर शुरू हो जाती थी। दरोगाइन ईया इस शाश्वत खटर-पटर को अब तक नज़रअन्दाज़ करती आई थीं। लेकिन एक दिन उनका जी नहीं माना था। अपने कमरे से निकलकर दरोगाइन ईया चोर क़दमों से चलती सतरोहन बो चाची के कमरे तक पहुँचीं। बहुत हल्के हाथों से उन्होंने दरवाज़ा खोला था। कमरे में बल्ब जल रहा था। रतनी दिदिया आँखों पर कुहनी रखे व छोटकी मुँह बाए सो रही थी। सतरोहन बो चाची सूती कपड़ा लिए साफ़-सफ़ाई में भिड़ी थीं।

कपड़े को बाल्टी के पानी में भिगोतीं, निचोड़तीं और उखड़ते रंगरोगन की पपड़ियों वाली दीवार को बहुत हल्के हाथों से आहिस्ता-आहिस्ता पोंछ रही थीं। चौकी के चारों पाए पोंछे जा रहे थे, रोशनदान की कड़ियाँ पोंछी जा रही थीं। घड़ी, बल्ब, ट्रंक, अटैचियाँ पोंछी जा रही थीं। दारोगाइन ईया के मन में हैरत और जलन एक साथ आई। हैरत इसीलिए कि 'सफ़ाई का अइसा जुनून!!' और जलन भी इसीलिए कि 'सफ़ाई का अइसा जुनून!' उन्हें अपना कमरा याद आया जहाँ बेतरह सामान, बक्से, अबाड़-कबाड़, टीन और एक चौकी ठुँसी हुई थी। कमरे से बराबर सीलन की बू आती थी। यद्यपि उनका कमरा सतरोहन बो चाची के हिस्से में आए कमरे से बीस ही था, किन्तु सब कुछ इस कदर अस्तव्यस्त था कि चौकी पर कपड़े-लत्ते के ढेर को एक कोने में ठेल कर दरोगाइन ईया पुत्र समेत सोती थीं। देखा जाए तो दरोगाइन ईया के मन में आई जलन रचनात्मक प्रकार की नहीं थी कि वह भी झाड़न लेकर दीवार, मेज, कुर्सी, पोंछने बैठ जाएँ। यह जलन इस प्रकार की थी, कि दरोगाइन ईया भोर फूटने के कुछ पहले ही लोटा लेकर खेत की तरफ़ निकल जाएँ एवं जो भी चचिया सास, पतोह, दयादिन मिल जाएँ उन्हीं से कपार ठोंक-ठोंककर इस बात की चर्चा शुरू कर दें। औरतें भी कान लगाकर सुनती रहती थीं। कुल चर्चा-परिचर्चा का लब्बोलुआब यह होता था कि लड़ाई और सफ़ाई के अलावा तीसरा कोई काम सतरोहन बो चाची ज़िन्दगी में सीख ही नहीं पाई थीं। नित्यक्रियाकर्म के पश्चात् भी जो थोड़ी-बहुत गर्द मैल औरतों के पेट में बची रह गई थी, वह इस प्रकार की परिचर्चाओं के पश्चात् बिलकुल साफ़ हो जाया करती थी। लेकिन एक शख्स ऐसा था जिसके पेट की गड़बड़ दरअसल अभी तो शुरू हुई थी। उस शख्स की सबसे बड़ी दिक़्क़त यह थी कि इस पेट की गड़बड़ को वह कहाँ जाकर साफ़ करे? अपने टोला की समस्त औरतें तो इस परिचर्चा को सुन ही चुकी थीं। तमाम गुणा-भाग करने के पश्चात् उन्हें सफ़ाई अभियान के लिए 'महुआ पर टोला' ठीक लगा।

अजामिल बो ईया की दिक़्क़त सिर्फ़ उनके पाचनतंत्र का कमज़ोर होना ही नहीं था। असल दिक़्क़त तो चीभ का चटोरी होना था। अजामिल बो ईया आँगनबाड़ी सेविका थीं। अजामिल बो ईया जैसे ही कहीं जाने के लिए मुड़ती थीं, तो बिधान बो ईया बोलती थीं "बरम्हा जी उनके दुन्नो कान सब कुछ सुन लेने के लिए

तथा मुँह सुना हुआ सब कुछ उगल देने के लिए ही बनाए हैं।" तो अजामिल बाबा भी कुछ करते ही थे। सूद पर पैसा चलाते थे, गाय का सानी-पानी करते थे तथा हर बियान के पश्चात् बाछा बेचते थे। लेकिन इस बार अजामिल जी बाबा बहुत ख़ुश थे। लगातार तीन बियान से भइया जी के पश्चात् इस दफे बहिन जी आई थीं। बहिन जी की आँखों में राम जी ने काजल लगाकर भेजा था। अजामिल जी बाबा इतने ख़ुश थे कि सब दर-दयाद के घर फेनूस के लिए दूध भिजवाए थे तथा ईया से 'मेहरारू हई कि बनरे क पूँछ' की बजाय 'सुन तारु हो' कहने लगे थे। कहनेवाले तो यहाँ तक कहते थे कि 'राम मिलइलन जोड़ी एक ठे अन्धा त एक ठे कोढ़ी' वाली कहावत इन पति-पत्नी पर एकदम सटीक बैठती है। जिस कुशलता से ब्रह्मा जी ने अजामिल बो ईया के कान, पेट, मुँह रचे थे उसी हुनर से उन्होंने अजामिल बाबा के भी उपरोक्त अंग रचे थे। अजामिल बो ईया मरदों के बीच ख़ूब उठती-बैठती थीं तो अजामिल बाबा को भी मेहरारुओं के बीच बैठना-बोलना-बतियाना बड़ा रसगर लगता था। अजामिल बो ईया रस लेने के लिए नहीं जवार भर की ब्रेकिंग न्यूज जानने के लिए मरदों के बीच बैठती थीं। अजामिल बाबा और अजामिल बो ईया में एक और सर्वज्ञात गुण था लगाई-बुझाई का।

भाई-भाई, बहिन-बहिन, ननद-भौजाई, सास-बहू, देवरानी-जेठानी जैसे रिश्तों में लहका लगाना तो अठारहवीं शताब्दी के आसान किस्से हैं जिनके लिए कई नई तकनीकें व औजार तो कमोबेश हर चैनल पर आ ही गए थे। अजामिल बाबा और अजामिल बो ईया का हुनर तो ये था कि ये दोनों ससुर व जेठ से दो हाथ का घूँघट करनेवाली बहुओं का ससुर व जेठ से भीषण, गाली-गलौज तक के स्तर का मार-झगड़ा करवा देते थे। अजामिल बो ईया जहाँ 'नदिया के पार' वाली साधना सिंह सरीखी लम्बी व सुन्दर थीं, वहीं अजामिल बाबा ठीक उलट नाटे, थुलथुल व गंजे लाफिंग बुद्धा जैसे दिखते थे। अजामिल बाबा वैसे तो उम्र में काफी कम थे, स्पष्ट कहें तो बाबा कहलाने की उम्र नहीं थी उनकी लेकिन गाँव के पुराने-धुराने पद व रिश्तों को जोड़ने-घटाने के पश्चात् उनके हिस्से में बाबा सम्बोधन ही आया था। यूँ तो टोला में बहुतों के पास मोटरसाइकिल थी, लेकिन अजामिल बाबा की मोटरसाइकिल विशेषत: समाज सेवा के काम आती थी। किसी की पतोह बीमार हो जाती थी, या किसी बिटिया को हाट-बाज़ार करना हो या वे औरतें जिनके पति बाहर कमाने निकल गए हों व बच्चे छोटे

हों तो उनका सौदा-सुलफ लाने या गैस भरवाने जैसी बेसिक नीड्स के लिए अजामिल जी बाबा हाजिर! वर्षों बाद पता नहीं कैसे मुख्यमंत्री बहिन जी की दृष्टि प्रदेश के इस सर्वाधिक पिछड़े क्षेत्र पर पड़ गई थी और विकास की शुरुआत के तहत पहला काम हुआ यह कि गाँव से मुख्य बाज़ार तक की सड़क पक्की बना दी गई थी। बावजूद इसके अजामिल बाबा की बुलेट जब-तब हिचकोले व झटके लेती चलती थी। लाख सचेत रहने के बावजूद पीछे बैठी बहुरिया या लड़की की देह झटके से जब-तब अजामिल बाबा की देह से छुआ जाती थी। अजामिल बाबा इसी में ख़ुश। दरअसल देखा जाए तो टोला की बहुओं, औरतों व अजामिल बाबा के बीच एक साईं गोटी थी। अजामिल बाबा के एक डेढ़ लीटर पेट्रोल की कीमत क्या थी? बस दो-चार हँसी। दो-चार बात। या कभी कोई पतोह घूँघट काढ़ कर दरवाज़े की ओट से सब्ज़ी का झोला व बचे हुए पैसे थामने के लिए हाथ बढ़ाती थी तो पैसा थमाते हुए अजामिल बाबा का, अपनी कनिष्ठा को नई-नोचर हथेली पर धीरे से रगड़ दिया जाना, यही इतना ही भर सुख नऽऽ? अकसर बहुएँ लजाने वाली व भीतु होती थीं इसलिए चुपचाप पैसा लेकर लिजलिजे स्पर्श को दिमाग़ से झटकती अन्दर चली जाती थीं। जरा तेज हुईं तो झनक कर दरवाज़ा बन्द देती थीं। इससे ज़्यादे बात कभी नहीं बढ़ी थी। तो औरतों का तो कुछ नहीं जाता था। जाता तो वैसे अजामिल बाबा का भी कुछ नहीं था। पर पेट्रोल की बढ़ती हुई कीमतों के बीच मार्जिनल लाभ मिलने पर भी अजामिल बाबा मगन थे। इसी मगनपने में अजामिल बाबा यही मजा सतरोहन बो चाची से लेने की भूल कर बैठे। सतरोहन बो चाची ने झोला नीचे पटक दिया था और हाथ नचा कर बोली थीं, "ढेर गरमाइल बाड़ऽऽ कि ना, तऽऽ ध के तूर देब अँगुरिया!"

अजामिल बाबा के गले में कोई चप्पल नहीं लटकी थी, लेकिन उनका मुँह काला हो गया था। तबसे अजामिल बाबा, सतरोहन बो चाची का कोई भी काम करते हुए अनसाते थे। ऐसी कर्कशा स्त्री का काम कोई कर भी कैसे सकता था जो अगर भूले-भटके कभी धन्यवाद भी कह बैठे तो लगता था कि लाठी मार रही है।

अजामिल सुकुल के गुजर चुके भाई का एक पुत्र था, दीपक। वह नौवीं में पढ़ता था। गाँव में जब कहीं से न्यौता आता था तो सबके घर 'मरद नामे सबहर' आता था लेकिन अजामिल बाबा के यहाँ न्यौता 'दीपक' के नाम से आता था।

वजह? वजह बड़ी अहम! दरअसल अजामिल बाबा को एक रोग था, रोग भी ऐसा-वैसा साधारण किस्म का नहीं था। यह रोग इतना असाधारण था कि इसका नाम लेने पर भी दोष पड़ता था। उन्हें लाहौल वला कुव्वत 'बरमदोष' पड़ा था। शुद्ध शब्दावली में 'सफ़ेद दाग'। हालाँकि रोग तो बड़ा भारी था लेकिन फिर भी पूरी तरह से अजामिल बाबा को जाति बहिष्कृत नहीं किया गया था। इतना था, कि काज परोज में उनके बजाय उनके भतीजे दीपक महाशय बुलाए जाते थे। वैसे तो इस सामाजिक उपेक्षा से अजामिल बाबा तथा अजामिल बो ईया चिढ़ते तो बहुत थे किन्तु ज़्यादा चूँ चपड़ करने व पूरा पाने की उम्मीद में थोड़ा भी खो देने का भय था। बात ऐसी थी कि पूरी दुनिया से एक साथ बदला नहीं लिया जा सकता। टारगेट्स को छोटे-छोटे टुकड़ों में बाँटकर जल्द व पूरी तरह तोड़ा जा सकता है। टारगेट्स को तोड़ने के क्रम में अजामिल जी सुकुल की सबसे बड़ी कमज़ोरी ही उनका पहला हथियार बन गई थी। जिससे रार ठन गई हो यदि उसके यहाँ कोई विवाह पक्का हुआ हो तो अजामिल जी सुकुल दुश्मन के सम्भाव्य सम्बन्धी के यहाँ पहुँच जाते थे। चाय-नाश्ता के पश्चात् गोपनीयता की शपथ कार्यक्रम होता था। इन तमाम तामझाम के पश्चात् अजामिल बाबा हथेली से रूमाल हटाकर अपना बरमदोष दिखाते थे। अजामिल बाबा सम्भाव्य सम्बन्धी से बताते थे कि "फलाने गाँव में जहाँ आपके सुपुत्र/सुपुत्री का विवाह पक्का हुआ है वह हमारे ही खास दयाद हैं। अब आप तो जनबे करते हैं कि खानदान में एक बार बरमदोष लग गया तो फिर किसी को भी हो सकता है।

"ई सब धोखाधड़ी करके ब्याह-सादी करना हमको ठीक नहीं लगता है। आप सही आदमी लगे तो सोचे कि चलो आगाह कर देते हैं। बाकी आप तो खुद ही समझदार हैं। जो आपको भला लगे!"

तत्पश्चात् अपने दयाद के सुपुत्र/सुपुत्री के दो-चार दुर्गुणों का गुणगान कर, बुलेट उड़ाते वापस आ जाते थे। ब्याह तो टूट ही जाता था व ऐसे दुश्मन बड़ी आसानी से पहाड़ के नीचे आ बैठते थे। कुछ ऊँट वैसे भी थे जिनके खानदान की कुछ कमज़ोरियों या उनके परिवार में चलने-बननेवाले गुप्त सम्बन्धों पर हमला करते ही बेचारे पहाड़ के नीचे आ बैठते थे। पर एक ऊँटनी ऐसी तेज थी कि किसी भी तरह उसकी नकेल हाथ आती ही न थी। अजामिल बो ईया ने दुश्मन के दुश्मन को दोस्त बना लिया था।

सतरोहन बो चाची एक हाथ में पानी से भरा लोटा लिए टॉर्च की रोशनी में रास्ता देखती हुई जा रही थीं। गर्मी के दिन बड़े उरेब थे। साँप, बिच्छू इत्यादि पचासों तरह के भय समेत। रास्ते में हनुमान जी का मन्दिर पड़ता था। सतरोहन बो चाची ने टॉर्च और लोटा नीचे रख दिया। फिर हाथ जोड़कर प्रणाम किया। हनुमान जी ने मन-ही-मन उनको आशीर्वाद दे दिया होगा। मन्दिर के बाद बबूल की झाड़ियों का झुरमुट था फिर परती थी और उसके बाद फिर वन शुरू हो जाता था। सतरोहन बो चाची जैसे ही मन्दिर से आगे बढ़ी थीं उनकी भेंट अजामिल बो ईया तथा दरोगाइन ईया से हो गई थी। ईया लोगों के हाथ में भी लोटा और टॉर्च थी। ईया लोग आगे थीं, लेकिन अपनी चाल धीमी करके सतरोहन बो चाची के संग हो चली थीं। अजामिल बो ईया बिना टॉर्च जलाए आसमान की ओर देखकर बोली थीं—"एक्को जोन्ही नहीं चमक रही है।" दरोगाइन ईया कहती थीं—"बदरियाउस भईल बा!"

बबूल के झुटपुटे पास आ गए थे।

सतरोहन बो चाची ने टॉर्च जलाकर एक चिक्कन जगह देखी और वहाँ लोटा रख दिया। फिर दूसरी साफ़ जगह देखकर साड़ी समेटे चुक्का-मुक्का बैठ गई थीं। अजामिल बो ईया तथा दरोगाइन ईया भी जगह देखकर बैठ गई थीं। अजामिल बो ईया ने ख़ूब गहरी साँस भरकर कहा था, "बताओ...सूमंत बो को तीसरी बार भी बेटी ही हो गई!...च्च..च!!"

दरोगाइन ईयाने हामी मिलाई, "हाँ जी, एगो भी बेटा हो जाता तो कोई पानी पिलाने वाला तो हो जाता नऽऽ? हम तो ए जी डेढ़ किलो धान नाखून से छुड़ा-छुड़ाकर शिव जी पर अच्छत चढ़ाए थे, तब जाके तो बबुआ पेट में आया था!"

अजामिल बो ईया बोलीं, "ई सब जानती हो पुरुब जनम के पुन परताप से मिलता है। देख लऽऽ फलनवा के भी बस दू गो बेटी ही हैं। चिलनवा को भी राम जी तीन गो बेटी ही दे दिये...।"

सतरोहन बो चाची ने काँख में टॉर्च दबा ली थीं, और लोटा खींचकर पानी छूते हुए कही थीं, "हुँहऽऽ बेटवा रोज़ दू डंडा उठावना दे तबऊ नीक, और लइकी हाथ गोड़ मीसे, सेवा करे तबऊ ख़राब? ई कइसे जी ईया?"

अजामिल बो ईया बहुत स्नेह से समझाईं, "एहऽऽ दुल्हिन, साँवा कोदो कोनो अन्न हऽऽ? बेटी-दामाद कोनो धन हऽऽ?"

दरोगाइन ईया साथ ही जोड़ी दी थीं, "तिस पर भी डेढ़ अँक्खी धियरी!"

लोटा खाली हो गया था। सतरोहन बो चाची ने काँख से टॉर्च निकाला व कमर में खोंसकर और उठ गई थीं, "एगो-दुगो कमी कौन आदमी में नहीं होता है? के इहाँ इन्दर के परी बाऽऽ जी? हमार बेटी आँख भाँजती है तो का हुआ, किसी दूसर का आँख माँग कर थोड़ी न देखने जाती है! जइसा भी है अपनी ही आँख से देखती है नऽऽ!"

दरोगाइन ईया और अजामिल बो ईया को ठाँय से जवाब देकर सतरोहन बो चाची झनकती हुई चली गई थीं। अजामिल बो ईया अक्सरहाँ सोचती थीं कि इस ऊँटनी को भी कभी न कभी तो पहाड़ के नीचे आना ही पड़ेगा।

सतरोहन बो चाची लाल-पीली चुनरी प्रिंट की साड़ी, सीधी पल्ला पहनकर जब माथे पर अँगूठा बराबर टिकुली लगाती थीं तो एकदम 'जय संतोषी माँ' की सत्यवती (कानन कौशल) सरीखी दिखती थीं। सूती यह साड़ी किसी मारवाड़िन ने छू-छाकर सतरोहन सुकुल को दान में दी थी।

बड़ाई करने पर सतरोहन बो चाची ख़ुश होकर बताती थीं, "पीऽऽऽयोर सूत्ती हऽऽऽ एजी!"

सतरोहन बो चाची बताती थीं कि जब उनका ब्याह हुआ था तो उनका मुख चनरमा (चन्द्रमा) की तरह था लेकिन अइसन पाड़ा आदमी के फेर में पड़कर उनका रूप और भाग्य दुन्नो फुँका गए थे।

सूर्य महाराज, माथा से थोड़ा नीचे बढ़ रहे थे। छत पर एक साड़ी को दुहरा-तिहरा कर फैलाया गया था। उस पर पसारे हुए गेहूँ के एक छोटे-से कोने में मुअनी छाँह घुस गई थी। सतरोहन बो चाची रतनी दिदिया को गेहूँ बटोरकर नीचे लाने के लिए बोल चुकी थीं। पक्की सीढ़ियाँ नहीं बनी थीं। रतनी दिदिया बाँस की सीढ़ी के ऊपरी सिरे को छत से टिका दिया और पहले से दूसरे पायदान पर पैर रखती चली गई थीं। मच्च-मच्च की कराहती-सी आवाज़ हुई थी। आँगन से छत पर जाने भर से दुनिया ज़्यादा बड़ी और गझिन लगने लगी थी। छत पर जाने से ठीक सामने अजामिल बाबा का बिना पलस्तर वाला मकान था। अजामिल बाबा के मकान के दोनों तरफ़ पतली गलियाँ थीं।

दाहिनी तरफ़ जो गली थी वह गाँव में बहुत अन्दर तक चली गई थी,

गली के बाद गांधी बाबा का मकान था और इसी तरह क्रम से कई मकान थे। मकान के बाईं तरफ़ की गली सकिस्त और छोटी थी। गली की लम्बाई का अन्त द्वारिका सुकुल के दुआर पर होता था। गली के बाजू में ब्रिजमोहन सुकुल का अहाता था। जिसकी ईंट की पतली चहारदीवारी के घेरे से सटे हुए दो-तीन शीशम के पेड़ थे। द्वारिका सुकुल का मर्दाना बइठका ख़ूब बड़ा था। ख़ूब बड़े मर्दाना बइठका वाले मकान के पीछे खेत और बागीचे थे। द्वारिका सुकुल के मकान के पीछे से सफ़ेदा के ख़ूब लम्बे-लम्बे चिकने पेड़ों की शाख दिखती थी, जिनकी फुनगी पर नुकीली-पतली पत्तियाँ थीं। हवा बहती थी तो पत्तियाँ उलट-पुलटकर लहराती थीं। उन पत्तियों के उड़ने का सुख बस यहीं तक था कि डाल से चिपकी फरफराती रहें बस्सऽऽ...। दूर वन की ओर इमली के पेड़ पर कोयल कूक रही थी। एक बच्चा लगातार उसकी नकल काढ़ रहा था। कोयल चिढ़ गई थी। ख़ूब तेज-तेज कूकने लगी थी। बच्चा भी उसके साथ तेज-तेज कूकने लगा। खिसियाकर कोयल चुप्प हो गई थी। बच्चा फिर उसे कूऽऽऽ कूऽऽऽ कूऽऽऽ करके उकसा रहा था। लेकिन कोयल चुप्प तो चुप्प। ऊब कर बच्चा भी चुप हो गया। कुछ क्षणों बाद ही कोयल टोहने के लिए धीरे से कूकी थी। बच्चा शायद किसी दूसरे खेल में व्यस्त गया था। कोयल फिर कूकी थी। कहीं कोई नकलची नहीं था। कोयल ख़ुश हो गई। अपनी स्वाभाविक लय में कूकने लगी थी। थोड़ी दूर पर बिधान बाबा के मकान की पिछली दीवार नज़र आती थी। सुआपंखी रंग का चूना तकरीबन झर ही गया था। दीवार पर गोइंठा पाथा हुआ था। बिधान बो ईया टोह-टोहकर सूखे हुए उपले उखाड़ लेतीं और टोकरी में रखती जाती थीं। दीवार पर उकाचे हुए उपले का निशान रह जाता था। बिधान बो ईया का मुँह नहीं दिखता था, साड़ी और देह की तराश पहचान में आती थी। उपले वाली दीवार की छत पर एक सिरे से दूसरे सिरे तक एल्युमिनियम का पतला तार बँधा रहता था। तार पर गाढ़ा बैगनी पेटीकोट और साड़ी फैली हुई थी। हवा के झोंके से पेटीकोट लहरा रहा था। वहीं बैगनी साड़ी सरककर नीचे पड़ी थी। बस उसका एक छोर तार पर अटका हुआ था जो कभी भी सरक सकता था। बिधान बो ईया की छत से सटी हुई छत पर श्रीधर सुकुल की नातिन मुँह के पास फ़ोन रखकर (और उसे दाईं हथेली से आड़ करके) लगातार बतिया रही थी।

बिधान बो ईया अक्सरहाँ मुँह बिचका कर कहती थीं, "फ़ोनवे पऽऽ भतार कइले बाड़ी सनऽऽ!"

फ़ोन पर बतियाती लड़की ने धूप से बचने के लिए सिर पर दुपट्टा रखा था। अचानक रतनी दिदिया को लगा कि धूप बहुत तेज है और उनके सिर पर दुपट्टा भी नहीं है। रतनी दिदिया एक तरफ़ से दुपट्टा खींचती थीं, एक छोर उठाती थीं, लेकिन सिर पर न रखकर कन्धे से झुलाकर नीचे ले आई थीं। रतनी दिदिया साँस लेती थीं तो लगता था कि छाती में या फेफड़ों के बीच कोई ठोस चीज़ अटक गई है। यह अटकी चीज़ ऐसी थी कि अगर रतनी दिदिया पानी पीतीं, तो पानी कंठ से नीचे नहीं उतर पाता। कितनी सारी छतें थीं, अलग-अलग दृश्यों समेत। रतनी दिदिया नहीं जानती थीं कि उनकी छत कैसी दिखती है। एक बार, दूसरे छत की ऊँचाई से अपनी छत को देखना चाहती थीं। रतनी दिदिया ने नीचे आँगन में झाँका। आँगन के उत्तर तरफ़ कोई कमरा नहीं था। एक ऊँची सपाट दीवार थी। दीवार के ठीक उस पार एक ख़ूब घना नीम का पेड़ था। पेड़ की छाया से आँगन का एक/पाँचवाँ हिस्सा ठंडा रहता था।

दीवार के बिल्कुल पास ही, नीम की छाँह में बिछी खाट पर हथकट्टी फ्रॉक पहने छोटकी सोई हुई थी। निरभेद। उसका सिर बाईं ओर लटका था। होंठ के बाएँ कोने से लार थी। लार की एक बूँद चाशनी की तरह गाल और खाट के उरीचन के बीच अधर में लटकी थी। सतरोहन बो चाची वहीं खटिया के बगल में बोरा बिछा कर बैठी पुराने सीयन उधड़े कपड़ों को सूई से टाँक रही थीं। सतरोहन बो चाची ने छोटकी को देखा, फिर अपने उसी पीऽऽयोर सूती की साड़ी के आँचल से उसकी लार और माथे पर इकट्ठा हुई पसीने की दो-चार बूँदों को पोंछ दिया। सतरोहन बो चाची की हथेलियाँ बीच-बीच से फटी हुई व खुरदरी थीं, जिनकी मामूली दरारों में लगातार बर्तन माँजने, गोबर पाथने, लीपने-पोतने से एक स्थायी कालापन बस गया था। अपनी उन्हीं खुरदरी हथेलियों से सतरोहन बो चाची छोटकी के बाल सहला रही थीं। गाय बहुत धीरे-धीरे अपनी बछिया को चाट रही थी, बछिया और निरभेद सो जाती थी। उँगलियाँ छोटकी के बालों में पता नहीं क्या टोहती-जोहती हेरा गई थीं। उनकी गति क्रमशः कम होती थम गई। सतरोहन बो चाची शायद थक गई थीं, या कहीं खो गई थीं। यह एक नई माँ होती थी, जो कभी-कभार ही नज़र आती थी। कभी-कभार नज़र आनेवाली इस माँ को दिदिया हमेशा जी भरकर देखती थीं। अचानक पता नहीं क्यों,चाची ने छत की ओर देखा। ठीक रतनी दिदिया को ही। रतनी दिदिया गड़बड़ा गईं और जल्दी-जल्दी गेहूँ एक जगह बटोरने लगी थीं

कि तभी, सामने से दरवाज़ा खुलने की आवाज़ आई। गुब्बारे जैसे पेट पर बनियान खिसकाए अजामिल जी सुकुल अपने दरवाज़े से निकले थे और बाईं गली में मुड़ गए थे। द्वारिका सुकुल के दुआर की ओर वह उचककर देखने लगे थे। फिर इधर-उधर देखकर इत्मीनान कर लेने के पश्चात् कान पर जनेऊ चढ़ाकर शीशम की छाँह में निवृत्त होने लगे थे। रतनी दिदिया सोच रही थीं कि अजामिल बाबा भी एक थेथर हैं। द्वारिका सुकुल से उनका कई बार इसी बात को लेकर झगड़ा हो चुका था।

द्वारिका सुकुल गरियाते हुए कहते थे, "बाँसुरीवाले, तू हईजा हमरा दुआर के आगे कहे हगेले-मूतेले? तुम्हारा हग-मूत लाँघकर आदमी आएगा-जाएगा?"

अजामिल सुकुल बड़े ताव से पूछते थे "माखनचोर सरऊ देखे हउअऽऽ हमका करतऽऽ?"

यह सच भी था। यद्यपि प्रत्यक्षतः किसी ने भी अजामिल बाबा को निवृत्त होते नहीं देखा था, लेकिन अन्दर ही अन्दर सब जानते थे कि अजामिल जी सुकुल के अलावा टोला में और कोई भी यह नहीं कर सकता था। द्वारिका सुकुल देखे भी थे, बस उनको गली से मुड़ते हुए ही देखे थे। ऐसा नहीं था कि अजामिल जी का घर नहीं था, लेकिन बहुत पुराना घर होने के कारण शौचालय नहीं था। निवृत्त होने के लिए वन में ही जाना होता था। दुपहरिया में वन में जाने की जहमत से बचने के लिए, अजामिल जी आसपास का ही कोई कोना ढूँढ़ लेते थे। ख़ूब हो हल्ला होने लगा था। द्वारिका सुकुल गली से बाहर आकर अजामिल जी को गरियाने लगे थे।

रतनी दिदिया गेहूँ बटोरकर नीचे उतर गई थीं। छत की अपेक्षा झगड़े की आवाज़ आँगन तक बहुत कम आ रही थी। रतनी दिदिया चांपाकल के नीचे हाथ-मुँह धोकर लोटा में पानी व गुड़ लेकर नीम की छाँह में बैठ गई थीं। सतरोहन बो चाची ने फिलवक्त के लिए सीयन उधड़े कपड़ों की मरम्मत का काम स्थगित कर दिया था। चाची आँखा लेकर गेहूँ आँखने लगी थीं। रतनी दिदिया ने गुड़ का एक टुकड़ा सतरोहन बो चाची की ओर सरकाया था।

चाची ने गुड़ देखा और अपने आप से पूछा, "तू खुस है नऽऽ रतन?"

रतनी दिदिया ने लोटा से एक घूँट पानी मुँह में भर लिया था। उन्होंने झट से 'हाँ' में सिर हिलाया फिर मुँह का पानी गले से नीचे उतारा।

गुड़ थोड़ा-थोड़ा चिपचिपा रहा था उँगलियों पर! गुड़ मुँह में रखकर चाची ने उँगलियाँ चाट लीं।

"मोटा-मोटी तो सब ठीकई है। खेतिहर भी हैं सब, बाग-बगईचा भी ढेर है। ईहे एगो है कि लरिकवा पंडित है। तो तेरे बाप भी तो ईहे करवाते हैं। खाए-पीये की कौन कमी है बोल?" रतनी दिदिया झूठमूट का नहीं, सचमुच का मुस्कराई थीं, ख़ूब फैला कर! सचमुच की अम्मा के लिए।

सतरोहन बो चाची पानी पीकर गेहूँ आँखने लगी थीं। आँखा में गेहूँ के बीच एक ख़ूब बड़ा कंकड़ था। सतरोहन बो चाची कंकड़ आँखती नहीं थीं, हाथ से उठाकर फेंक देती थीं।

"सब तो तू जानती ही है। नौकरिहा लरिका के लिए कोई दू लाख से नीचे मानता ही नहीं है।"

रतनी दिदिया तश्तरी में लोटा, लोटा में गिलास रखकर खटिया के नीचे सरका दीं। छोटकी नींद में भकुआई उठ बैठी थी। उसने रतनी दिदिया को देखा और बाल खुजलाकर फिर सो गई।

"जब तू छोट रहले हा न, तऽऽ हमसे हमेसा एगही गीतिया सुनावे के जिद करत रहले हा!"

रतनी दिदिया ने कोई जिद नहीं की। चाची ने आँखा बगल में रख दिया था। रतनी दिदिया को ऐसा लगा था जैसे पुराने किसी दिन में माँ ने एक छोटी हड्डही बच्ची को अँकवार में भर लिया है और बच्ची की गर्दन पर ठुड्डी टिका कर गुनगुनाने लगी है। चाची ने गेहूँ के ढेर पर हाथ फिराते हुए गला साफ़ करके तान छेड़ दी,

ओरी तर...ओरी रे तऽऽऽऽर
बइठे बरऽऽऽरेनेतिया (बाराती)।
काढ़ नऽऽ सतरोहन हो बाबा
अपनीऽऽऽ हो पूऽऽतरीया (आँख की पुतली)।
का हम काढ़ी सजन लोग
अपनीऽऽ हो पूऽऽतरीयाऽऽ।
हमरो रतनी हो बेटी
आँखी के रे पूऽऽतरीयाऽऽ।
दिनवाँ हरेलु हो बेटी
भुखियाऽऽ रे पियसियाऽऽऽ।

रतियाँ हरेलु हो बेटी
बाबा के रे गियनवा (ज्ञान)।

आवाज़ कहीं फँसती थी, कभी ख़ूब महीन हो गई थी। रतनी दिदिया माँ के सामने नंगी ही पैदा हुई थीं, लेकिन जब से पूरे कपड़े पहनने लगी थीं, अम्मा के सामने भी नंगा होते या कपड़ा बदलते उनको लाज लगती थी। साँझ होनेवाली थी। रतन बर्तन माँजने उठ गई थीं।

छिटपुट सितारों के साथ जैसे ही चन्दा मामा काले मलमल के दुपट्टे पर आ गिरने को होते थे उससे जरा पहले ही दुआर पर, बाल्टी में पानी लेकर सतरोहन सुकुल हथेली से छींट देते थे। उड़ती हुई धूल खामोश होकर सोंधी महक में तब्दील हो जाती थी। सतरोहन सुकुल महीने भर से घर पर थे। आँगन से अगर बाहर की तरफ़ क़दम बढ़ाया जाए तो एकपलिया दरवाज़े के बाद ओसारा था। ओसारा यानी तीन ओर से ईंट की दीवार जोड़कर ऊपर करकट (टीन की शेड) थी। दुआर पर ईंट की दीवार से सटा कर दो चौकियाँ खड़ी होती थीं। रमेसर और सतरोहन सुकुल मिलकर उन्हें बिछा देते थे। सतरोहन बो चाची दो लालटेनों के शीशे सूती कपड़े से साफ़ करके रखती थीं। एक लालटेन चुहानी पर रहती थी। रमेसर सुकुल दालान में एकपलिया दरवाज़े के पास किसी खूँटी में धीरे-धीरे काँपती लौ वाली दूसरी लालटेन टाँग कर साँझ को पुचकार देते थे। भूरी-मटमैली शाम दुलार पाकर इतराती-उतर जाती थी। एकपलिया दरवाज़े के ठीक सामने ही दालान का दुआर की ओर खुलता मुँह था। लालटेन की रोशनी दुआर के बाहर एक सीध में बड़ी दूर तक लेटी हुई नज़र आती थी। दालान की दीवार में कहीं-कहीं छोटी-मोटी खोखली जगह या छिद्र थे। पीली रोशनी उन छिद्रों से भी यहाँ-वहाँ सरककर बाहर आ जाती थी। लेकिन ऐसी सरकी हुई रोशनी के धागे निहायत ही दुबले और नन्हे थे। रात की पारी बिजली होने पर, बिजली आ जाने के पश्चात् टेस पीली चमकती लालटेन की लौ बहुत धीमी कर दी जाती थी। बस इतना भर कि लालटेन का ज़िन्दा रहना मालूम चलता रहे।

भीषण गर्मी की रातों में चौकी और खाटें बिछ जाती थीं। फिर लाठियों को चौकी या खाट के पायों में फँसाकर मच्छरदानी लगाने का इन्तज़ाम किया जाता था। कमरे के अन्दर पंखे से लू जैसी गर्म हवा आती थी। इसलिए रतनी दिदिया और सतरोहन बो चाची आँगन में सोती थीं।

आधे कि.मी. की दूरी पर गाँव में शिवाला था। वहाँ ढोल-मंजीरा के साथ गवनई हो रही थी। रतनी दिदिया ओढ़नी गोल-मोल करके कान ढक ली थीं। लेकिन कोई फर्क नहीं पड़ा था। ढोल-मंजीरे की आवाज़ बदस्तूर कानों तक पहुँच रही थी। सतरोहन बो चाची, छोटकी, दरोगाइन ईया उनके बच्चे सभी इस शोर के बीच सो गए थे। खाट, मच्छरदानी, नीम की पत्तियाँ सुस्ता रही थीं। रतनी दिदिया ने चुहानी की तरफ़ देखा। गैस चूल्हा सो रहा था। कड़ाही, भगौना, थाली-कटोरियाँ सब औंधे मुँह पुचकार कर सुलाए गए थे। गैस चूल्हा से थोड़ी दूर पर मिट्टी का चूल्हा था। चूल्हे पर गाय के लिए पखेव पकता था।

रतनी दिदिया ने बाईं करवट ली।

आँगन और ओसारा के बीच का एकपलिया दरवाज़ा बन्द था। बिजली नहीं थी। ओसारा में जलती लालटेन टँगी थी। दीवार में बीच-बीच की दो-चार ईंटें निकालकर मोखा बनाया हुआ था। कभी बहुत पुराने दिन भी होते थे दुनिया में। उन्हीं किन्हीं पुराने दिनों में सतरोहन बो चाची किसी टूटी कटोरी में आलता ढार कर अपने पैर रँगती थीं। रँगने के बाद भी थोड़ा-सा आलता बचा रह जाता था। चाची बचे आलता वाली कटोरी मोखा में रख देती थीं। चाची फिर उसे भूल जाती थीं। नये दिनों के आते-आते आलता सूखकर चिपक जाता था कटोरी में। स्कूल जाने के दिनों में रतनी दिदिया अपने किसी टूट गए बैकपिन या ढीले हो चुके रबर को भी वहीं मोखा में खोंस देती थीं और जल्दी-जल्दी बाल सँवारकर स्कूल भाग जाती थीं। उन सारी हड़बड़ाहट, स्कूल की महक, व एकाध टूटे बालों समेत धूल खाते बैकपिन, रबर, सूखी नेलपॉलिश की शीशियाँ अब भी वहीं मोखे में पड़ी थीं। फिर भी मोखे में जरा-जरा-सी खाली जगहें बच गई थीं। उन्हीं खाली जगहों से पीली उजास आँगन में भी पसरी थी।

हर एक चीज़, एक महक, एक समय, एक याद को गूँथे रखती थी। यादों पर उदासी फफूँद की तरह जमी चली जाती थी। जैसे पिता जब घर पर रहते थे, तो लगता था कि पिता हैं। पिता जब चले जाते तो याद उनकी जगह घेर लेती थी। उनके जाने के बाद उनकी शेविंग रेजर व झाग वाली टिकिया में याद रह जाती थी। उनके छूटे हुए लोटे में, चप्पल में याद यहीं छूट जाती थी। पिता पुराना जनेऊ निकालकर कहीं किसी खूँटी में लपेटकर टाँग देते थे और नया जनेऊ पहन लेते थे। पुराना जनेऊ उनकी देह की गन्ध, मैल, याद में लिपटा

टँगा रहता था कई दिनों तक खूँटी पर। जनेऊ के टँगे होने पर जैसे पिता की अनुपस्थिति, उनका न होना टँगा रहता था। रतनी दिदिया को अच्छा लगता था जैसे एक पुराना, धूसर दृश्य टँगा था खूँटी पर। बाद में कभी ऐसा भी होता था कि सतरोहन बो चाची कुछ बाँधने या जोड़ने के लिए वह पुराना जनेऊ इस्तेमाल कर लेती थीं। ऐसा होने पर वह खूँटी एकबारगी ही सूनी व रिक्त हो जाती थी।

रतनी दिदिया सोचती थीं हम चीज़ें नहीं यादें पहनते थे। हाथों में चूड़ियाँ नहीं यादें खनकती थीं, बालों में रबर नहीं याद बँधी थी, सीने पर दुपट्टा नहीं याद फैली थी। लेकिन ये सब दिखती थीं, झट से सामने! पर, उन यादों का क्या जो मोखों में रखी रहती थीं। बहुत पुराने दिनों की यादें। उन यादों की याद कभी-कभी ही आ पाती थी जिनकी गन्ध पर सन्नाटा, धूल, नमी व फफूँद जम गई थी।

रतनी दिदिया को एक बेतुका-सा ख़याल आता था। अगर वो मर जाएँ तो रोज़-ब-रोज़ नज़र आने, इस्तेमाल होनेवाली यादों के अलावा क्या किसी को कभी किन्हीं बेहद पुराने दिनों की छुपी हुई यादों की याद आएगी? क्या कोई सोचेगा, कि उसके पास इन रोज़ की यादों के अलावा रतनी दिदिया की छुपी हुई बासी यादें भी हैं? जो अभी नज़र नहीं आतीं, पर थीं कभी इसी दुनिया में!

चित्त लेटी रतनी दिदिया ने ऊपर देखा था। आधा टुक्की चाँद मच्छरदानी के पार ठीक सिर पर आ गया था। गवनई ढोल-मंजीरे ठहर गए थे। कुत्ते भौंक-भौंककर रात को जगा रहे थे, और रात थी कि अँधुआ-अँधुआ कर गिर रही थी। प्यास लगी थी। रतनी दिदिया चांपाकल के मुँह पर लोटा अड़ाकर नल पेर रही थीं। पानी भाग गया था। कुछ देर नल सिर्फ़ आवाज़ करता रहा था। माइक से हल्लो-हल्लो की मर्दाना आवाज़ आ रही थी। फिर उँगलियों से माइक के मुँह पर हल्के-हल्के ठोंके जाने की आवाज़ हुई थी। नल से पानी निकल आया था। दुबारा कोई हल्लो-हल्लो कहता था। हल्लो कहने में साँस कम थी आवाज़ जियादा। कोई ज़्यादा साँस के साथ माइक में गाने लगा था—

साड़ी चोलीऽऽऽ पेन्हनी गहनवा...
आ देखली दरपनवा नऽ एऽऽऽ राम
तबऊ न सूरत सुन्दर लागे
तबऊ न सूरत सुन्दर लागेऽऽऽ
एगही सेन्उरवा बिनऽऽ ए राम!

रतनी दिदिया का रोंआ-रोंआ कान हो गया था पर आवाज़ पूरी पहचान में नहीं आती थी। वो जो कोई भी था गले से नहीं नाभि से बल लगाकर गा रहा था। उदासी की सूखी पपड़ियाँ चिपकी थीं आत्मा से। यह आवाज़ थी जो नाखून से खुरच देती थी पपड़ी। खुरची हुई जगह से मवाद बहने लगा था। टूटे हुए तारों से बहती उदासी नाक पर आई थी, फिर बालिश में हेरा गई थी।

सुबह उबासियाँ लेती हुई उठी थी। चादर की सिकुड़न में, तकिया के गिलाफ पर बालों में चिपड़े तेल का जो धब्बा बना था उसके स्याहपन में, पसीने से चिपचिपाए बालों के अधखुलते जूड़े में, मच्छरदानी से बाहर चिपके मच्छरों की भिनभिनाहट में, चांपाकल के नीचे सूखे पड़े पत्थर की पटिया में, अलसा कर करवट बदलने पर पसीने की नन्ही-नन्ही बूँदों से भरी छातियों के एक करवट से दूसरे करवट लुढ़क जाने में...अभी रात का बासीपन बचा था। पुरुवा देह को बिन छुए निकल जाती थी। गुजर चुकी रात के बासीपन को सतरोहन बो चाची ने आँगन के एक कोने से बुहारना शुरू कर दिया था। बुहारने की आवाज़ और गर्द की वजह से रतनी दिदिया ने आँखें खोली थीं। आँखों में नींद नहीं आलस था। बेशुमार आलस। रतनी दिदिया ने उठकर ढीले जूड़े को कस लिया था। पास वाली चौकी के एक किनारे छोटकी मुँह बाए अब तक सोई हुई थी। आँगन में धूल का छोटा-मोटा गुबार-सा उठा हुआ था। रतनी दिदिया पैर सिकोड़ कर घुटनों को ठुड्ढी के पास लाई थीं। पैरों को छाती से चिपका कर दोनों हाथों से उन्हें बाँध लिया था। एक जोरदार जम्हाई आई और उसके साथ ही पेट से हूल जैसी उठी थी। मुँह में फेनिल खट्टा-खट्टा-सा आ गया था कुछ। रतनी दिदिया बिना प्रयास ही उस खट्टे लार को घोंट गई थीं। लेकिन जीभ में खट्टापन बरकरार था। रतनी दिदिया अपने दोनों हाथ पीछे समीज के अन्दर ले गई थीं और टटोल कर ब्रेसियर की हुक फँसा ली थीं।

रमेसर सुकुल एक पलिया दरवाज़े के पास आकर खाँस रहे थे। सतरोहन बो चाची ने सिर पर आँचल खींच लिया। रतनी दिदिया ने बालिश पर पड़ी ओढ़नी उठाकर छाती पर फैला ली थी। दरोगाइन ईया पीतल की छोटी-छोटी थालियाँ, कटोरी व लोटकी चांपाकल के पास माँज रही थीं। रमेसर सुकुल खाँसते हुए आँगन में आ गए थे। रतनी दिदिया ने पैरों में चप्पल डालकर खाट में अटकाई लाठियाँ व मच्छरदानी खोल ली थी।

पूर्व में नारंगी पंखुड़ियाँ खुलने लगी थीं। सतरोहन सुकुल भी दतुअन कूँचते आँगन में आए थे। सतरोहन सुकुल चहुआ दाँतों से दतुअन कूँचने के पश्चात् उसकी कूँची को सामने के दाँतों पर रगड़ते थे। दरोगाइन ईया माँजे हुए बर्तन धोने लगी थीं। सतरोहन सुकुल दतुअन मुँह में दबाए एड़ी तक लटकी लुंगी को घुटनों तक मोड़कर उसका फेंटा कस लिए थे।

दरोगाइन ईया पनोहा के परिदृश्य से निकल गई थीं। रमेसर सुकुल अपने कमरे से कुछ काग़ज़-पत्तर लेकर दुआर पर चले गए थे। दुआर पर रामचन्दर बाबा एक लड़के का राशि नाम लेकर बैठे थे। रमेसर सुकुल जाँच रहे थे कि लड़के का रामचन्दर बाबा की पोती से कितना गुन मिलता है। सतरोहन सुकुल दतुअन को बीच से चीर लिए थे। जीभ साफ़ कर रहे थे। सतरोहन सुकुल की खोपड़ी का अगला भाग एकदम साफ़-सपाट था। कान व पीछे की तरफ़ काले-सफ़ेद थोड़े-से बाल थे। हालाँकि कोई मतलब नहीं था, फिर भी पता नहीं रतनी दिदिया पूछती थीं या बताती थीं, "पिता जी चाय लेऽऽब नऽऽ?"

सतरोहन सुकुल आख़िरी बार नल पेर कर अँजुरी के पानी से आँखों पर छपका मारते थे।

गमछी से मुँह पोंछ कर पूछे थे, "बन गईल?"

रतनी दिदिया ने गैस की आँच तेज कर दी, "कल रात शिवाला पर गवनई हो रहा था?"

पिता गमछी से मुँह पोंछ कर बेना डुलाने लगे थे, "हुम्मऽऽ!!"

रतनी दिदिया ने नीम की एक सूखी पत्ती उठाई। पत्ती को नीली आँच के पास ले गई थीं। भक् से पत्ती पूरी जल गई थी। राख भी नहीं बची। रतनी दिदिया उदास हो गई थीं। घुटने के तख्त पर ठुड्ढी टिका कर धीरे से पूछी थीं, "निरगुन कौन गा रहा था पिताजी?"

सतरोहन सुकुल शाबाशी से भौंहें उचकाए थे, "अरे ऊऽऽ...कमकरवा के लरिका रहे, बहुत बढ़िया निरगुन गाता है। गला सधा है ओकर।"

रतनी दिदिया ने चायछन्नी को लोटे के मुँह पर दो तीन बार ठकठकाया। बची-खुची चाय भी लोटा के अन्दर चली गई थी। पिता और माँ को चाय थमा कर रतनी दिदिया अपनी चाय लेकर छत पर चली गई थीं। अजामिल बो ईया अपने दरवाज़े के सामने खाट बिछाकर बैठी चाय पी रही थीं। अजामिल बाबा के मकान के बाएँ तरफ़ की गली के बाद जो ब्रिजमोहन सुकुल का अहाता था,

वह ईंट की दीवार से घेरा हुआ था। दीवार के पास तीन-चार शीशम के पेड़ थे। एक बेर का पेड़ था, सूखा हुआ। बहुत कम और भूरी पत्तियों वाला वह पेड़ मुर्दा मालूम होता था। जब कभी हवा हिलती थी, तो पेड़ पर अटकी कुछ एक पत्तियों के हिलने-डुलने से पेड़ का ज़िन्दा रहना जी उठता था।

मकान की दाहिनी तरफ़ वाली गली से सिलिंडर भइया सिर पर खंचिया में उपले लेकर द्वारिका सुकुल के घर पहुँचाने निकले थे। रतनी दिदिया चाय का घूँट लेकर सिलिंडर भइया को देख रही थीं। देखने का फिलहाल कोई अर्थ नहीं था। अगर यह दृश्य किसी फ़िल्म का एक हिस्सा था तो वे रोजमर्रानुमा ढंग से फ़िल्म के एक पात्र को एक कोने से दूसरे कोने तक जाते हुए देख रही थीं। सूरज की लगातार तपिश से झुलस कर गहरी साँवली हो चुकी खाल पर पसीने की नन्ही-नन्ही बूँदें चमक रही थीं। निकर भीगकर किसी लिफ़ाफ़े की पतली परत की तरह चिपक गई थी। रतनी दिदिया सिलिंडर भइया के सिर पर रखी खंचिया देख रही थीं, उनकी बाँह की मछलियों पर चमकती पसीने की बूँदें देख रही थीं, नंगे तलुवों का ज़मीन पर पूरे वजन से टिकता जमाव देख रही थीं।

रतनी दिदिया को शुष्क दिनों में बजने वाला गाना याद आया था! 'ओढ़नी के रंग पीऽऽयर...'

रतनी दिदिया अभी हरे रंग का सूट पहने थीं और सावन आने में अभी काफी समय था।

रतनी दिदिया की नज़र इधर-उधर भटकती अजामिल बो ईया पर ठहरी थी। अजामिल बो ईया उन्हीं को देख रही थीं। रतनी दिदिया ने मुँह फेर लिया था। मुँह फेरने पर सामने घर का पिछला हिस्सा था जो बेवजह की झाड़ियों और घास से गजबजाया हुआ ज़मीन का एक लावारिस टुकड़ा था। मकान और ज़मीन के बीच ईंट की आधी टूटी ढही एक दीवार थी। दीवार पर जंगली कोंहड़े की लतरें चढ़ी और फैली हुई थीं। ज़मीन के दूसरे कोने पर मदार के फूल आहिस्ता-आहिस्ता हिल रहे थे।

थोड़ी दूर पर शिवाला की शंक्वाकार छत नज़र आ रही थी। जहाँ शंकु ख़त्म होता था, वहाँ लाउडस्पीकर जोड़ा हुआ था। लाउडस्पीकर से कभी-कभार बिजली आ जाने के दिनों में 'ऊँ नमः शिवाय' बजा करता था। उसके ऊपर लगातार तीन चार छोटे-छोटे गुम्बद थे। आख़िरी गुम्बद पर एक छोटा-सा त्रिशूल धँसा था।

त्रिशूल की बाईं नोंक पर एक नन्ही चिड़िया बैठी झूठमूठ ही ठोर मार रही थी। कई सालों की बारिश से मन्दिर का रंगरोगन बेरंग हो चुका था। नीचे से मन्दिर की दीवार काली पड़नी शुरू हो गई थी। पलस्तर झर गया था। झरे हुए पलस्तर की जगह ईंटें दिखती थीं।

रतनी दिदिया को लगा था कि ठीक अभी मन्दिर की दीवार से चिपकी इक्का-दुक्का पलस्तर की परतों में से कोई एक परत झरकर नीचे सूखी हुई पत्तियों के ढेर में गिर गई। कुछ दिनों पहले जब रतनी दिदिया के दुपट्टा सँभालने वाले टटका दिनों ने बासी दिनों की तरफ़ एक क़दम बढ़ाया ही था कि तब, वह गहरे बादलों से ढकी और नन्हे बच्चों की चुहल से मुस्कराती एक शाम थी वह। मन्दिर के पीछे पतली गली थी। गली के इस तरफ़ मन्दिर और उस तरफ़ बेहया की बेशुमार झाड़ियाँ थीं। जब बारिश शुरू ही होती थी कि नंगधड़ंग बच्चे कच्छी उतारकर कमर पर काले धागों में पिरोई काली-लाल मोतियों वाली करधन लपेटे दौड़े आते थे और बेहया की झाड़ियों में फारिग होकर जल्दी-जल्दी भाग जाते थे। बासी दिनों की ओर पहला क़दम और सावन का सोमवार एक साथ पड़ा था। सतरोहन बो चाची ने रतनी दिदिया को दस-पाँच गालियाँ देकर शिवाला पर साँझ का दिया दिखाने भेजा था। हल्की बारिश के बीच रतनी दिदिया सर पर ओढ़नी रखे और हाथ में पूजा की थाल लेकर निकली थीं। शाम थी, पर बादल थे इसलिए लगता था जैसे रात हो गई हो। शिवाला सूना पड़ा था। इक्का-दुक्का घरों से लालटेन की रोशनी चमक रही थी। बच्चे भागादौड़ी का खेल ख़त्म कर भागने की फिराक में थे।

शिवाला के आँगन में मिट्टी गीली थी। शिवलिंग के पास दीया जलाकर रतनी दिदिया मन्दिर के आँगन में बने गणपति महाराज की मूर्ति के पास भी दीया जलाने गई थीं। मूर्ति पर काई जमी थी। उसमें पुराने कच्चे चावल अटके थे। मूर्ति की सूँड़ सिन्दूर से लाल हो गई थी। रतनी दिदिया मूर्ति के पास जलता हुआ दीया रखकर उठी ही थीं कि तभी दो मजबूत हाथों ने उन्हें धकेलकर उधड़े पलस्तर और झरते रंगरोगन वाली दीवार से चिपका दिया था। थाली नीचे गिर गई थी। बारिश तेज हो गई थी। लड़खड़ाई हुई रतनी दिदिया ने उल्टे हाथों से दीवार पर सहारा लिया था। नाखून में पलस्तर और झरते चूने के टुकड़े फँस गए थे। मजबूत हथेलियों को रतनी दिदिया के होंठों पर सख़्ती से चिपका कर कोई धीरे से गुर्राया था, "चुप्प!"

रतनी दिदिया सोनू को पहचान गई थीं। डरी हुई रतनी दिदिया की आँखों में आँसू आ गए थे जो बारिश में दिखे नहीं थे। एक जोड़ी बदबूदार साँसें उनके कान के पास थीं। भय, पीड़ा व घिन की एक लहर ने पूरी ताकत से प्रतिरोध किया था। इस प्रतिरोध को कुचल देने के लिए वह शख़्स दोगुना बलप्रयोग करता, इससे पूर्व ही मन्दिर का गेट बजा था। सोनू रतनी दिदिया को धकेल दिये थे और गरियाए थे, "कुतिया!"

सोनू फिर मन्दिर के दूसरे कोने में टूटी हुई दीवार फाँदकर भाग गए थे। रतनी दिदिया सँभल नहीं पाई थीं और गिर गई थीं। उठने की कोशिश करती थीं तो लगता जैसे उनके दोनों पैर काँप रहे हों, व उनसे खड़ा नहीं हुआ जा रहा था। रतनी दिदिया वहीं मिट्टी-कीचड़-पानी में बैठकर रोने लगी थीं। गाँव की कोई औरत साँझ बत्ती करने आई थी। वह जब गणेश महाराज को दीया दिखाने आई तो रतनी दिदिया को रोता देखकर, दौड़कर पास आ गई थी।

"क्या हुआ बुची गिर गईं क्या?"

रतनी दिदिया के पास 'हाँ' में सिर हिलाने के अलावा कोई चारा नहीं था। औरत सहारा देकर उन्हें उठाया, "च्च...ऽऽ च्चऽऽ! ज़्यादे चोट तो नहीं लगा न"

रतनी दिदिया ने नहीं में सिर हिला दिया था।

"देखो सँभलकर चलो। बड़ा बिछलहर है!"

गर्मी के साथ-साथ हवा भी तेज हो गई थी। सूखी पत्तियाँ, काग़ज़ मन्दिर के आँगन में छितरा गए थे।

ईश्वर कहाँ नहीं था?

उखड़े फ़र्श और टूटते-झरते पलस्तर की दीवारों वाले मन्दिर में बना पत्थर का लिंग भी ईश्वर कहलाता था। सूखी धूप व धूल के मौसम में यह ईश्वर सूखी पत्तियों व धूल की मोटी परत से सराबोर हो जाता था।

एक वह भी ईश्वर कहलाना पसन्द करते थे जो भक्त से भगवान को मिलाने वाले सेतु थे। हालाँकि रतनी दिदिया जानती थीं, कि पिता भी किसी सेठ के यहाँ पुजारी थे। सेठ ख़ुश होता था और पिता पर दया करता था तो अच्छा-खासा दान देता था। यह सारा व्यापार इतना लाभप्रद था कि पिता, रतनी दिदिया के ब्याह के पश्चात् दामाद को अपना उत्तराधिकारी बना देने की फिराक में थे।

कैसी अकर्मण्यता थी। कितना पाखंड!!

कितनी लचक थी रीढ़ की हड्डी में!!

चायपत्ती जीभ पर आई थी, और मुँह कड़वा हो गया था। रतनी दिदिया गिलास की तली को बाईं हथेली पर धीरे-धीरे घिसने लगी थीं।

अभी-अभी थोड़ी देर पहले सिलिंडर भइया की बाँह पर चमकता तीसरा ईश्वर याद आया था रतनी दिदिया को। साँवली, गठीली, मछलियों पर चमकता नमकीन पारदर्शी ईश्वर! ईश्वर जो खेत कोंड़ता था, घर बनाता था, धरती नापता था, चट्टान तोड़ता था, नाभि की गहराई से निरगुन गाता था और अगर नज़र मिल जाए तो बहुत छोटा-सा मुस्किया कर नज़र ज़मीन पर धँसाए चला जाता था।

रतनी दिदिया को उस ईश्वर पर बहुत दुलार आया था। नामालूम ढंग से उनकी जिह्वा पर एक गहरी लालसा जागी थी, कि वो साँवली मछलियों पर चमकते सारे पारदर्शी ईश्वर को अपने होंठों से एक-एक कर चुन पातीं।

चख पातीं उस ईश्वर का स्वाद...!

लू नहीं लेकिन गर्म हवा तो चल ही रही थी। बरफ वाला साइकिल के कैरियर पर लकड़ी की पेटी को काले रबर के पाइप से बाँध कर चिल्लाता जाता था, 'बरफ बरफ बरऽऽऽफ।'

छोटकी लरिया गई थी और पैर पटक-पटककर रोने लगी थी। घर में खुदरा अठन्नी भी नहीं थी। सतरोहन बो चाची ने कोठिला में से कटोरी भर चावल निकालकर दिया था और रतनी दिदिया से बोली थीं, "जा बरफ ले आ!" छोटकी बनेच्चर थी, एक बार छोड़ दिया जाता तो दुपहरिया भर धूप में कूदती-फाँदती रहती।

बरफ वाला शायद चिल्लाते-चिल्लाते थक गया था इसलिए अब पाकड़ की छाँह में खड़ा साइकिल की घंटी टुनटुना रहा था। रतनी दिदिया लकड़ी की पेटी पर चावल की कटोरी रखकर बोली थीं, "तीन गो बरफ दऽऽ।" बरफ वाले ने अपने थैले में कटोरी खाली करके रतनी दिदिया को थमा दिया और बरफ निकालने लगा था।

जिन्दगी संयोगों का ढेर है। मैं आपसे कहूँ कि 'ऐसा हुआ...या वैसा हुआ...' आप यकीन नहीं करेंगे। पर अगर मैं आपसे कहूँ कि 'संयोऽऽग से ऐसा हुआ कि...' तो आपको मेरी बात पर यकीन करने में रत्ती भर भी शंका नहीं रह जाएगी।

तो चलिए यकीन करने के लिए तैयार हो जाइए कि आज (मेरे हिसाब से उस दिन) 'भी' संयोग से रतनी दिदिया ने सूती का पीला सूट और हल्के नीले फूलों की छाप व पतली जरी की किनारी वाला पीला दुपट्टा पहना था।

पाकड़ के सोर पर टोला के लथेरवों के साथ सिलिंडर महाराज भी बैठे थे। रतनी दिदिया का दिमाग़ चुटकी भर चौंककर खामोश हो गया था। दरअसल 'लथेरवा' और सिलिंडर भइया की संगत टोला में विरोधाभासी समझी जाती थी।

सिलिंडर भइया पाकड़ के सोर से उठकर आए थे और उन्होंने एक-एक के चार सिक्के बरफ की पेटी पर लुढ़का दिये, "हमें भी चार गो बरफ दो!" सिलिंडर भइया के कान से फ़ोन चिपका था। सिलिंडर भइया पूछते थे, "तुम भी बरफ खाओगी?" रतनी दिदिया ने देखा। लाउडस्पीकर तो ऑन नहीं था, लेकिन मोबाइल की आवाज़ ऊँची थी। फ़ोन पर खिलखिलाहट के साथ सुनाई पड़ा था, "खिलाओ!"

बरफ वाले ने मुस्कियाकर सिलिंडर भइया को देखा और बाँस की छोटी-छोटी सींक पर चीनी, पानी व चूरा का जमाया हुआ बरफ रतनी दिदिया को थमा दिया था। रतनी दिदिया की नाक के ठीक नीचे और ऊपरी होंठ से ऊपर की जगह पर पसीने की नन्ही-नन्ही बूँदें इकट्ठा हो गई थीं। दोनों हाथों में बरफ थामे रतनी दिदिया ने कन्धे को जरा ऊँचा करके और चेहरे को कन्धे के पास झुकाकर होंठ, गाल और ललाट पोंछ लिया था। रतनी दिदिया चली गईं। सिलिंडर भइया फ़ोन काटकर 'लथेरवों' को बरफ थमाए थे। सोनू बरफ थामने से पूर्व जोर की अंगड़ाई लिए थे, "स्साला्ऽऽ एकदम्मे सूक्खा पड़ गिया है गाँव में!"

लांगा बरफ थाम कर बोले थे, "काहें मरदवा अभी-अभी तो हरियर देखे हो!"

सोनू दया भाव से हँस दिये थे। सिलिंडर भइया चुपचाप बरफ खा रहे थे। मोबाइल ठकठक, ठकठक पकड़ी के सोर पर बज रहा था। सोनू फुसफुसाते हुए बोले थे, "फिर भी जो भी कहो भाई, ई डेढ़ अंक्खियों कब्बो-कब्बो जान मारती है!"

सिलिंडर भइया देख रहे थे। बरफ पिघल कर उँगलियों से बहती नीचे चू रही थी। थोड़ा-सा बरफ बचा था अभी। सिलिंडर भइया बरफ समेत डंडी फेंक दिये थे। चिंटू और लांगा फिंके हुए बरफ को देख रहे थे। सोनू, सिलिंडर भइया को। सिलिंडर भइया के गाल का निचला हिस्सा व कान सुर्ख हो गए थे। हालाँकि तुरन्त ही सिलिंडर भइया समझ गए कि अभी-अभी उनसे एक गलती हो चुकी है। उन्हें यह तो पता था ही कि ताड़ने वाले कयामत की नज़र रखते थे। वह सामने वालों की आँखों की चमक देखकर यह भी भाँप ही गए थे कि

उनकी इस चूक ने सामने वालों को यहाँ से कुछ मिर्च-मसाला मिल जाने की उम्मीद जगा दी थी। बहुत कम और कभी-कभी (कुछ खास कारणों से) लथेरवों से हँस-बोल लेने वाले सिलिंडर भइया इनकी शानदार व चमकउआ पृष्ठभूमि से भलीभाँति परिचित थे। सिलिंडर भइया सचेत हो गए थे। उन्हें सफ़ाई देना ज़रूरी लगा था। सानिया को फ़ोन लगाकर स्नेह से बतियाते हुए सिलिंडर भइया ने पूछा, "हमारे कुछ मित्र लोग हैं, बतियाओगी उनसे?"

और बारी-बारी से सोनू, लांगा व चिंटू फ़ोन वाली सानिया से बतियाते थे। सिलिंडर भइया को कॉम्प्लीमेंट मिला था, "लगे रहो बेटा, बढ़िया पटाये हो!" सिलिंडर भइया निन्यान्नवे प्रतिशत निश्चिन्त हो गए थे।

चिंटू, लांगा और सोनू की यह तिकड़ी गाँव में लथेरवा के नाम से जानी जाती थे। गाँव की चट्टी पर सोनू की सिमकार्ड, स्क्रैच कार्ड और मोबाइल फ़ोन की एक छोटी-सी दुकान थी 'मुस्कान मोबाइल फ़ोन शॉप'। सोनू का बड़ा सिम्पल फंडा था। सोनू बड़ी अदा से बाईं आँख दबाकर कहते थे, "सब लागी चाची तऽऽ केकरा ओर ताकी?"

लांगा और चिंटू चूँकि ओवर एज नहीं हुए थे तो इसलिए भर्ती की तैयारी के तहत सुबह-शाम सड़क पर दौड़ने जाते थे। छिटपुट रोज़गार, खेती बटाई, तैयारी के अलावा इस तिकड़ी का मुख्य काम था गाँव में चलने-बननेवाले गुप्त कार्यक्रमों की टोह में लगे रहना। अब तक का रिकॉर्ड था कि हमेशा उन्हें अपने इन खोजी अभियानों में सफलता मिलती आई थी। शत प्रतिशत! इन मिलने वाली सफलताओं के दोहरे लाभ थे। पहला लाभ, कि ऐसे ऐसे किस्से हाथ लगते थे कि पाकड़ की छाँह में होरहा छुड़ाकर खाने के लिए थोड़ी-सी मिर्ची व मसाला मिल जाता था। आठ-दस चनों के साथ जीभ पर चुटकी भर मसाला-मिर्च रख लेने भर से ही 'होरहा' और लम्बी नीरस दुपहरिया दोनों का स्वाद ख़ूब चटपटा हो जाता था। दूसरा लाभ दूसरे किस्म का स्वाद था। लथेरवा पहले मजबूत पक्ष को पकड़ते थे, "का रे? सब मजा अकेले लेगा?"

मजबूत पक्ष राम-रहीम कुछ नहीं बोलता था। देखा जाए तो उसे इस बात से भी गरज नहीं थी, कि 'लथेरवा' इस गुप्त कार्यक्रम को पूरे गाँव टोला में उड़ा देंगे। मजबूत पक्ष को बस एक बात का अफ़सोस होता था कि गुप्त कार्यक्रम के लिए सहभागी की तलाश नये सिरे से करनी पड़ेगी। अब 'लथेरवा' दूसरे पक्ष यानी कमज़ोर पार्टी को पकड़ते थे। चूँकि कमज़ोर पार्टी की कमज़ोर नस

'लथेरवों' के हाथ में होती थी तो अक्सरहाँ थोड़ा डराने-धमकाने पर काम बन जाता था। पर कभी-कभी थोड़ी जबरदस्ती भी करनी पड़ती थी।

लेकिन सिलिंडर भइया फिर एक गलती कर गए थे। वो यह नहीं समझ पाए थे कि ताड़ने वालों की नज़र इस कदर कयामत थी कि बिना कुछ के ही ताड़ जाते थे।

'बिना कुछ' का मतलब क्या था? 'कुछ भी नहीं...' यही नऽ? लेकिन क्या कभी-कभार शब्दकोशों में फेरबदल की गुंजाइश नहीं आ जाती? तब, जब कुछ कुछ का मतलब कुछ नहीं, अपरिचय का मतलब सर्वाधिक परिचित तथा 'कुछ भी नहीं' का अर्थ 'सब कुछ' से प्रतिस्थापित हो जाता।

दुपहर कच्चे आम के टिकोरा की तरह होती थी। इसके उलट रात की महक मादक और हैरतंगेज होती थी। चाँद पूरा था। उस पर धुएँ का गुच्छा लदा था। हवा ठंडी थी। पसीने से गीली गर्दन पर चिपके बाल फरफराए थे। रात आज चुप थी। पानी के बुलबुलों जैसी कुछ अस्पष्ट धीमी आवाज़ें थीं। जो थीं, लेकिन नहीं थीं। ये कुछ रहस्यमयी फुसफुसाहटें थीं। फुसफुसाहटें नामालूम ढंग से रतनी दिदिया के साथ ही रहती थीं, हमेशा से...हमेशा ही। रतनी दिदिया को लगता था कि प्रतिक्षण कोई कुछ न कुछ उनसे कहता ही रहता है। अक्सरहाँ रतनी दिदिया चूल्हे पर दूध का भगौना रख देती थीं। रतनी दिदिया के साथ किसी की फुसफुसाहट चलती रहती थी। रतनी दिदिया प्रत्युत्तर देती रहती थीं। दूध गरम होने लगता था। रतनी दिदिया की नज़र दूध के भगौने पर ही थी। एक वार्तालाप निरन्तर चलता ही जा रहा था। दूध उफन कर ऊपर आ जाता था।

रतनी दिदिया जानती थीं कि अब बस, दूध गिरने ही वाला था। उन्हें कुछ करना चाहिए था। वह गैस की नॉब कम या बन्द कर सकती थीं, दूध में पानी की बूँदें छिड़क सकती थीं, फूँक सकती थीं या 'उतरना' से पकड़कर भगौना नीचे रख सकती थीं। दूध उफन कर नीचे गिरने लगता था। रतनी दिदिया चुपचाप देखती रहती थीं। कानों के पास कोई बुदबुदाहट चलती रहती थी। अचानक सतरोहन बो चाची की नज़र गिरते हुए दूध पर पड़ती थी। वो झटपट आकर 'नॉब' बन्द कर देती थीं। सतरोहन बो चाची कहती थीं, "मूऽऽ गइल बाड़े का रे?"

रतनी दिदिया सचेत हो जाती थीं।

रतनी दिदिया जानती थीं कि ये आवाज़ें भ्रममात्र हैं। कहीं कोई नहीं है। लेकिन रतनी दिदिया प्रतिक्षण प्रत्युत्तर देती रहती थीं।

रतनी दिदिया ने तर्जनी को कान की गुफा के पास रखकर जोर से हिलाया था। साँय-साँय की आवाज़ थी...कुछ क्षण की गाढ़ी चुप्पी। फुसफुसाहटें फिर शुरू हो गई थीं। उकता कर रतनी दिदिया ने करवट फेर ली।

स्त्री होना, इनसान होने से कई मायनों में इतर था। वृहद था। स्त्री होना एक गम्भीर रहस्य था। महीन, इकदम गझिन। स्त्री होना दरअसल संस्पन्द होना था। जीवन के लिए, फूल के लिए, मेढक के लिए, पत्ती के लिए, स्वयं अपने लिए! रतनी दिदिया को लगता था कि इनसान को 'स्पन्दनहीन' होने के लिए एक बार माफी दी जा सकती थी किन्तु स्त्री की 'स्पन्दनहीनता' के लिए रतनी दिदिया के हृदय में कहीं क्षमा नहीं थी। रतनी दिदिया के पास क्या था? एक देह थी नऽऽ स्त्री की? स्त्री जिसके स्तन थे (जिन्हें दुपट्टे से ढकना पड़ता था), योनि थी, रजोधर्म था। स्त्री जिसकी नाभि के पास रोएँ कभी सिहरे नहीं थे। स्त्री जिसके लम्बे बाल थे। जिसकी एड़ी के पास एक गाढ़ा काला तिल था। यह देह थी स्त्री की। देह जिसके रहस्य छुपाकर रखने होते थे दुनिया से, बावजूद इसके दुनिया जान जाती थी कि यह स्त्री की देह है। रतनी दिदिया सोच रही थीं कि क्या हर स्त्री की देह के भीतर भी स्त्री रहती होगी? सूक्ष्म स्त्री? रतनी दिदिया टटोलना चाहती थीं कि उनके अन्तस में स्त्री है या नहीं, वृहद, गझिन रहस्यमयी, सूक्ष्म!

चाँद पर लदा धुएँ का गुच्छा सरककर पूरे आसमान पर बिखर गया था। चाँद अकेला चमक रहा था। साफ़-शफ्फाक, नहा-धोकर बैठा हुआ-सा! मच्छरदानी के अन्दर भी टुकड़ों में चाँद था। सब कुछ झक सफ़ेदी में नहाया हुआ था। यह रात, आसमान, ठंडी हवा, यह बिछावन, आँगन, दीवारें...यह सब सच था। रतनी दिदिया हमेशा से हर सच को पूरा-पूरा जीकर देखना चाहती थीं। लेकिन पूरा सच कहाँ जिया जा सकता था हर रात का, हर दिन का? और हर बीता हुआ दिन 'वह' दिन और बीती हुई रात 'वह' रात बन जाती थी।

अतीत चाहे कोई भी हो, कैसा भी हो कहीं नहीं जाता था। हमारी देह में घर बनाकर रहने लगता था।

तो हर 'वह' भी कहीं नहीं गया था। था हमारे पास ही। रतनी दिदिया 'वह' का सारा सच नहीं, तो सच का कोई न कोई अंश तो सहेज ही लेती थीं और रख लेती थीं कोठरी के अँधेरे सीलन भरे कोने में।

रतनी दिदिया ने अपने आप से पूछा था, "आज का सच क्या है?"

मच्छरदानी के बाहर एक भकजोगनी थी। रतनी दिदिया मच्छरदानी से बाहर निकलीं। रतनी दिदिया ने भकजोगनी को दो हथेलियों के बीच ले लिया। उन्होंने उँगलियों की सुराख से हथेलियों के बीच झाँका। अन्दर पीली गुलाबी रोशनी टिमटिमा रही थी। बाहर सफ़ेद अँधेरा था। रतनी दिदिया भकजोगनी को हथेलियों के बीच लिए हुए ही अँधेरी कोठरी में गई थीं। रतनी दिदिया ने अँधेरे की सघनता टटोली। फिर उन्होंने खोल दी मुट्ठी। ठोस लदलद अँधेरे के बीच नन्ही-सी भकजोगनी टिमटिमाने लगी थी। रतनी दिदिया को लगा मुस्कराहट इतनी मुश्किल चीज़ भी नहीं है। मुस्कराहट मतलब? मतलब सुख ही नऽऽ? रतनी दिदिया ने बहुत पहले सुना था कहीं, या शायद पढ़ा था कि कोई किसी के सुख दुख का दाता नहीं होता। इनसान स्वयं ही इसका प्रणेता है। सुख-दुख तो माया है, झूठ है।

यानी कि क्या? आदमी जो एक था उसे कोई सुख नहीं दे सकता था, उसी आदमी को कोई दुख भी नहीं दे सकता था। आदमी क्या स्वयं ही स्वयं को सुख देता था और दुख भी? यदि 'हाँ' तो ऐसा कुछ क्या था और कहाँ था आदमी के अन्दर वह अज्ञात अपरिचित द्वीप? क्या आदमी स्वयं खुद को रुला कर स्वयं ही स्वयं को कन्धा बढ़ा देता था? रतनी दिदिया को हँसने का मन करता था। कितना बकलोल है नऽऽ आदमी? स्वयं के साथ ही छल-कपट करता है!!

तो एक बात, क्या वाकई दुनिया का कोई मतलब नहीं था? इन शिकायतों, इन पीड़ाओं का क्या इसलिए ही कोई अर्थ नहीं बनता था क्योंकि यह स्वयं ही स्वयं से आई थीं? हवा बहे न बहे...पीपल की पत्तियाँ स्वयं फरफराएँगी एवं स्वयं ही शान्त भी हो जाएँगी? इसके उलट यह भी कहा जा सकता था कि हवा के बहने पर भी पत्तियाँ शान्त बनी रह सकती हैं, और हवा के न बहने पर भी फरफरा सकती हैं क्योंकि यह बस हवा की वजह से नहीं, पत्तियों के अन्दर छुपे अज्ञात अपरिचित द्वीप के कारण ऐसा होता है? अचानक रतनी दिदिया को ख़याल आता था कि अगर यह सच है कि आदमी के अन्दर की माया ही सुख-दुख है तो इस अँधेरी कोठरी के सीलन भरे कोने में बरस दर बरस इकट्ठे होते रहे वे 'सच' क्या थे? क्या वे सच जैसे दिखते झूठ हैं? क्योंकि इस हिसाब से दुनिया का तो कोई मतलब ही नहीं है नऽ? सारा खेल तो उस अज्ञात अपरिचित द्वीप की माया का रचा हुआ था। रतनी दिदिया को ख़ूब कस के डर लगा था। नाऽऽ नाऽऽ ऐसा कैसे हो सकता है? अगर ऐसा होता तो फिर क्या मतलब ही रह जाएगा रतनी दिदिया के होने का भी?

नहीं जी यह सच हो सकता था, परन्तु पूरा सच नहीं था। यह तो है कि खेल तो उस अज्ञात अपरिचित द्वीप का ही है, लेकिन सारी कमान उसके हाथ में नहीं है। यह इस तरह हो सकता है कि एक बूँद सुख और एक बूँद दुख दोनों थे अन्दर। बाहर से अगर एक बूँद दुख आता था तो दुख का आयतन बढ़ जाता था। बाहर से एक कतरा सुख आता था तो सुख का आयतन बढ़ जाता था। पर ये दोनों कतरे कभी सूखते नहीं थे अन्दर! रतनी दिदिया जो एक बात समझ पा रही थीं वो यह कि दुनिया एकदम सच थी और सच वह अज्ञात अपरिचित द्वीप भी था। आदमी को दोनों के साथ ही रहना था। दोनों का ही कोई विकल्प नहीं था और भाग जाने का रास्ता तो सरासर था ही नहीं।

बिजली की पारी रात की थी। पर रतनी दिदिया का विज्ञापन देखने का बिलकुल भी मन नहीं था। रतनी दिदिया ने अन्दाज़ से टटोल कर स्विच दबा दिया। लदलद अँधेरा हल्का होकर छँट गया। निंदियाई हुई सुस्त पीली रोशनी थी। कमरे के आधे हिस्से में बड़े-बड़े चार ड्रम थे जिनमें गेहूँ और चावल रखे थे। कमरे की बाईं तरफ़ बड़े रैक थे जिन पर उपले सहेजकर रखे हुए थे। कमरे के दूसरे कोने की दीवार पर सीलन थी। सीलन भरे कोने में चार फुट चौड़ी एक चौकी थी। चौकी के ऊपर धूल थी। रतनी दिदिया ने दुपट्टे से झाड़कर धूल साफ़ कर दिया। कुछ था जो रतनी दिदिया को अन्दर बेचैन कर रहा था। रतनी दिदिया बेचैनी, मिट्टी और पानी लेकर बैठ गई थीं। मिट्टी की लोई इतनी नर्म हो गई थी कि हल्के से भी दबाव से फूली हुई लोई पिचक सकती थी। पिचकी हुई लोई को गोल किया जा सकता था। रतनी दिदिया की उँगलियाँ गीली मिट्टी में सनी थीं। उँगलियों ने दुनिया को नहीं नज़र आनेवाली एक चीज़ बनाई। एक सख्त हथेली में एक स्तन था। स्तन में हथेली के नाखून गहरे तक धँसे थे। स्तन पर एक ख़ूबसूरत उदास आँख थी। दूसरी आँख के स्थान पर एक नन्हा खिला हुआ फूल था। आख़िरी चिकनाई लपेटकर रतनी दिदिया ने उसे अलग रख दिया। रतनी दिदिया के होंठों पर गहरे सन्तोष से पगी मुस्कराहट थी। हृदय के अन्तरतम कोने से कुछ उठकर आँखों पर पसर गया था।

रतनी दिदिया ने आज रात का सच शायद पा लिया था। अब तक का सबसे ख़ूबसूरत सच। साँसें लेती हुई एक उचाट, निर्जन, अँधेरी गली थी अन्दर। रतनी दिदिया ने अनगराहित-सी गली में दोनों पाँव रख लिए थे। गली में दोनों तरफ़ सपाट खड़ी दीवारें थीं। रतनी दिदिया चुपचाप एक दीवार से टिककर खड़ी हो गई थीं।

गली में ठंडापन था। दीवार भी ठंडी थी, अनछुई-सी। रतनी दिदिया को एक गुलाबी भकजोगनी दिखी थी। रतनी दिदिया को लग रहा था कि इस गली में वो अकेली नहीं हैं। गली में कोई और भी था। इसी 'किसी और' ने उन्हें उनके अन्दर की रहस्यमयी गली का पता बताया था। गली में एक धुन थी

'ओढ़नी के रंग पीयर...'

रतनी दिदिया विचित्र ढंग से एक पैर फैलाकर चल रही थीं। सतरोहन बो चाची पूछती थीं—"हुआ है?"

रतनी दिदिया ने 'हाँ' में सिर हिला दिया था।

रतनी दिदिया ने सतरोहन बो चाची से सूती कपड़े का टुकड़ा माँगा। सतरोहन बो चाची खिसिया गईं, "रोज़-रोज़ तोहें सूती कपड़ा कहाँ से लाकर दें?"

रतनी दिदिया ठीक-ठीक नहीं समझ पाई थीं कि यह क्रोध दरअसल किसके लिए था? रतनी दिदिया के लिए सूती कपड़े के प्रति या हर माह की इस आफत के प्रति! सतरोहन बो चाची ने अटैचियाँ और बक्से खंगाल लिए पर सूती का कोई अतिरिक्त बेकार, पुराना, बचा टुकड़ा नहीं मिला था। सतरोहन बो चाची ने रतनी दिदिया से अपना ही कोई पुराना-धुराना कुर्ता-दुपट्टा इस्तेमाल करने के लिए कह दिया। रतनी दिदिया बड़ी मुश्किल में! सम्पन्नता इतनी नहीं थी कि किसी अच्छे-खासे कपड़े को इस आफत के लिए नष्ट कर दिया जाए। कुल जमा एक ही तो सूती सूट था। पर रतनी दिदिया जानती थीं कि वो इस गाँव में बहुत थोड़े दिनों की अतिथि हैं। कुछ महीनों बाद जिस नई दुनिया में उन्हें जाना है वहाँ स्त्री को चार गज की साड़ी में उतनी ही 'फरहरई' से सारे काम निपटाने होते हैं जिस तेजी से वो सलवार-कुर्ते में निपटाती हैं। रतनी दिदिया ने तार पर तहिया कर रखा हुआ दुपट्टा ले लिया।

दुपट्टा देखकर रतनी दिदिया को कोई धुन याद आई थी। होंठों का फैल जाना वाजिब था। रतनी दिदिया उसे नाक के पास लाई थीं। धुले हुए दुपट्टे में 'वाशिंग पाउडर' की गन्ध थी। रतनी दिदिया ने दुपट्टे की तहें खोल लीं। दुपट्टा फाड़कर रतनी दिदिया ने एक टुकड़ा इस्तेमाल कर लिया।

कुछ पहर बाद रतनी दिदिया बदलना चाहती थीं। सूरज सिर के ठीक ऊपर नहीं आया था अभी। रतनी दिदिया बाकी दुपट्टे की पट्टी छाती के पास छुपाकर घर से निकली थीं। हनुमान मन्दिर के पास पाकड़ की सूखी पत्तियाँ बिखरी हुई थीं।

हवा बहती थी तो पत्तियों का छितराव विस्तृत हो जाता था। रतनी दिदिया ने 'हनुमान जी' को प्रणाम किया। पाकड़ के सोर पर बैठे लांगा उनकी पीठ देख रहे थे। रतनी दिदिया बिना उनको देखे आगे बढ़ गई थीं। बबूल की झाड़ियाँ जहाँ से आरम्भ होती थीं वहाँ झाड़ियों की सघनता कम थी। रतनी दिदिया सघन झाड़ियों के बीच चली गई थीं। घबराई हुई लड़की ने बबूल की ओट में एक सुरक्षित कोना तलाश किया। लड़की ने उचककर चारों ओर देखा। आश्वस्त होने के पश्चात् 'पुराने' को वहीं फेंककर रतनी दिदिया ने 'नया' ले लिया। रतनी दिदिया जल्दी से भाग आई थीं।

पीपल के पेड़ पर लगातार हुदहुद बोलता रहता था और नीरस दुपहरिया टस से मस नहीं होती थी। मुन्ना सुकुल के भीटा पर अटकी रहती थी। भीटा के सबसे दाहिने छोर पर ख़ूब घना पीपल का पेड़ था, फिर मोजर से गदराया हुआ आम का पेड़, फिर बेशुमार बबूल की झाड़ियों के बीच भाट की तितर-बितर झाड़ियाँ थीं। उसके बाद शीशम व नीम के पेड़ थे और तब था एक ट्यूबवैल। ट्यूबवैल का कमरा ईंट का बना था। ऊपर टीन की छत थी। ईंट के कमरे से सटे हुए तूत व अमरूद के पेड़ थे। सड़े-पके तूत, सूखकर काले पड़ चुके नन्हे-नन्हे अमरूद, सूखी हुई लकड़ियाँ और पत्तियाँ टीन की छत पर बिखरी रहती थीं। हवा बहती थी तो सूखी हुई पत्तियाँ उड़कर ट्यूबवैल के कमरे के सामने बिछ जाती थीं। ट्यूबवैल लगातार एक लयबद्ध आवाज़ के साथ चलता रहता था। कमरे से सटे चौड़े मुँह वाले लोहे के पाइप से लगातार ठंडे पानी की मोटी धार गिरती रहती थी जो पतली नालियों के रास्ते दूर खेतों तक बहती चली गई थी। ट्यूबवैल की गति वीराने में किसी धड़कन की तरह लगती थी धकधक धकधक! बीच में कभी बिजली गुल हो जाने से ट्यूबवैल थम जाता था तो जीवन ही ख़त्म हो गया-सा लगता था। पास ही नीम के चारों तरफ़ सीमेंटेड गोल चबूतरा था जिस पर सिलिंडर भइया लेटे हुए थे। काँख में और छाती के बालों की जड़ में ढेर सारा पसीना इकट्ठा हो गया था। देह में चुनचुनाहट हुई थी। सिलिंडर भइया ने शर्ट उतारकर चबूतरा साफ़ किया और उसे मोड़कर सिर के नीचे रख लिया।

चरवाहों को और कोई काम नहीं मिलता था तो वे झूठमूट बीच-बीच में भैंसों को साटा जमा देते थे। सीधे रास्ते चलती भैंस को भी चरवाहे आदतवश गरिया देते थे, "रहिए पे चल ससुरी!" मुन्ना सुकुल किसी प्रकार का नेवता

पुरवाने पुत्र की ससुराल गए थे, सिलिंडर भइया को चाबी थमा कर कि "बिजली आने पर पानी छोड़ देना।"

बिजली आ जाने से ट्यूबवैल अपनी पुरानी गति पर लौट आया था और सब कुछ वापस ज़िन्दा हो गया सा लग रहा था। हवा गर्म थी। अधटूटी नींद का बोझ बहुत महसूस हो रहा था। खुली आँखों में नींद चुभ रही थी, बन्द आँखों से गायब हो जा रही थी। सिलिंडर भइया ने हथेलियों में पानी लेकर आँखों पर छपका दिया तो राहत महसूस हुई थी। कुछ दबाव महसूस हुआ था। सिलिंडर भइया ट्यूबवैल चलता छोड़ ईंट वाले कमरे में ताला लटका कर वन की ओर निकल गए।

भीटा से उतरकर वन जाते हुए रास्ते में ही हनुमान मन्दिर था। पाकड़ का पेड़ था। लथेरवों की तिकड़ी अपने अघोषित अड्डे पर बैठी थी। सोनू अरहर की आठ-दस सूखी झाड़ियों को रस्सी से एक साथ बाँधते हुए आख़िरी गाँठ लगा रहे थे। सोनू ने सिलिंडर भइया की ओर चम्मच भर मुस्की सरकाई। दुआ-सलाम के बाद सिलिंडर भइया आगे बढ़े। बीस-पच्चीस क़दम की दूरी पर जहाँ से बबूल की झाड़ियाँ शुरू हुई थीं वहीं पगडंडी के बीचोबीच एक हल्का पीले रंग का और हल्के नीले फूलों की छापवाला कपड़े का टुकड़ा फैला पड़ा था। कपड़े के बीचोबीच एक छोर से दूसरे छोर तक आयताकार आकार में गाढ़ा लाल (जो कहीं-कहीं से काला भी पड़ गया था) रंग लगा था। सिलिंडर भइया बड़ी तेज घिनाए। वह सावधानीपूर्वक बचकर आगे निकलने ही वाले थे कि तभी उन्हें कपड़े का वह टुकड़ा कुछ जाना-पहचाना-सा लगा। शायद कुत्तों ने झाड़ियों से खींचकर कपड़ा बीच राह पर गिरा दिया था। पर ठीक इसी क्षण ठक-ठक दिमाग़ में कुछ बजा था। कुत्ते कपड़े को खींचकर रास्ते पर गिरा सकते थे लेकिन बीच राह पर ऐसे फैला कैसे सकते थे और इतने सारे कपड़ों के बीच यही? दिमाग़ में यह स्पष्ट होते ही सिलिंडर भइया पीछे मुड़कर देखे थे। पकड़ी के सोर पर बैठी वह तिकड़ी उन्हीं को देख रही थी। सिलिंडर भइया कुछ क्षण सोचते रहे थे। सोचे यह थे कि गाँव भर की रजस्वला हुई लड़कियों के रहस्यों को ढकने-तोपने का जिम्मा उनका नहीं है। सिलिंडर भइया आगे बढ़ गए थे। लेकिन ज़्यादा आगे नहीं गए थे। थोड़ी दूर पर सरजू सुनार की बँसवारी थी। सिलिंडर भइया बाँस की एक लम्बी, सूखी टहनी तोड़कर वापस आ गए थे। सोनू वहीं से चिल्लाए थे, "का हुआ सिलिंडर?"

सिलिंडर भइया ने उनको देखा। 'कुछ नहीं' में मुंडी हिलाए और बाँस की छड़ी में उस कपड़े को लपेट लेने का प्रयास करने लगे थे। बहुत सारे असफल प्रयासों के पश्चात् सिलिंडर भइया कपड़े के उस टुकड़े को बाँस की छड़ी में लपेट लेने में सफल हुए थे। उसे छड़ी में यूँ ही लपेटकर सिलिंडर भइया सरजू सुनार की बँसवारी से भी बहुत आगे तक गए थे। वहाँ एक अन्धा कुआँ था। सिलिंडर भइया ने छड़ी समेत कपड़ा उसी में गिरा दिया और वन की ओर निकल गए।

अपने मुट्ठी भर बाल में बैकपिन लगाए अजामिल बो ईया जब अजामिल बाबा की बुलट पर बैठकर टीकाकरण अभियान या अस्पताल से वापिस आती थीं तब तक सूरज दरोगाइन ईया की छत के पार बस डूबने ही वाला होता था।

अजामिल बो ईया ने सामने दुआर पर खटिया बिछा दी और अन्दर जाकर चाय बनाने लगीं। अजामिल बाबा गाय की नाद में खली-चूनी सान रहे थे। अजामिल बो ईया ने लोटा भर चाय और दो-तीन गिलास लेकर दुआर पर अजामिल बाबा को आवाज़ लगाई! "आवऽऽ हो!"

अजामिल बाबा हाथ धोकर बैठ गए थे। अजामिल बो ईया ने बाबा को चाय थमाई। ईया ने अजामिल बाबा की उँगलियों के एकदम ऊपरी सिरे पर सफ़ेद हो चुकी चमड़ी की ओर इशारा करके पूछा, "दवईया खाए हो?"

अजामिल बाबा ने नाक सिकोड़कर तर्जनी बाएँ छेद में लगाई। जब उन्होंने तर्जनी निकाली तो बड़ी सी नकटी थी। अजामिल बाबा ने हाथ नीचे करके नकटी खाट के पायों में पोंछ दी और कहा, "हूँऽऽ!"

अजामिल बो ईया ने इधर-उधर देखा कि कोई नज़र आए जिससे टोला का समाचार लिया जा सके। कोई नहीं दिखा था। अजामिल बो ईया ने पूछा, "चाह में मीठा कम है नऽऽ?"

"हाँ!"

अजामिल बो ईया बता रही थीं, "उ दिन जब द्वारिका सुकुल से झगड़ा हुआ नऽऽ, उसके बाद हम दरोगाइन से बता रहे थे कि का हुआ। कइसे हुआ। दरोगाइन बोलीं, "द्वारिका सुकुल असली लंगटा आदमी है।"

चाय में मच्छर पड़ गया था। अजामिल बाबा ने उसे उँगली से निकाल लिया। चाय कम गर्म थी। मच्छर बेहोश था। अजामिल बाबा ने उँगली झटक दी।

"तबई ई डेढ़अंक्खी बीच में टोककर बोली, "ना ईया हम भी देखे रही बाबा के करत!' ए जी हमको तो खुब्बे गुस्सा आया।"

अजामिल बाबा अपनी उँगलियों के पोर देखने लगे थे। सफ़ेद रंग ज़्यादा सफ़ेद हो गया-सा लगता था। अजामिल बो ईया को गरमी लगने लगी थी। ईया घुटनों तक साड़ी उघार कर पैर खुजलाने लगी थीं। गली के कोने से सोनू और लांगा आते हुए दिखे थे।

सोनू बोले "का चाची...ठीक है नऽऽ?"

अजामिल बो ईया ने मुस्करा दिया था। वहीं खाट पर बैठे-बैठे ही उन्होंने पास में रखी फाइबर की कत्थई कुर्सियाँ आगे सरका दी। लांगा और सोनू की नज़रें नंगी पिंडलियों पर ठहर-सी गईं। रोम रहित मांसल उजले पैर। सोनू ने कहा, "एगो नया ख़बर है।"

अजामिल बाबा ने मन-ही-मन गरिया दिया था, "लदभेसर नाय तो, बइठने का भी सहूर नहीं है।"

फिर उन्होंने धीरे से घुटनों तक उघरी साड़ी को एड़ी तक खींच दिया। सोनू ने समझ लीजिए कि चुटपुटिया-सा कोई बम ही फोड़ दिया था।

अजामिल बाबा ने अपने जखीरे की गणना की, तो पता चला एक हथियार बढ़ गया था।

रतनी दिदिया को लग रहा था कि झूठ ही शाश्वत था। सच तो दरअसल कुछ था ही नहीं। झूठ ही था जिसके लिए उनकी जमी हुई शुष्कता में दरार पड़ी थी और उनके निजीपन के दायरे में एक और तत्त्व शामिल हो रहा था।

वैसे अगर देखा जाए तो रतनी दिदिया के निजीपने में इक्का-दुक्का चीज़ें ही थीं। मसलन् आँखों की भागती रहने वाली पुतली, सूखी पत्तियों सरीखी कुछ स्मृतियाँ और जिनमें अब बाँह की साँवली मछलियों पर उगी पसीने की कुछ बूँदें भी जुड़ने लगी थीं। रतनी दिदिया को पसीने की ये बूँदें उतनी ही निजी लगती थीं जितना निजी सतरोहन बो चाची की हथेलियों की दरारों में जमा कालापन लगता था, या जितनी निजी उनके हाथों में लिसड़ी रहने वाली गीली चिपचिपी मिट्टी लगती थी। हालाँकि रतनी दिदिया जानती थीं कि उनसे किसी ने भी नहीं कहा था विश्वास करने को। इस तरह बिना किसी के कहे, खुद विश्वास करने के पश्चात्, विश्वास का टूट जाना ज़्यादे पीड़ादायक था।

दरअसल स्वयं को माफ करना असम्भव लगने लगा था। असम्भव तो खैर सिलिंडर भइया के लिए भी हो गया था, कुछ भी समझा पाना। बात देर से और टुकड़ों में पहुँची थी उन तक। बात, गाँव में किस तरह, किस रूप में धुआँई थी इसका सहज अनुमान लगाया जा सकता था। एक चीज़ सिलिंडर भइया ने सीख ली थी कि अत्याचार में हिस्सेदारी न करने का दंड, अत्याचार का पीड़ित हो जाना था। आख़िर कैसे समझाया जा सकता था कि सारी बात ही उल्टी तरह से थी। सब अपने अपने निष्कर्ष काढ़ कर खुद ही में मगन थे।

मगन तो दरोगाइन ईया भी ख़ूब थीं। बड़े दिन बाद आज उनके पास बेहद नुकीले मारक, तेज हथियार आए थे जिनके सहारे वो सारे पुराने हिसाब बराबर कर रही थीं। सतरोहन बो चाची की तलवार निरी भोथरी साबित हो रही थी। रतनी दिदिया हर पुराने दिन की तरह आज भी बिना कुछ में शामिल हुए भिंडियाँ कुतरती रही थीं। दरोगाइन ईया आवारा, चरित्रहीन, ब्याहकटना के गोले दाग रही थीं। सतरोहन बो चाची बस बचाव करती रह गई थीं।

लपलपाई हुई आग बहुत देर बाद मद्धम हुई थी।

सतरोहन बो चाची सूखे पत्ते की मानिन्द काँपती हुई आई थीं। उन्होंने लात से मारकर थाली उलट दी, "तोर छुअल केहु ना खाई!"

रतनी दिदिया हतप्रभ रह गई थीं। छोटकी, चौकी पर रखकर गणित हल कर रही थी। चाची ने उसकी किताब, कापी और लालटेन बन्द करके परे सरका दी थी, "हो गई पढ़ाई, चल सुत्तें!"

चाची छोटकी को अपनी चौकी पर लेकर लेट गई थीं। रतनी दिदिया के अन्दर से रुलाई का बगूला उठा था पर फूटा नहीं था। रतनी दिदिया धीरे से बुदबुदाई थीं, "अम्मा...तुम भी?"

रतनी दिदिया को कुछ नहीं सूझ रहा था। सतरोहन बो चाची छोटकी को धीरे धीरे थपथपा रही थीं। थपथपाहट में दुलार नहीं रूखापन था जो देह में चुभता था। छोटकी ने चाची का हाथ अपनी देह से हटाकर करवट फेर लिया। रतनी दिदिया आँगन में खाट बिछा कर लेट गई थीं। पास ही स्टूल पर लालटेन रखी हुई थी। दरोगाइन ईया, दुआर पर रमेसर सुकुल को दूध देने गई थीं। ईया बहुत देर में वापस आई थीं। फिर एकपलिया दरवाज़ा बन्द करके मच्छरदानी में सो गई थीं।

रतनी दिदिया सोच रही थीं कि मर जाना कितना आसान है नऽऽ? आसान काम करना लेकिन मुश्किल था। मर जाने का सबसे आसान तरीका फाँसी लगा लेना था, पर रतनी दिदिया को फाँसी की गाँठ लगानी नहीं आती थी। सन्नाटा था। बिजली नहीं थी। लालटेन वैसे ही धीमी लपलपाहट के साथ जल रही थी। जलती लालटेन में तेल कम लग रहा था। रतनी दिदिया धीरे से उठकर गईं और लालटेन हिला कर सुनने लगीं। तेल वाकई कम बचा था। पिता होते तो बिना यह देखे कि लालटेन अपना है या किसका है, किरोसिन भरकर व शीशा साफ़ करके लालटेन जला देते। उनके हिसाब से घर-दुआर में रोशनी रहनी चाहिए। चाहे वो जैसे हो, जिससे हो! पिता के ख़याल से उन्हें अगला ख़याल आया था क्या पिता को दुख होगा? होगा! रतनी दिदिया सोचती थीं कि पिता को किस बात से ज़्यादे दुख होगा? रतनी दिदिया मर गईं इसलिए या जवान रतनी दिदिया मर गईं इसलिए? या इसलिए कि जवान रतनी दिदिया आत्महत्या करके मर गईं? कैसी मुश्किल थी कि ठीक-ठीक यही नहीं बताया जा सकता था कि दुख क्यों हो रहा था? और दरअसल कहाँ हो रहा था? रतनी दिदिया को लग रहा था कि दुखी रहते-रहते दुखी रहने की आदत पड़ जाती है। फिर दुख का अभ्यस्त हो जाने के पश्चात् दुख तो रहता ही है बस नयापन ख़त्म हो जाता है। लेकिन पीड़ा गड़बड़ चीज़ थी, पीड़ा ऐसी चीज़ थी जो हर पुरानी चीज़ को लेकर नये सिरे से आती थी। पीड़ा का अभ्यस्त नहीं हुआ जा सकता था।

समय बहुत कम था।

मर जाने का सहज, सुलभ व शत प्रतिशत परिणाम देनेवाला विकल्प था 'सल्फास की गोलियाँ'। रतनी दिदिया ओसारा में गेहूँ के ड्रम के पास गई थीं। पास में ताखा पर सल्फास की पुड़िया रखी हुई थी। रतनी दिदिया ने एक गोली उठाई। रतनी दिदिया के मन में एक बात आई थी कि परिणाम शत प्रतिशत ही होना चाहिए। अगर रतनी दिदिया बच गईं तो? रतनी दिदिया को यह सोचकर हँसी आई थी कि बच जाने की स्थिति में दुनिया उन्हें इतनी बोलीबानी सुनाएगी कि उन्हें दुबारा सल्फास की अनगिन गोलियाँ खाकर पक्के रूप से मर जाना तय करना होगा। मुस्कियाते हुए ही रतनी दिदिया ने दो और गोलियाँ ले लीं। रतनी दिदिया ने शत प्रतिशत जीने के लिए कभी योजना नहीं बनाई थी। सब कुछ जबरदस्ती थोपा गया था उनके हिस्से में। रतनी दिदिया क्रोध या आवेश में नहीं थीं, बस उकता गई थीं। पेट खाली था।

पानी के साथ गोलियाँ निगलने पर पानी अन्दर बजता था। रतनी दिदिया नहीं जानती थीं कि मरने के बाद क्या होता है? रतनी दिदिया ने बस सुना था कि अकाल मृत्यु से मरने वालों को प्रेतयोनि मिलती है। प्रेतयोनि में टट्टी खानी पड़ती है। मूत्र पीना पड़ता है। रतनी दिदिया के कान के पास रोएँ सिहर उठे थे।

रतनी दिदिया ने अपनी उँगलियाँ देखीं। औसत उँगलियाँ, मांस से ऊपर तक पीले नाखून। बाँह पर चमड़ी से ज़्यादे बाल थे। रतनी दिदिया सब जानती थीं। मरी हुई देह पर घी चभोरा जाता था। घी चभोरने से लाश जल्दी जलती थी। पहले बाल जलते थे, फिर चमड़ी, फिर मांस। अन्त में हड्डी बच जाती थी। उकताए हुए लोग एक पैर के पश्चात् दूसरे पैर पर बल देकर खड़े होते थे, लाश की सामने रखी स्मृतियों को ताजा करते थे और देह के हड्डी हो जाने की प्रतीक्षा करते रहते थे। रतनी दिदिया कभी अपनी हड्डी नहीं देख पाई थीं। अभी उनको अपनी आँख, अपना चेहरा देखने का मन कर रहा था। आईना ले पाना मुश्किल था अभी। उन्हें याद आया कि दीवार के किसी मोखा में बहुत पुराने किसी आईने का टूटा हुआ आधा टुकड़ा पड़ा था। रतनी दिदिया ने हाथ से टटोला। शीशे का टुकड़ा मिल गया था।

रतनी दिदिया सूट के नीचे सूती का लम्बा टेप पहनती थीं। सूट के नीचे से टेप का थोड़ा-सा हिस्सा लेकर उन्होंने शीशे पर जमी हुई धूल साफ़ की। धूल साफ़ हो गई थी पर एकाध दाग चिकट गए थे जो नाखून से खुरचने पर भी नहीं छूटे थे। रतनी दिदिया लालटेन के पास घुटनों के बल बैठ गई थीं। आईने में उनका अक्स था। शीशे के पीछे का गाढ़ा नारंगी पेंट कहीं-कहीं से छूट गया था। जहाँ पेंट छूट गया था वहाँ आरपार दिखता था। जहाँ पेंट बाकी था वहाँ शीशे में रतनी दिदिया को अपनी आँखों की पुतली, भौंहें, होंठ व गाल की गेहुँआ चमड़ी दिख रही थी। एक आँख सीधी आईने में देख रही थी, दूसरी पुतली कोने में अटक कर रह गई थी। कभी दौड़ती थी, कभी स्थिर हो जाती थी। रतनी दिदिया ने सोचा कि अगर उनके पास एक साथ एक ही चीज़ को देखने वाली भली आँख होती तो भी वो जी पातीं शायद...! है नऽऽ? छोटकी कई बार अपनी आँखें बनाकर भाँजती थी। रतनी दिदिया की नकल उतारती थी और कहती थी,

"अरऽऽरे! दू...गो अम्मा, दूऽऽ गो दीदी, दूऽऽ गो चिड़िया...!"

रतनी दिदिया देख रही थीं तो उन्हें एक ही अम्मा, एक ही छोटकी, एक ही चिड़िया और फिलवक्त आईने का एक ही टुकड़ा नज़र आ रहा था।

दरअसल आईना उतना ही पुराना था जितनी कि रतनी दिदिया खुद। इस आईने ने हर दृश्य सँजोकर रख लिए थे अपने अन्दर। आज रतनी दिदिया देख रही थीं तो यह दिखा रहा था। एक आईने से आधा टुकड़ा आईना यह तब बना जब ओसारा में टीन की करकट के बजाय फूस की पलानि हुआ करती थी। रतनी दिदिया चड्ढी पहनकर दिन भर खेलती रहती थीं। उन दिनों किसी घनी दुपहरिया में टुटहा सूटकेस लिए सतरोहन सुकुल चार साल पश्चात् पलानि में प्रकट हुए थे, मय ट्रेन व ट्रैकर की धूल-गर्द थकन समेत। ईया बेना हाँकती थीं और हूँऽऽ हूँऽऽ करके रो रही थीं। मुनरिका सुकुल समझाते थे, "चुप रहुऽऽ...रोउ मत!"

मुनरिका सुकुल, सतरोहन चाचा से पूछ रहे थे, "कहाँ रहे, कइसे रहे...!"

सतरोहन बो चाची, एकपलिया दरवाज़े के पास आधा घूँघट काढ़े खड़ी थीं। सतरोहन चाचा सब बता रहे थे और एक चोरनज़र सतरोहन बो चाची को देख लेते थे। सतरोहन बो चाची बिना आवाज़ रो रही थीं और बेआवाज़ ही मुस्करा रही थीं। सतरोहन बो चाची के पीछे से कान तक छोटे झबरैले बालों वाली रतनी दिदिया ने झाँका। सतरोहन चाचा उन्हें देखकर मुस्कराए थे। रतनी दिदिया ने भी मुस्करा दिया था। मुनरिका सुकुल ने भी एकपलिया दरवाज़े के पास देखा और रतनी दिदिया से बोले, "इधर आओ!"

रतनी दिदिया ने हँसकर गर्दन हिला दी थी, "नाऽऽ!"

सतरोहन बो चाची, रतनी दिदिया की पीठ थपथपा दी थीं, "जाओ। बाबा बुला रहे हैं न!"

रतनी दिदिया लजाकर अन्दर भाग गई थीं। चौकी पर बैठकर पैर झुलाती रतनी दिदिया ने पूछा था, "ईऽऽ कौन है अम्मा?"

गुड़ और दही का रस घोलती सतरोहन बो चाची ने कहा, "तोर बाप हउवन!"

"बाप माने?"

सतरोहन बो चाची ने अच्छे से समझाकर बताया, "बाप माने तुम्हारे पिताजी हैं!"

ख़ुश हो गईं रतनी दिदिया ने आँख नचाकर कहा, "हमारे भी पिताजी...!"

नंगी चौकी पर बैठीं रतनी दिदिया गुड़िया के पुराने कपड़े खोलकर नये कपड़े पहना रही थीं। सतरोहन सुकुल ने अटैची में से प्लास्टिक की एक बड़ी सी पुतुल निकालकर दिखाई। रतनी दिदिया हैरान रह गई थीं, "इतनी बड़ी पुतुल?"

सतरोहन चाचा ने पूछा, "लेना है?" रतनी दिदिया ने हाँ में मुंडी हिला दी थी। सतरोहन चाचा ने कहा, "पहले गोदी आओ?"

असमंजस में घिरी रतनी दिदिया कभी पुतुल देख रही थीं, कभी सतरोहन चाचा को। रतनी दिदिया ने सतरोहन बो चाची को देखा। सतरोहन बो चाची ने इशारा किया था। रतनी दिदिया, सतरोहन चाचा की गोद में बैठ गई थीं। सतरोहन चाचा ने रतनी दिदिया को दुलार कर पुतुल थमा दी उन्हें। रतनी दिदिया खेलने लगी थीं। सतरोहन बो चाची ने चाचा को गिलास में रस थमाया था। चाचा ने कलाई थाम कर सतरोहन बो चाची को अपने पास ही बिठा लिया। सतरोहन बो चाची की आँख से एक बहुत मोटा आँसू गिरा। सतरोहन चाचा ने उसे उँगलियों से पोंछ दिया। दुबारा एक मोटा लोर गिरा था। सतरोहन चाचा ने लोर वाली आँखें चूम लीं। रतनी दिदिया मुँह बा कर ताक रही थीं। सतरोहन चाचा को रतनी दिदिया का ख़याल आया तो हड़बड़ा गए थे। चाची भी हड़बड़ा गई थीं। सतरोहन चाचा ने रतनी दिदिया को दो सिक्के थमाकर कहा, "लेऽऽ बुच्ची! जा फोंफी खा ले!"

भकुआना भूलकर रतनी दिदिया सिक्के खनकाती भाग गई थीं।

हवा ने दुलारा लेकिन देह में गर्मी बढ़ती जा रही थी।

रतनी दिदिया सोच रही थीं कि अभी इस क्षण इन स्मृतियों के साथ दुनिया कितनी प्यारी लग रही थी। इतनी कोमल, प्यारी स्मृतियों के साथ कोई कैसे मर सकता था? लेकिन दुनिया दरअसल इसीलिए अच्छी थी क्योंकि रतनी दिदिया को मरना था। यह तय था कि जिस भी पल रतनी दिदिया जीने के विषय में सोच लेतीं दुनिया उसी क्षण से निर्मम, क्रूर व हत्यारी हो जाती।

सतरोहन बो चाची को रात में साफ़-साफ़ नहीं दिखता है। टो-टा कर काम निपटा लेती हैं किसी तरह। रात में काम निपटाने के दौरान कोई टोक दे तो बुरी तरह चिहुँक जाती हैं। उस वक़्त कोई उनकी चौंकी हुई आँखें देखे तो उनमें हैरत नहीं भय दिखता है। भय से आक्रान्त, फटी हुई आँखें। फटी हुई आँखों से लगातार पानी गिरता रहता है। लगातार पानी गिरने के कारण आँखों की कोर में लसलस कीचड़ जमा रहता है। उस वक़्त अगर यह पूछ लिया जाए कि, "काहें रोअतारू चाची?" तो सतरोहन बो चाची की भय व हैरत से तनी आँखें कुछ ढीली पड़ जाती हैं। इधर उधर भागती पुतलियाँ वहाँ देखने लगती हैं जहाँ कुछ नहीं होता।

"नाऽऽ रोअब काहें?"

सतरोहन बो चाची फिर तुरन्त ही कोई काम धाम ढूँढ़ लेती हैं। उनकी आँखें, चेहरा, आवाज़ सब इतने सामान्य हो जाते हैं कि यह मान लेने में कोई शंका नहीं होती है कि वह वाकई रोती नहीं हैं। महज़ पानी लगातार आँखों से बहता रहता है।

बाकी सब तो ठीक ही है दुनिया में। बस, आज भी तमाम रंग के दुपट्टे हवा में उड़ते दिख जाते हैं कभी-कभी!

नाथ बाबा की जय

झमाझम बरखा हो रही थी।

मौसम भीगा-भीगा-सा ठंडा है। अलगू मेहर संग टीन की गुमटी में बैठे बतिया रहे हैं। यूँ तो मौसम चाय की टूटकर बिक्री होने का है, उस पर अलगू की खालिस दूध-पत्ती की स्पेशल चाय किफायती पर पूरे बाज़ार में बेजोड़। लेकिन कमबख्त ये राखी का त्योहार और ये तेज बारिश।

झमाझम बरखा होती ही जा रही थी।

"बिहान दीपुआ फ़ोन किये रहा न।"

धुँधुआते चूल्हे में बीड़ी सुलगाते हुए अलगू ने पूछा।

"हुम्म..." चूल्हे में आँच तेज करने के प्रयास में बेना हाँकती और धुएँ से जल रही आँखों को मिचमिचाती उनकी पत्नी ने हुँकारी भरी।

"का कहत रहा?"

"हम का जानें...?" कुछ उसके प्रश्न से और कुछ धुएँ की जलन से आजिज आ वो झल्लाकर बोलीं, "मेहर बदे फ़ोन किये रहा, ओही से बतियाए रहा। ओके का फिकिर रही माय-बाप जियत हैं, कि मू गए।"

अलगू चुप लगा गए हैं।

परियार साल कलकत्ता गया हुआ लड़का अब तक एक बार भी गाँव फिरकर नहीं आया था।

हफ़्ते-दो-हफ़्ते में फ़ोन करता और पत्नी से चार बातें करके फ़ोन रख देता था। माँ-बाप से बात करने की ज़रूरत ही नहीं पड़ी थी।

झमाझम बरखा होती ही जा रही थी।

"परलय के दिन हैं इ तो...।"

बीड़ी की राख झाड़कर जैसे अलगू ने बेटे की उपेक्षा को भी झाड़कर रख दिया है।

पत्नी घुटनों पर हाथ धरे काँखकर उठी। इसी उमर में भारी हो आई देह का बोझ अब नहीं सँभलता था। चूल्हे से उठकर चौकी तक आने में ही हाँफ छूट गई।

चौकी पर बैठकर हाथों से अपने घुटने और टाँगे दबाती बोली, "समुच्ची अरहर तो लील गई इ बरखा...राम जाने और का-का भकोसेगी राच्छछ!"

अलगू धुआँ उगलते धुँधुआते रहे अन्दर ही अन्दर।

जोड़-तोड़कर जैसे-तैसे रुपये बचाकर उन्होंने डेढ़ बीघा पुश्तैनी ज़मीन में अरहर के बीज फेंके थे पर इस बेतहाशा बरखा में सारा पसीना बह गया था। सयानी घियरी का ब्याह भी अगले माघ में रोप रखा था उसने पर सारी आस बरखा में मिलकर पानी हुई जा रही थी।

पूरी-पूरी रात अलगू और उसकी पत्नी चित्त सोकर छत की लकड़ियाँ गिना करते, दीवारों का पोपलापन टटोला करते, न जाने कब ये भर-भराकर धसक पड़े।

डेढ़ सौ बरस पुराना मिट्टी का मकान तीन पुश्तों के खिलने-मुरझाने का गवाह, सुख-दर्द का साथी। बूढ़ा, जर्जर मकान जैसे अशक्त वृद्ध-सा प्रकृति के एक वार से ही चित्त हो जाएगा। परन्तु एक स्नेह डोर बनी हुई थी अलगू और इस घर के बीच।

अलगू को बेतहाशा लगाव था, अतीत के एकमात्र बचे रहे इस जर्जर गवाह से जिसके आँगन में गुल्ली-डंडा और ओल्हा-पाती खेल-खेलकर वे जवान हुए, दूल्हा बने, फिर चार बच्चों के पिता। न अतीत को तोड़ते बन रहा था, न उसमें रहते। पर जब बाजू वाले बिधान का घर भसभसा पड़ा, उनकी पत्नी और लड़का उसी में दबा गए, तब इस परिवार की हुब्ब शेष ना रही कि मिट्टी की इन जर्जर दीवारों में रहे।

आख़िरकार इस कमकर परिवार ने मिडिल स्कूल को अपनी शरणस्थली बनाया। प्रचंड मानसून है, डेढ़ सौ स्कूली बच्चों सहित नाव के घाघरा में समा जाने के पश्चात् प्रशासन ने दुआबा क्षेत्र के स्कूलों को बन्द करने का फरमान जारी कर दिया है।

यही तो होता है हर एक साल बाद। हर बार इसी वेग से घाघरा टूटती है प्रलय बनकर दुआबा वालों पर, यूँ ही तोड़ती-फोड़ती सरक जाती है और साल दर साल पीछे छोड़ जाती है पिचके हुए पेट, हड्डियों से चिपकी खाल,

बिखरे टूटे घर, झाँय-झाँय रोते खेत, महामारियाँ और सँभलने-सिमटने की जद्दोजहद।

नई सरकारें आती हैं, वादे करती हैं, भूल जाती हैं, फिर चली जाती हैं घाघरा को यूँ ही बेलगाम छोड़कर।

घर और खेत खोने के पश्चात् अब तो बस इस चाय की गुमटी का ही आसरा बचा रहा है।

ठेल-ठालकर गाड़ी चली ही जा रही है। टीन के शेड से चारों ओर से घिरी गुमटी में एक पुरानी सी लम्बी बेंच, एक चौकी और उसके पास ही था ईंट और मिट्टी से बना जलता-बुझता चूल्हा।

अलगू सॉसपैन में दूध-पानी-पत्ती खदकाते भाप सेंका करते और उनकी मेहरारू काँच के गिलास धोया करती। शुरू में सुविधा के लिए पत्नी ने मझलकी धियरी को भी अपने साथ लगा लिया था। बच्ची ही तो है, चरफर-चरफर कर दिया करेगी।

पर लार चुआते मर्दों के लिए बच्ची क्या और बूढ़ी क्या? बाप न समझ सका पर बिन पढ़ी माँ ने बच्ची का दुपट्टा सँभालना भी पढ़ लिया और अधेड़ मर्दों की नज़र भी।

तब से तीनों बिटियाँ बहुरिया के साथ घर पर साज-सँभाल किया करती थीं।

झमाझम बरखा होती ही जा रही थी।

तभी एक मोटरसाइकिल गुमटी पर रुकी। चूल्हे की आँच की चमक अलगू की आँख में उतर गई और उनकी पत्नी की आँख में भी।

हाथ जल्दी-जल्दी सूती कपड़े से गिलास सुखाने लगे। चाय की सोंधी महक गुमटी भर को गमका गई।

लगभग चालीस-पचास वय के मध्य के तीन लोग थे वो जो दौड़ते हुए गुमटी में घुसे थे। अपनी-अपनी शर्टों को झाड़कर उन्होंने रूमाल से बेंच पोंछा और उस पर बैठ गए।

अलगू की मेहरारू ने घूँघट और खींच लिया।

"तब का हाल-चाल है अलगू?" उनमें से एक ने जो स्थूल और नाटे कद का था, बुज़ुर्गाना अन्दाज़ में पूछा।

"आप ही लोगन के किरिपा है!" अलगू जैसे गदगद।

"किरिपा तो करने आए हैं।" कहकर वह व्यक्ति हें..हें..हें..हँस दिया। बाकी दोनों भी फीं-फीं, करके हँस दिये।

अलगू चाय छान-छानकर गिलास उन्हें पकड़ाते जा रहे थे। तीनों चाय सुड़कते जाते और बारी-बारी बहाने, ओहाने से एक नज़र उनकी मेहरारू पर भी डाल लेते थे।

"और कहिए मिसिर जी, बिहान कहाँ इस्पेक्शन था?" उसी स्थूलकाय शख्स ने अपने बगल में बैठे व्यक्ति से पूछा। उसका पूछना जिज्ञासा नहीं थी वरऩ महज़ बातचीत के सहज, सरस सिरे को ढूँढ़ लेना था।

"दुआबा से उधर एगो स्टेशन पड़ता है, 'रेवती', ऊँहे।" मिसिर जी ने, जो मझोले कद-काठी के, श्याम-वर्ण आदमी हैं, चाय की एक घूँट भरकर प्रत्युत्तर दिया।

"स्याला ई मस्टरवा लोग कुछों नहीं पढ़ाता है जी...खाली फाँकाबाजी। बइठ के बस खइनी ठोंकता है लोग।"

"उ त हइए है।" तीसरा व्यक्ति जो अब तक शान्त बैठा था, बातचीत में शामिल होता हुआ बोला। "सरकारो उहे है, झाड़े-झंखाड़ बिटोरकर रखती है। खाली आरच्छन तो देना जानती है। बाभन, क्षत्री के तो जनमे नरक हो गिया है...।"

"अरे अबही का है लाला जी..." नाटे थुलथुल व्यक्ति ने एक बार में चाय की आख़िरी घूँट भर ली और गिलास को धीरे से नीचे रखकर दोनों हाथों को आपस में रगड़कर बोला... "दु साल बाद देखिएगा (दाहिने हाथ से अपने गंजे सिर की ओर इशारा करके), मूतेगा सब हमन के कपार कर बइठ के।"

"हमारे इहां एगो है, ओकर लइकवा का डी.एल.डब्लू. क्लर्की में हो-हवा गिया है, ओकर तनि भाव देखिएगा, बाप हो! हमारे घर के सामनवे एगो गड़ही है। बरखा के दिन में पानी जाम हो जाने से बहुत बसाता है। ओसे गड़हिया भरने को बोले, ससुर बोलता है, बाबू साहेब! उमिर हो गइल बा...जाँगर ना चलत अब। ससुर हाथ-गोड़ के जोड़ के खड़ा रहता था लोग। आ अब जाँगर नहीं चलता है...!"

"अरे, हमसे पूछिए...!" मिसिर जी ने अपनी अधूरी छूटी हुई बात को पूरा करने के लिए लपककर बात का सिरा अपने हाथ में ले लिया," आरच्छन देने से का हो जाएगा? गोड़-माथा थोड़ेई बन जाएगा। केतनो आगे बढ़ ज़ाने से संस्कार आउर बुद्धि थोड़ेई बदल जाता है।"

"कले सुनिए न, का हुआ हम अउर सुखपुरा वाले दुबे जी दोनों जनि इंस्पेक्शन पर गए थे, कौनों रैदास है स्कूल का हेडमास्टर।"

(व्यवधान के लिए क्षमा चाहती हूँ...पर क्या यह मजेदार नहीं होगा कि हम दोनों अर्थात् लेखक और पाठक मिलकर वक़्त हो जाएँ और गुजरी हुई चीज़ों को फिर एक बार गुजारें खुद में से। जो बातें, जो चीज़ें बीत चुकी हैं, बीत कर अतीत का हिस्सा बन चुकी हैं, उनका वक़्त होकर उन्हें फिर देखें। पहले बीते जैसा अनुभव तो नहीं होगा फिर भी कम मजेदार नहीं होगा। तो आइए, हम इसे मिसिर जी का अतीत नहीं, वर्तमान बनाकर देखें।)

मिसिर जी सुखपुरा वाले पांडे जी के साथ बाइक से इंस्पेक्शन पर निकले हैं। बाइक मिसिर जी ही चला रहे हैं। राजदूत की बाइक है। जगह-जगह से उतरी हुई लाल रंगत। कहीं-कहीं पिचकी हुई बॉडी इसके भरपूर सधा दिये जाने का सबूत है।

बाइक अभी स्कूल से आधे कि.मी. दूर ही थी कि पांडे जी ने कहा, "सुन रहे हैं, मिसिर जी...!"

"हाँ, कहिए!" मिसिर जी ने कहा।

"कहते हैं न, गड़िया इहें कहीं धर दीजिए। गाड़ी से जाएँगे, तब तो चिन्हाइए जाएँगे कि चेकिंग पर हैं...पैदल वाक मारते हैं।" पांडे जी ने समझाने वाले अन्दाज़ में कहा।

मिसिर जी के सुर्ख होंठों के अन्दर पान मसाला और गुटका भरा हुआ था, बोलने में असुविधा हो रही थी। सर्वप्रथम उन्होंने जरा-सी थूक अन्दर निगली और जरा-सा पच्च से बाहर उगल दिया। तत्पश्चात् दाएँ हाथ से कन्धे पर पड़े हुए गमछे को होंठों पर रगड़ दिया।

"महाराज, बोल तो ठीके रहे हैं...अच्छा चलिए।" कहकर मिसिर जी ने बाइक को मिठाई-समोसा की एक सीमेंटेड दुकान की ओर मोड़ दिया।

मिठाई की दुकान पर बाइक रखकर दोनों पैदल स्कूल की तरफ़ निकल गए हैं।

(थोड़ी देर के लिए जरा भविष्य का भी जायजा ले लिया जाए। हमारे इस वर्तमान के होने से, फिलहाल हमारा वह वर्तमान तो हमारा भविष्य ही हुआ ना...!)

मोटे थुलथुल व्यक्ति जो सिंह जी हैं, अपने दोनों पैर हिलाते जाँघ के पास दोनों हथेलियों को आपस में फँसाकर ध्यान की-सी मुद्रा में बैठे मिसिर जी की कथा सुन रहे हैं। बीच-बीच में उनकी निगाह भटककर अलगू की पत्नी तक जाती,

फिर निराश होकर लौट आती, अपनी निगाह को झुकाए वो मिसिर जी का वृत्तान्त सुनने लगते। अलगू चरमराई हुई चौकी पर दोनों घुटने समेटे उन पर अपनी ठुड्डी दबाए उनका वार्तालाप सुन रहे हैं। उनकी पत्नी घूँघट में छिपी, साड़ी की गठरी बनी चौकी के पायों पर कन्धे का हेलान दिये बैठी हुई हैं। ग्राहकों की ओर उनकी पीठ है। सॉसपैन चूल्हे से नीचे उतर चुका है। पर आँच अभी भी तेज है। लाला जी की चाय अभी ख़त्म नहीं हुई है।

कभी-कभी वो चाय सुड़कते जैसे उसी में खोए हुए हैं।

कभी-कभी चेहरा घुमाकर मिसिर जी को देख लेते हैं, गर्दन हिलाते हैं (मानो कह रहे हैं...मैं जगा हूँ, मित्र तुम बोले जाओ), फिर नन्ही-नन्ही घूँट सुड़कने लगते।

अचानक एक नौजवान भीगता-भागता घुस आया है गुमटी में। घुसा क्या है, अधर में ही खड़ा है। गुमटी की छत बस इतनी भर है कि चौकी, चूल्हा और बेंच आड़ रहे हैं, बाकी जगह बड़ी सकिस्त है। नौजवान का सिर तो गुमटी में भीगने से बच गया है, पर जहाँ वह खड़ा है, वहाँ से एक नाली भी बह रही है। बारिश की बूँदें जब नाली के पानी में छप्प-छप्प गिर रही हैं तो उसके छींटे नौजवान के पैंट के निचले हिस्से पर भी पड़ रहे हैं।

नौजवान युवक यहाँ इस इलाके का तो कतई नहीं लगता, ना मेहँदी से रँगे हुए बाल, न मुँह से आती गुटखे की गन्ध, और सबसे बढ़कर उसका कुछ-कुछ संकुचित झिझक भरा व्यवहार।

"आइए...भीतर बेंचवा पर बैठ जाइए। बाहर काहे भीज रहे हैं!" मिसिर जी ने अपरिचित की झिझक दूर करके उसे परिचितों में शामिल करना चाहा।

थोड़ा-थोड़ा खिसक कर तीनों ने चौथे की गुंजाइश बना ही दी बेंच पर। सॉसपैन चूल्हे पर चढ़ा दिया गया। जानता है सॉसपैन कि कब उसकी उपयोगिता क्या है। कब उसे चूल्हे की सुलगती आँच में जलकर दूध-पत्ती को खदकाना है और कब अनगराहित होकर पड़े रहना है, कोने में चुपचाप।

गुमटी फिर से गमकी चाय से।

सिंह जी और लाला जी ने मिसिर जी की ओर देखा प्रश्नवाचक नज़रों से...(कथा अभी अधूरी है, मित्र)

"जब उहाँ पहुँचे तो देखते हैं कि स्कूलवा पे तो राम नारायण झूल रहे हैं।"

मिसिर जी अपने साथियों की प्रश्नवाचक मुद्रा का भाव समझ गए हैं।

तो चलें जरा हम भी फ्लैश-बैक में।

स्कूल पर लटक रहे भारी-भरकम ताले को देखकर मिसिर जी और पांडे जी सोच में पड़ गए हैं। एक-दो शिक्षकों को छोड़िए, हेडमास्टर सहित पूरी टीम ही नदारद। अब...!!

तभी मिसिर जी ने पास ही से गुजर रहे एक आदमी को रोककर हेडमास्टर जी की बाबत पूछा। आदमी ने दस फर्लांग की दूरी पर सैंडोकट की गंजी और चेक वाली लुंगी पहने एक आदमी की ओर इशारा कर दिया। दोनों वहीं पहुँचे। मास्टर जी बतिया रहे थे किसी से।

"मास्साब...नमस्कार!"

(तनिक सकपकाकर) 'नमस्कार! आप लोग...?"

"एडमिशन बदे फारम लेने आइ रहे, पर ई ताला...!!"

(जैसे जी में जी आया हो) "आहे...! फारम? फारम त काल मिली, क्लर्क बाबू आज आए नहीं हैं।"

"आज कौन चीज़ की छुट्टी?"

"छुट्टी, कुट्टी कुछ नाहीं। एक्को लइका आवत ना है न। मास्टर-क्लर्क सब कटाई में लगे हैं। हम अकेले आई के का करब?" हँसते हैं ठठाकर और समर्थन के लिए अपने साथी को देखते हैं, वह भी हें..हें..हें..हँस देता है।

"और जे चेकिंग चली आए?"

"ऊ (एक भद्दी गाली) लोग थोड़ी आएगा ई बरखा-बुनी में।"

फिर वे ठठाकर हँसते हैं, सम्भवतः बात-बे-बात हँसने की आदत है या फिर यह भी हो सकता है कि किसी ने उनसे यह कह दिया हो कि उनका चेहरा बड़ा रूखा-रूखा है और उस व्यक्ति को गलत साबित करने के लिए या कि स्वयं को हँसमुख प्रदर्शित करने के लिए उन्हें बात-बात पर हँसना पड़ता हो। कारण जो भी हो, हेडमास्टर जी हँस रहे हैं और हँसते ही जा रहे हैं।

जानते हैं, इ कौन हैं?" अब पांडे जी ने मिसिर जी की ओर इशारा करके पूछा।

"...!" आँखों में ढेर सा प्रश्न।

हँसी तो थमते-थमते थम चुकी है पर मुस्कराहट लगातार जारी है।

"इ सीनियर स्कूल इंस्पेक्टर हैं, अखिलेश्वर मिसिर।" दुबे जी ने मजेदार ढंग से खुलासा किया।

हँसी बन्द...बोली बन्द! हवा साँय-साँय...पानी रिमझिम।

बारिश खुल गई है। अतीत बन्द। वर्तमान चालू।

"पॉकेट त ख़ूब गरम होगी, मिसिर जी?" सिंह जी पास बैठे लाला जी को केहुनी से ठुमकिया देते हैं।

मिसिर जी मुस्कराते भर हैं। मुस्की...जैसे दुल्हन अपने हनीमून का अनुभव पूछने पर मुस्कराती है।

अलगू पास पड़े पुराने गले हुए गमछे से सॉसपैन की हैंडिल थामकर उसे हिला रहे हैं। चाय सम्भवत: पर्याप्त खौल चुकी है।

सधे हाथों से सॉसपैन की हैंडिल पकड़कर चाय छान रहे हैं अलगू। गमक रही है गुमटी, सुलग रहा है चूल्हा कि चाय छन्नी पर सॉसपैन ठोंकते हाथ काँप गए हैं।

पूरा आसमान गूँज उठा है, "नाथ बाबा की जय।"

" ई हल्ला कईसा है?" लाला जी चिहुँक कर शोर की दिशा में ताकने लगते हैं।

"रोट पूजन है न आज। सुनते हैं, बड़ा भारी है, इस तरह कई बरिस पे आया है।" ठंडी हो चुकी चाय की आख़िरी घूँट भरकर मिसिर जी प्रश्न का उत्तर देते हैं।

"रोट पूजन...?" नवयुवक, जो सम्भवत: वहाँ के लिए अपरिचित है।

"हाँ...इसको लाठी परब भी कहते हैं। शस्त्र-प्रदर्शन का परब है...इलाके में चार जगह ही होता है इ पूजन! डीह वाले नाथ बाबा को जानते हैं न...उंहें इ सारा लठइत लोग जमा होगा। दस मिनिट अपने में लाठी भिड़ाएगा लोग, फिर माठ बँटाएगा। सुने हैं, इ बार पचास किलो आटा का माठ बन रहा है। एक हफ़्ता से चूल्हा जला हुआ है।"

नवयुवक की उत्सुकता चरम पर है। उसके लिए यहाँ सब कुछ बिलकुल नया है। उत्सुकता के अतिरेक में चाय की बड़ी-बड़ी घूँट भरते हुए ही गुमटी से बाहर निकलता है।

हजारों की भीड़ है। कम-से-कम डेढ़-दो हजार और उतनी ही लाठियाँ। जैसे किसी घमासान युद्ध के लिए सेना प्रस्तुत है। अधिकांश नवछिटुए हैं। एक सुर से नाथ बाबा का जयकारा हो रहा है। उसी लय-ताल में लाठियाँ ऊँची उठती हैं शून्य में, फिर गिरती हैं, अक्सर लाठियाँ ताल के साथ नीचे न गिरकर

आसपास की टिन की गुमटियों, दुकानों के शेडों या बैनरों पर गिरती हैं। लाठियों के परसाद से सिर्फ़ वही गुमटियाँ या दुकानें बची रह पा रही हैं जो या तो लाठियों की पहुँच से दूर हैं या फिर पक्की हैं। पिचके हुए बैनर शेड्स गुमटी की छतों को गिरा-पटककर वहीं छोड़ जयकारा करती भीड़ आगे ही बढ़ी चली आ रही है।

"ये तो तोड़-फोड़कर रहे हैं।"

"ई पूजा में अइसा ही होता है...।"

"पर गलत है न! पुलिस इन्हें रोकती नहीं?"

"पुलिस!!...हें..हें..हें..! पुलिस ससुरी का रोकेगी इ भीड़ को? उ मुमताज स्टूडियो इहाँ देखिए न। स्याला डेरा गिया है, पुलिस बइठा के रखा है। एक्क गो को पाँच-पाँच सौ दिया होगा। (अलगू की ओर इशारा करके) ई लोग की कुव्वत है देने का...?"

"जानते हैं, पिछले पूजन में का हुआ था? डीह वाले नाथ बाबा का आश्रम है न। उहाँ दू-चार गो मजदूरहा पलानि-छप्पर डाल के रह रहा था और चुभ रहा था साहेब लोग के आँख में। पर अइसे सीधा-सीधा झमेला कौन मोल ले? बस इ पूजा पड़ा। बहाने से सारा लाठी गिरा उ लोग के छप्पर और टीन पर। पाँच-छः गो मर्डर भी हो गिया। पर इतना हजार में किसके ख़िलाफ़ मुकदमा करे सरकार और सरकार को ज़रूरत का पड़ी है? दू-चार दिन कर्फ्यू रहा, फिर सब ठीक...!!"

"चलिए मिसिर जी, जरा दरसन कर आएँ।" सिंह जी के टोकने पर अपना सामान्य ज्ञान बघारते मिसिर जी उनके साथ हो लेते है। नवयुवक भी अपनी राह।

ग्राहकों के जाने के बाद अलगू जल्दी-जल्दी चौकी और बेंचों को खड़ा करके रख देते हैं।

मेहरारू ग्राहकों की बातचीत के दौरान ही गिलास-बर्तन धो-धाकर रख चुकी है। चूल्हे में पानी छिड़क कर उसे बुझा दिया गया है। गुमटी का दरवाज़ा बन्द करके अलगू एक ताला लटका देते हैं। कुछ बातें, कुछ काम सिर्फ़ भ्रम को पोसने के लिए किये जाते हैं, जैसे किसी पार्टी को वोट देना, जी, ये एक पार्टी फलाँ से कम बेईमान है, जैसे किसी आतंकवादी का मुठभेड़ में मारा जाना, हथियारों का जखीरा बरामद हुआ। (रोज़-रोज़ बरामद हो रहे जखीरे का कोई हिसाब नहीं) जैसे चरमराई हुई गुमटी पर जंग खाया ताला लटका देना।

गुमटी बन्द करके मरद-मेहरारू, दोनों नीम के तले आकर खड़े हो गए हैं। हल्की-हल्की बूँदें फिर पड़ने लगी हैं। पर इन शस्त्र प्रदर्शनकारियों पर बारिश का कोई असर होता नहीं दिख रहा। वे उसी जोश से लबरेज मानो टूट पड़ने को आतुर, लाठियाँ भाँजते बढ़े चले आ रहे हैं।

अलगू के मन के अँधेरे पिंजरे में भय का तोता जल्दी-जल्दी गोल-गोल घूम रहा है।

अलगू मन-ही-मन देवताओं को गोहरा रहे हैं।

मनौती कर रहे हैं अलगू,बिलकुल वैसी ही मनौती जैसी मरते हुए इकलौते पुत्र का पिता करता है, जैसी अपनी उफन आई खेती के बीच खड़ा किसान नील गायों के बढ़ते आते झुंड को देखकर करता है।

ये गुमटी उनका बेटा है, उनके सपनों का आधार, उनके लिए मजबूत कन्धे का सहारा है यह गुमटी।

भीड़ बढ़ी चली आ रही है। अलगू ने कसकर आँखें बन्द कर ली हैं गोया उनके आँखें बन्द कर लेने भर से टल जाएगा वो अप्रिय हर कुछ जो अगले पल होनेवाला है या कि शायद उन्हें अब तक एक विश्वास सा बना हुआ है कि हो सकता है कोई चमत्कार हो जाए। हो सकता है कि कुछ पलों बाद जो वह आँखें खोलें तो पाएँ कि अविश्वसनीय रूप से उनकी गुमटी साबुत ज्यों की त्यों खड़ी मुस्करा रही है, भीड़ आगे बढ़ चुकी है और अलगू ने लगभग दौड़ते हुए जाकर चूम लिया है अपनी प्यारी-प्यारी गुमटी को!

कई बार कोई चमत्कार हो जाने का क्षीण-सा विश्वास इनसान को प्रबल जिजीविषा से भर देता है जिसके सहारे इनसान झेलता जाता है कई बोझिल पलों को। ऐसा कुछ हो जाने या होने के क्रम में अलगू को अपनी खुली आँखें एक बाधा-सी प्रतीत हो रही हैं और मूँद ली हैं आँखें, उन्होंने स्वयं को ही सरप्राइज देने के लिए।

टन-टना-टन, धाँय-पटक...कुछ भी आवाज़ उन्हें सुनाई नहीं पड़ रही है। बस अपने खुद के लिए तैयार किये हुए सरप्राइज का सच होना दिख रहा है कि तभी धीमे से कोई फुसफुसाया जैसे उनके कान में, "तेरी मुराद पूरी नहीं होगी।"

चिहुँककर उन्होंने पट से आँखें खोल दीं।

"कौन बोला...?"

उन्होंने इधर-उधर देखा, आसपास तो कोई भी नहीं। पत्नी नीम के तने से सिर टिकाए जैसे अपनी बर्बादी के क्रियान्वित हो जाने की बाट में है। फिर ई बोला कौन? क्या उनके अन्दर का डर या अन्दर कोने में दुबक कर बैठा हुआ अविश्वास जिसे वो अनदेखा कर रहे थे?

तमाम दुकानों को तोड़ती-फोड़ती भीड़ पास आ गई है। अनायास किसी दुकान पर लाठियाँ पड़ जाती हैं, किसी दुकान को बिन छुए निकल जा रही है। टिन की छतों व शटरों पर पड़ती लाठियों की झन्नाटेदार आवाज़ें जैसे उनके मन में छुपे पशु को दुलार देती हैं। पशु अँगड़ाइयाँ लेता उठ बैठा है। भीड़ का हिंसक उल्लास पूरे बल से टूट पड़ा है। निरीह, पिचकी, कमज़ोर दुकान पर टीन की छत, दीवारें सब अपने भीतर धँस गई हैं।

अलगू तकरीबन चिल्लाते हुए उस ओर लपकते हैं। पत्नी ने आगे बढ़कर उनकी कलाई थाम ली।

“पागल हवऽऽ का?”

अलगू गुस्से से अपना हाथ झटकते हैं। डरी हुई पत्नी ने नहीं छोड़ा उनका हाथ।

भीड़ आगे बढ़ गई।

पिचकी टूटी छत, टूटी दीवारों के बीच गिरी है। चौकी बेंच पर लुढ़क गई है। चौकी के बीच से बेंच की टूटी टाँग दिख रही है। चूल्हे की ईंटें चूल्हे के भीतर ही धँस गई हैं। धँसे चूल्हे से हल्का-हल्का धुआँ उठ रहा है। ताला टूटकर दूर गिर पड़ा है। अलगू की कलाई पर पत्नी की पकड़ खुद-ब-खुद ढीली पड़ गई। पत्नी धीमे-धीमे चलती पहले दुकान के भीतर झाँकने की कोशिश करती है। अलगू रो रहे हैं। उनके रुदन में रिरियाहट है। क्रोध, अस्पष्ट बड़बड़ाहट, गरियाने की निरन्तरता...!

रोते हुए वो आसपास ढूँढ़ते हैं, भीड़ की धक्कामुक्की में शायद एक डंडा गिर गया था। अलगू डंडा उठाकर टिन की टूटी-फूटी छत व दीवारों पर तड़ातड़ बरसाने लगे। छत व दीवारें और-और धँसती गईं। पत्नी चुपचाप चूल्हे से उठता धुआँ देखती रही।

टूटी परिधि का वृत्त

रात आसमान को आगोश में कसती जा रही थी। अमरूद की डाल पर झूला लटक गया था। झूला चर्रऽऽ...चर्रऽऽ...हवा में झूल रहा था। आँगन में एक ख़ूब बड़ा मन्दिर आ गया था। मन्दिर के विशाल दरवाज़ों पर भाले-सी नुकीली डिजाइनें बनी थीं। अन्दर मूर्ति के पास रखा दिया तारे-सा टिमटिमा रहा था। चम्पा सोए थे। शतदल की पारी थी। शतदल पहरे पर थे।

मन्दिर के बाहर फिर पदचापों की आवाज़ थी। वही विशालकाय राक्षस आया था। आधी रात की कच्ची नींद थी। शतदल की आँखें बार-बार मुँद जा रही थीं। राक्षस ने दरवाज़ा खटखटाया। शतदल, चम्पा की सिखाई बात भूल गए कि उन्हें उल्टा बोलना है। वो नींद में ही चिल्लाए—

"चम्पा सोया है...शतदल जगा है!"

राक्षस ने जैसे ही सुना कि चम्पा सोया है उसने दरवाज़े पर जोर की लात मारी। दरवाज़ा खुल गया। शतदल डर से चीख उठे...

"माँऽऽऽ!"

चीख मारते ही माकुर की आँखें खुल गईं। बगल में पिता नहीं थे। दरवाज़े से सुबह की उनींदी रोशनी कमरे में छिटकी थी। सारी चेतना देर तक भय के झंझावात में घिरी रही थी। अब अचानक सब एकदम रिक्त, उदास व सूना लग रहा था। कमरे में कोई भी नहीं था। आँखें मलते माकुर बाहर निकल आए। भोर धीरे-धीरे अपनी सुनहरी चोटी खोल रही थी। रात का जूड़ा बँधने वाला था बस। रात शर्मीली थी। वह अपना जूड़ा बाँधकर उसे उजले आँचल से ढक लेती थी। मिट्टी का दोमुँहा चूल्हा तुरन्त का लीपा गया था। अमरूद की डालों पर पत्तियों के सिवा कुछ नहीं होता था। बुआ उसकी सूनी डालों में से किसी एक पर पोतन टाँग रही थीं।

काकी कुल्ली कर रही थीं। रसोईघर के दरवाज़े पर बल्ब अब तक जल रहा था। खपड़े पर एक ओर कौवा चीख रहा था। दूसरी ओर श्यामा अपने चूज़ों को जगा रही थी। माकुर की अम्मा भी उनको सुबह-सुबह जगा देती थी।

माँ को माकुर 'अम्मा' कहते थे। हालाँकि माँ को अपने मन में ही उन्होंने मम्मी कहा था। इस मन में कहे को उन्होंने एक बार प्रगट में भी कहा था। पर 'मम्मी' कहते ही उन्हें अपनी ही आवाज़ बिरावन-सी प्रतीत हुई। उन्होंने फौरन ही सुधार लिया।

"अम्मा होऽऽ!...ए अम्मा, खाना दऽऽ!"

जब यही अम्मा मर गईं तो माकुर बहुत दिनों तक भयंकर बेचैनी में जिए। न रोते, न सो पाते। आख़िर कोई तो उपाय होगा कि वो एक बार अम्मा की आवाज़ सुन सकें। इसी ताक में एक दुपहर जब पिता पंडीजी के दुआर पर नीम की छाँह तले सोए थे, माकुर ने ठाकुर जी की कोठरी खोली थी। माकुर जानते थे कि मर जाने के बाद का सारा हाल और खोज-ख़बर का कोई उपाय सिर्फ़ 'गरुड़ पुराण' से ही मिल सकता है। माकुर ने अम्मा के श्राद्ध में गरुड़ पुराण सुना था कि यमदूत बुरी आत्माओं द्वारा खाना माँगने पर टट्टी, पीब, खून, मवाद और वमन की नदी वैतरणी में डुबो देते थे और कहते थे, "ले हूर!"

माकुर यूँ तो शत-प्रतिशत आश्वस्त थे कि ऐसा कुछ उनकी अम्मा के साथ नहीं हो सकता क्योंकि उनकी अम्मा बहुत अच्छी थीं...बहुत, बहुत, अच्छी। लेकिन उन्हें इन सारी बातों से कोई मतलब नहीं था। उन्हें तो बस अम्मा की आवाज़ सुननी थी। पर गरुड़पुराण उलटते हुए उन्हें एक पंक्ति मिली थी—

"जो इस संसार से चला गया है उसके लिए तुम सौ वर्षों तक रोते रहोगे तब भी वो वापस नहीं आएगा।"

माकुर बहुत रोए थे उस दिन। लार, नेटा और आँसू एकमेव होकर लिसड़ गए थे। बेशक वे गूढ़ बातें ना समझते हों पर अब यह पंक्ति उतनी जटिल नहीं रह गई थी। कौन था दुनिया में जो उनसे ऊबता ना हो और तमाम अऊँजाहट के बीच भी (दाल ना सीझे होने पर) गरम भात, घी, नून, सानकर चिरौरी करता, "मोर बाबू नऽऽ खा लऽऽ!"

खपरैल की छत व मिट्टी की मोटी दीवारों वाले तीन कमरों के बाद चौड़ा आँगन था। कमरों की दीवार से आँगन की ओर बाँस गाड़कर फूस का छप्पर डाला गया था।

छप्पर तले एक ओर चौकी थी, दूसरी तरफ़ रसोई बनती थी। रसोईघर बर्तन व उपले रखने के उपयोग में था। तीन कमरों के आख़िर में ठाकुर जी की छोटी-सी कोठरी थी। खपरैल की छत पर कोने की दीवार के सहारे कोंहड़े की बेलें फैली थीं। बेलों की एक गाढ़ी झुरमुट के बीच श्यामा चिरई का घोंसला था। घोंसले में चूजे थे। दूसरी श्यामा अपना घोंसला तैयार करने की जुगत में थी। एक ओर चुपचाप अमरूद खड़ा था। पेड़ के बाद ऊँची खड़ी दीवार थी। दीवार के कोनों पर कहीं-कहीं घास-पात उग आए थे। दीवार के पार रास्ते पर चलते हुए दीवार की परछाईं दूर तक साथ जाती थी। परछाईं से अलग जाकर दीवार की ओर देखने से आँखें संक्रान्ति की परवर्ती धूप में चौंधिया जाती थीं। सूरज अभी मकान के ऊपर नहीं आया था। माकुर यानी मारवर्धन चतुर्वेदी से पिता चिढ़ने लगे थे। चिढ़ इसलिए कि, बजाय इसके कि माकुर हमउम्र संगी-साथियों में खेलते, वह दिनभर या तो किताबों में सिर खपाए रहते या पोखर के किनारे बरगद की छाँह में बैठे एक-एक कंकड़ पोखर में फेंकते जाते।

"दिन-रात तऽ पोथी में ही सिर दिये रहते हैं, तबऊ नम्बरवा लड्डू ही आया है।"

ठीक उसी वक़्त जब पिता बड़बड़ाना शुरू करते थे, बुआ पिता का फिलिप्स रेडियो, पार्ले जी और पानी का गिलास छोटे टेबल पर रख आती थीं। माकुर को लगता था जैसे अम्मा ज़रूर अपनी कोई चीज़ बुआ के पास छोड़ गई थीं। माकुर ने बुआ से दूध के साथ दो रोटियाँ माँगीं। बुआ ने माकुर की ओर पीठ करके दूध में चार रोटियाँ तोड़कर डाल दीं। माकुर जानते थे यह मीठा छल बुआ ने माँ से सीख लिया है। बिन कुछ कहे वो चुपचाप रोटियाँ खा गए। श्यामा पंख फड़फड़ाती पूरे आँगन में उड़ती फिर रही थी।

पिछले साल अमरूद की डाल पर गौरैया ने घोंसला बनाया था। गौरैया पूरे आँगन में फुदकती रहती थी। उसने अंडे दिये थे। माकुर अंडों को हाथ में लेना चाहते थे। अम्मा ने समझाया था कि अंडों को छू लेने से गौरैया उन्हें 'सेएगी' नहीं। फिर बच्चे कैसे आएँगे भला? माकुर व्यग्रता से चूजों की प्रतीक्षा कर रहे थे। अक्सर गौरैया का घोंसला देखकर अम्मा गुनगुनाने लगती थीं...

चिरई बड़ा जुलुम कई दिहलु,
अँगना में खोंता लगवलु नाऽऽ!

अम्मा हँसकर बुआ को ताक रही थीं,
ननद जी अइली काजल लगइली
ननदी बड़ा जुलुम कई दिहलु
भइया से लइया लगवलु नाऽऽ!

बुआ हँसने लगीं। अम्मा और बुआ को हँसते देख माकुर भी हँसने लगे थे।

माकुर हँस पड़े। अचानक उन्हें लगा रेडियो में सही स्टेशन मिलाते पिता थम गए हैं और हतप्रभ उन्हें ताक रहे हैं। सहमी हुई बुआ कभी उन्हें देखतीं, कभी पिता को।

अमरूद पर सचमुच का फल नहीं था। माकुर ने झूठमूठ ही लाठी पटकी—ठाक्क!

झूठमूठ का होते-होते पता नहीं कैसे सब सचमुच का हो गया था। झूठमूठ की मरती काकी को बचाती-सहेजती अम्मा सचमुच ही मर गईं। माकुर ने घृणा से देखा काकी को।

"बुड़बोगनी बुढ़िया!"

बुआ ने पुकारा—"काकी!"

बूढ़ी ऊँचा सुनती थीं। बोरे पर बैठी-बैठी वह ऊँघ रही थीं। सिर दाहिने कन्धे पर लुढ़क गया था। खुले मुँह से लार चू रही थी। बुआ ने जाकर काकी के कन्धे हिलाए—"काकी!"। बूढ़ी चिहुँक गई। बुआ लोटा और गिलास धरकर चली गईं। बुढ़िया ने लोटे में झाँका। फिर बुढ़िया ने रामानुज चतुर्वेदी को देखा। उन्हें सही स्टेशन मिल गया था शायद। वो रेडियो सुनने में व्यस्त थे। बुढ़िया ने अपना पोपला मुँह झूठमूठ का हिलाया और थोड़ी-सी चाय गिलास में डालकर लोटा सुलगते रहने के लिए बोरसी की बची हुई आँच पर रख दिया था। माकुर जानते थे बुढ़िया चाय की मात्रा से सन्तुष्ट हो गई है मगर फिलवक्त भर के लिए। लोटा भर चाय पी लेने के पश्चात् बुढ़िया में ताकत आ जानी थी। बुढ़िया फिर फुर्ती से उठती थी और टोले के किसी एक घर को चुनने के पश्चात् उसे दिन भर के लिए अपना ठौर बना लेती थी।

घर की मालकिन पूछती थी, "काकी जी, चाह पियनी हाँऽ?"

काकी आदतन इधर-उधर झाँकती थीं। काकी की हर उँगली के तीन हिस्से थे सिवाय अँगूठे के। काकी चार उँगलियों को सटाकर उनके दूसरे हिस्से पर अँगूठे का पहला हिस्सा रखकर कहती थीं, "हेतनी भर पियनी हाँऽ!"

पूछने वाली को काकी पर मोह आ जाता था। वह बूढ़ी को चाय बनाकर पिलाती थी। सिर्फ़ इतना ही नहीं पूछने वाली मालकिन ने निक-बाउर जो कुछ भी पकाया था, बुढ़िया को खिलाती थी। घर भर का हाल-समाचार लेती थी। हाल-समाचार लेने में घर के कोने-अँतरों को टोहना था।

बुढ़िया सिर्फ़ काकी नहीं कहलाती थी। एक और नाम भी था उसका जो सिर्फ़ उसके पीठ पीछे ही इस्तेमाल होता था—"कँपनी बुढ़िया!"। बुढ़िया अपने जवानी के दिनों से ही जरा हिलो-डुलो थी। चलती थी तो उसके हर क़दम पर देखने वालों को यह भय लगता था कि बुढ़िया अब गिरी कि तब गिरी। पर काँपती-हिलती बुढ़िया अपनी मंजिल तक सकुशल (बिना गिरे-पड़े) पहुँच जाती थी।

बुढ़िया दरअसल माकुर के पिता के मझले चाचा की बेवा थी। बुढ़िया के बेवा हो जाने के पीछे गाँव भर का यही तर्क था कि मिरचइया के पांडे लोगों में चतुर्वेदियों का ब्याह नहीं सहता है। अनहोनी तो होनी ही थी। वह हुई टी.बी. के रूप में। तब से गाँव भर ने कान उमेठ लिए थे कि मिरचइया के पांडे लोगों से लड़की नहीं लेनी है।

तो कँपनी बुढ़िया के हिस्से की डेढ़ बीघा ज़मीन का कुछ हिस्सा रामानुज चतुर्वेदी के पिता ने झपट कर बेच दिया था। काकी के नइहर वाले खिसिया गए थे। काकी नइहर चली गईं। नइहर में खुला आसमान था। लहलहाता सरसों था। धान की ढेरी थी। काकी जाँगर से मजबूत थीं। उम्मीद थी कि नइहर में उनका खपान हो जाएगा। उम्मीद नइहर वालों को भी थी डेढ़ बीघा के बचे टुकड़े से। काकी को बस चाय और तीसी की तीखी चटनी से मतलब था। ज़मीन का टुकड़ा भतीजे के बैंक एकाउंट में पड़ा था। ब्याज बढ़ रहा था। काकी बूढ़ी हो रही थीं। जाँगर थक रहा था। जीभ जवान हो रही थी। जवान होती जीभ नइहर वालों के जी का जंजाल थी। गाय दूध देती थी। कम दूध वाली चाय कम नुकसान करती थी। काकी को भाभियाँ और भतीज-पतोह वही देती थीं। काकी गिलास फेंक देती थीं,—"छेरी के मूत नियर चाय दिहले बाड़ी सन!"

नइहर वाले काकी से उब गए थे। काकी नइहर वालों की चाय से! माकुर की अम्मा चाय की हर कप में एक ही फरमाइश घोल कर रामानुज चतुर्वेदी की ओर सरका देती थीं, " बूढ़-पुरनिया की सेवा करनी चाहिए। अन्याय तो हुआ ही है। पूरा गाँव अपने घर को दूसता है। ले आइए यहीं चाची जी को...!"

लहक के साथ काकी वापस आई थीं। लाई गई थीं। काकी का आना माकुर के लिए कुछ ऐसा रोमांच था कि काकी जिस दिन पिता के साथ रिक्शे से उतरीं तो उस दिन से माकुर अपने सारे खेलकूद, उठा-पटक भूल गए। सारी गतिविधियाँ खाट के इर्द-गिर्द ही नाचने लगी थीं। सिर्फ़ माकुर ही की नहीं अम्मा और बुआ की भी! बुआ अट्ठारह दफे गाढ़ी चाय बनाने लगी थीं। काकी के घर आने के बाद वाले कुछ समय तक छोटा-मोटा कोई उत्सव ही चला था। टोल में से ढेर सारे बुज़ुर्ग मर्द-औरतें आतीं और पुरखुलूस अन्दाज़ में काकी की वापसी का स्वागत होता। काकी पद में बड़े आदमियों से घूँघट काढ़ कर दीवार की ओट में रहतीं। औरतों की बात पर ज़मीन निहारतीं रहतीं। मन उदास था, अन्यमनस्क था या कहीं गुम था। पता नहीं क्या! देह जो ज़िन्दगी भर डहाती रही था, इन सब के पश्चात् कुछ भी बेहद उल्लास से लबालब कर देनेवाला नहीं लगता था। ये लोग जो बेहद हर्षोल्लास से उन्हें अपनाने को उत्सुक थे काकी जानती थीं कि यह उल्लास कुछ दिनों पश्चात् सेरा जाने वाला है। क्या था उनके पास जो इतनी पूछताछ होती या हो रही थी? न जाँगर न धन! क्या वो सिर्फ़ इसलिए लाई गई थीं कि रामानुज व उनकी मेहरारू भक्ति-भाव से बूढ़-पुरनिया की सेवा करना चाहते थे? फकत सेवा-भाव क्या? न-न, फिर क्या था जो पकड़ में नहीं आ रहा था?

सुग्रीम की ईया रामानुज बो को सराह रही थीं, "बहुत बढ़िया हुआ दुल्हिन कि ई बूढ़ी को यहाँ ले आईं, बहुत नीक बुद्धि-विचार बा। राम जी बनवले रहस तोहके...!"

काकी ने मुस्कराते हुए अपनी बूढ़ी, झुर्रीदार, पटपटाती आँखों से देखा था। माकुर की अम्मा के चेहरे पर दर्प चमक रहा था और बस यही वो क्षण था जब छूटता हुआ एक महीन सिरा हाथ में आ गया था। खैर, तो जो हो सो हो लेकिन यह तय था कि कई सालों पश्चात् होनेवाली अपनी यह पूछ, तवज्जो उन्हें भली-भली-सी लग रही थी। उन्हें पुकारे जाने वाले सम्बोधन "काकी" में एक किस्म के सम्मान व दुलार का-सा आभास होता था।

शुरुआत ठीक थी। उसके बाद जाने क्या हुआ कि चीज़ें गड़बड़ाने लगी थीं। चीज़ों का गड़बड़ाना जैसे तयशुदा होता है। ठीक उसी तरह जिस तरह शुरुआत में चीज़ें एकदम सही, सरस व निश्चल ढंग से आगे बढ़ती हैं। वक़्त की ज़ुबान पर रटा होता था—

एक दिन पहुना,
दूसर दिन ठेहुना,
तीसर दिन केहुना।

काकी को ख़ूब सारी कहानियाँ आती थीं। कहानी में राजा होता था। उसकी सात रानियाँ थीं। भाग्य और विडम्बना थी। हर कहानी में चाय होती थी। तीसी और मिर्च की चटनी होती थी। यह तय था कि अगर काकी को सिंड्रेला की कहानी पता होती तो वो यही बतातीं कि सिंड्रेला की सौतेली माँ सिंड्रेला को बहुत कष्ट देती थी। बर्तन, पोंछा, रसोई सब करवाती थी। उसके बागीचे में कोंहड़ा फला था। सिंड्रेला सूखी लाल मिर्च का फोरन व खटाई डालकर कोंहड़े की सब्ज़ी बनाती थी। काकी के पास खाने व बनाने के अनगिन तरीके थे। काकी वे सब तरीके रामानुज बो को सिखा देना चाहती थीं। माकुर की अम्मा को यह बेवजह की दखलन्दाजी लगती थी। प्रगटतः वे चुप ही रहतीं पर करती वही जैसा वे करती आई थीं। कुछ चीज़ों की तो मजबूरी थी और कुछ मनचाहापन! जैसे कि काकी को बहुत तीखी-मसालेदार सब्ज़ी भाती थी, पर परिवार के बाकी सदस्य मिर्च-मसाले से कोसों दूर भागते थे। मजबूरीवश रामानुज बो को सादी सब्ज़ी बनानी पड़ती थी। कभी-कभी वो याद से काकी की सब्ज़ी में अलग से मिर्चें डाल देती थीं, कभी भूल जाती थीं। इस भूल जाने पर अक्सर काकी पिनक जातीं और उपवास रख लेतीं। यह 'रूठ जाने' का जताना था। काकी फिर गाँव के किसी भी दूसरे घर जाकर अपना उपवास तोड़ लेती थीं। घर वापस आने पर दुलार से, झिड़की से हर प्रकार उनकी मान-मनौवल होती। उन्हें मान जाना पड़ता। काकी लेकिन यह कभी नहीं बताती थीं कि वे बाहर खा चुकी हैं। 'मान जाने' का सबूत देने के लिए उन्हें घर पर भी खाना पड़ता था। यही ज़्यादा हो जाता। उम्र बढ़ने के साथ पेट की सीमाएँ छोटी हो रही थीं। पर इतने पर ही बस नहीं था। अक्सर काकी की जिद 'नकदावा-भउरी' या 'नयका चावल का भात' पर अड़ जाया करती। नया चावल गीला बनता था। खाने में स्वादिष्ट होता पर गरिष्ठ भी होता था। जल्दी पचता नहीं था। काकी की तबीयत अक्सरहाँ बिगड़ जाया करती। कभी रात में ही साड़ी ख़राब होती तो कभी पनोहा तक जा पाने के पहले ही कमरे में उल्टी हो जाती। माकुर की अम्मा उल्टी या मल साफ़ करके राख व पानी से फ़र्श लीप देती थीं।

घर में नया चावल पकाया जाना बन्द हो जाता। काकी टोला में कहीं जाकर खा आतीं। रामानुज जानते थे यह काकी का नहीं बुढ़ापे का स्वभाव है। बुआ काकी से कुछ कहतीं तो काकी बकरी की तरह पगुराने लगती थीं।

घर में दो दल बनने लगे। काकी अकेली पड़ गई थीं। खेल शुरू हो चुका था। पहले सिर्फ़ बुआ और काकी थे। माकुर बुआ के साथ हँस लेते थे। माकुर की अम्मा निरपेक्ष रहती थीं। रामानुज चतुर्वेदी का ज़्यादा वक़्त बाहर ही गुजरता था। धीरे-धीरे खेल शगल बनने लगा। माकुर की अम्मा में यह ऊब और झुँझलाहट बनकर जागा था। पहले माकुर की अम्मा बाहर की औरतों से कुछ सुनतीं तो सीधे काकी से जवाब-तलब होता था।

"जाके देख लीजिए टोल में! कोई अपनी सगी सास को तो करता ही नहीं है, पितिआउत की कौन पूछआछ हो!"

काकी इस दौरान फूँक मारकर सुर्रऽऽ-सुर्रऽऽ चाय सुड़कती रहतीं।

"ये नहीं कि सांति से चार रोटी खाएँ और राम का नाम लें...तो आप हैं कि घर-घर घूमकर खाना और हमारी कुचरई करना, यही तो आपका काम रह गया है।"

काकी उँह-उँह करके कभी इस करवट बैठतीं तो कभी उस करवट।

खेल जैसे-जैसे उत्तेजना की सीढ़ियाँ चढ़ता गया काकी की सब्ज़ी में मिर्चें न डालने की भूलों की दर भी बढ़ती गई। इसी अनुपात से काकी का अपच व दस्त भी बढ़ता गया। पर खेल एकतरफ़ा तो न था!! काकी की ख़राब हुई साड़ियाँ धोते वक़्त या फ़र्श पर राख लीपते वक़्त रामानुज बो अक्सर यह महसूस करने लगी थीं कि यह दस्त नहीं था। न यह मजबूरी में साड़ी ख़राब होना था। अब जो हो रहा था उसके हिसाब से काकी के पास इतना वक़्त आराम से होता कि वो रामानुज बो को जगाएँ और बाहर कहीं जाकर फारिग हो लें। इस बात के साफ़ होते ही माकुर की अम्मा के दिमाग़ में पहला ख़याल आया यह कि, बूढ़ी अब जान-बूझकर सबको पेर रही है।

गाढ़ी नींद में माकुर ने अम्मा की धीमी आवाज़ सुनी थी, "सुन रहे हैं जी?"

पिता नींद में कुनमुनाए थे। अम्मा थोड़ा झुक आई थीं।

"ई बूढ़ी तो तंग करके रख दी है।"

पिता ने बेनियाजी से करवट फेर लिया था।

"उँह...तुम जानो, तुम्हारा काम जाने!"

पिता की छाती माकुर की तरफ़ थी। दरवाज़े बन्द थे। रोशनदान भर से दूधिया रोशनी अन्दर छिटकी थी। चाँदनी में अम्मा का आधा चेहरा दिख रहा था। अम्मा गर्दन खुजा रही थीं। चूड़ियाँ धीमे-धीमे खनकीं। लिहाफ की गर्मी में दुबके माकुर आँखें ओट से बाहर निकालकर टुकुर-टुकुर देख रहे थे। माँ के चेहरे पर थकान थी। माँ का वह थका चेहरा माकुर को याद रह गया था। हमेशा के लिए! उन्हीं किन्हीं ठिठुरती रातों में नलके पर काकी की ख़राब साड़ियाँ धोतीं, फ़र्श लीपतीं या हाथ पोंछती अम्मा के फेफड़ों में बर्फीली हवा जम गई थी।

माकुर चौकी पर बैठे रफ के पन्ने पलट रहे थे। पन्नों के बीच बहुत पहले की मोरपंखी पड़ी थी। मोरपंखी पर चॉक के नन्हे-नन्हे कण थे। सुग्रीम बताता था कि मोरपंखी को चॉक खिलाने से वह बच्चा देता है। सुग्रीम, माकुर का बहुत अच्छा संगी था। चौथी पास करते ही वह आगे की पढ़ाई के लिए अपने ननिहाल चला गया। चॉक प्राप्त करने के लिए माकुर सबसे पहले स्कूल पहुँचकर श्यामपट्ट साफ़ कर देते थे। घंटी बजते ही जैसे सर जी जाने को होते माकुर टेबल पास चले आते, "सर जी, एक चॉक दीजिए न!"

सर जी हँसने लगते, "क्या करोगे चॉक चौबे जी?"

माकुर सकुचाए से खड़े रहते। कक्षा का कोई लड़का उठकर कहता, "सर जी मोरपंखी को खिलाएगा।"

कभी सर जी चॉक दे देते। कभी कहते, "अभी परसों ही तो दिया था। जाओ बाद में देंगे।"

माकुर तब चॉक चुरा लिया करते। इधर काफी दिनों से वो मोरपंखी को चॉक खिलाना भूले हुए थे। माकुर ने रफ बन्द कर दी। कवर पर ऋतिक रोशन मुस्करा रहा था। उन्हें ऋतिक बहुत पसन्द था। ऋतिक की मूँछें नहीं थीं। माकुर काली स्याही वाली कलम से उसकी मूँछें बना रहे थे। अचानक ही बिना शोर धन्न-धन्न की आवाज़ हुई। जैसे दूर घने बादल धीरे-धीरे गरज रहे हों। माकुर ने हैरत से इधर-उधर देखा। घनघनाहट में निरन्तरता थी। बुआ दाल धो रही थीं। बुआ ने माकुर को देखा, माकुर ने बुआ को। माकुर ऋतिक की मूँछें बनाने लगे। बुआ धीरे से दुपट्टे के भीतर हाथ ले गईं। ऋतिक रोशन की मूँछें मोटी होने लगी थीं। घनघनाहट फिर शुरू हो गई। बुआ जल्दी से दाल धोकर दुपट्टा सँभालती कमरे में चली गईं।

वह मोटोरोला का घिसा हुआ काला-सफ़ेद सेट था। अम्मा ने कुरुसिया से मोबाइल के लिए एक छोटा-सा पर्सनुमा टँगना बुन दिया था। शुरुआत में टँगना बुआ के कमरे में लटका रहता था। फ़ोन बजता नहीं था। घन-घन काँपता था। माकुर को अनायास एक गुजरा हुआ दिन याद आया था।

अमरूद के पास माकुर लट्टू नचा रहे थे। लट्टू की कील ज़मीन में धँसी गोल-गोल घूम रही थी। उसके चारों तरफ़ मिट्टी का नन्हा पतला गोल ढेर लग गया था। जाड़ों की धूप में अम्मा बुआ की ढील हेर रही थीं। अम्मा कुछ-कुछ कह रही थीं। कहने में मोबाइल, घर, गाँव, इज्जत और पिता का नाम जैसे शब्द बार-बार तैरते थे। बुआ चुप-चुप रो रही थीं। माकुर पास आए थे, "अम्मा क्या हुआ, बुआ काहें रोअत हईं?"

"जाओ यहाँ से, तुम्हारे काम की बात नहीं है।" अम्मा ने झिड़क दिया था।

अब अम्मा नहीं थीं। फ़ोन कहीं नहीं दिखता था। पिता समय से पहले खेत पर निकल जाते थे।

खपड़े पर चिरइयाँ चहकने लगी थीं। माकुर आँगन में निकल आए। पहली श्यामा अपने चूजों की चोंच में पानी की बूँदें डाल रही थी। दूसरी श्यामा कहीं दूर से सूखी घास व तिनके चोंच में दबाए आती और खपड़े पर रखकर चह-चह-चह-चह चहकने लगती। घोंसला लगभग तैयार होने की कगार पर था। माकुर को चिरइयाँ बड़ी प्यारी लगती थीं...मीठी-मीठी! उनका बहुत मन होता था कि काश! श्यामा उनकी हथेली पर आकर बैठती। वो धीमे-धीमे उसके पंख सहला पाते। चिरइयाँ अपना नन्हा-सा सिर दबा लेतीं उनकी हथेली पर! अनायास ही माकुर के मन में एक शब्द आया था—फुदकी!

फुदकी बड़ा जुलुम कई दिहलुऽऽ,
अँगना में खोंता लगवलु नऽऽ!

फुदकी, फुदक रही थी। माकुर ख़ुश हो गए।

छुट्टी की घंटी बजती थी और अचानक जैसे समुद्र की एक लहर उमड़ती हो। माकुर पलकें झपकाते थे और कक्षा खाली हो जाती थी। कहीं-कहीं से उखड़े ब्लैक बोर्ड पर इतिहास के प्रश्न-उत्तर लिखे थे। माकुर को इतिहास बहुत उबाऊ लगता था पर इससे मुक्ति का कोई उपाय नहीं था।

पीछे की दीवार पर गांधी जी का फ़ोटो चिपका था। सर जी की टेबल पर चॉक के टुकड़े पड़े थे। चॉक को उचटती निगाह से देख माकुर बैग कन्धों पर डालकर निकल आए थे। धीरे-धीरे चलना दरअसल एक दृश्य से दूसरे दृश्य तक नज़र का हिलना भर था। नज़र के साथ क़दम जुगलबन्दी कर रहे थे। दुनिया रंगबिरंगे चित्रों से भरी पड़ी थी। पहले माकुर की दुनिया माँ थी। अब माँ नहीं थी। दुनिया बहुत बड़ी थी। माकुर छोटे थे। वह दुनिया के हर चित्र में खो जाते थे। सरेह में शीशम के नीचे बकरी के दो बच्चे खेल रहे थे। भैंस बैठी थी। बच्चे छोटे थे। भैंस थी ख़ूब बड़ी। बच्चों के लिए भैंस पहाड़ थी। एक बच्चा पहाड़ पर चढ़ गया और कूद-कूदकर खेलने लगा। पहाड़ चुपचाप बैठा था। तभी दूसरा छौना भी चढ़ गया। भैंस ने पलटकर देखा। बच्चे सरककर नीचे गिर पड़े। बकरी धीमे-धीमे आई। बच्चे थन से मुँह लगाकर पीने लगे। माकुर मुस्करा उठे।

घर, बाहर से भी चुप-चुप दिखता था। बाजू में बेर का पेड़ था। पेड़ पर हरी पत्तियाँ थीं। ज़मीन पर पीले पत्ते बिखरे थे। बेर की गाँठ से कुछ रिस रहा था। पलानि की छप्पर कमज़ोर हो गई थी। मुख्य दरवाज़े का एक पल्ला खुला था। बस्ते के बोझ से कन्धे दुखने लगे थे। माकुर ने बस्ता उतारकर काकी की खाट पर रख दिया। काकी अभ्यस्त सी आधी नींद में बेना डुला रही थीं। पिता सुबह ही किसी दूसरे गाँव गए थे। अमरूद की सूखी बेपत्तों की एक डाल पर माकुर की बहुत पुरानी कोई लाल शर्ट टँगी थी। शर्ट अब बतौर पोतन इस्तेमाल होती थी। खपड़े पर कोंहड़े की बेलों के बीच श्यामा चिरई का दूसरा घोंसला भी बन गया था। पहली श्यामा के नन्हे चूजे आसमान की ओर मुँह खोले बैठे थे। दूसरी श्यामा ने हाल-फिलहाल तीन अंडे दिये थे। तरियाई हुई तसली की पेंदी मिट्टी सहित काली पड़ गई थी। तसले में चावल के कुछ सूखे दाने चिपके थे। थाली की सूखी दाल पर मक्खियाँ बैठी थीं। छाँह पनोहा से आगे जा रही थी। बुआ का कमरा बन्द था। अक्सर दुपहरियों की गर्म हवा में मिट्टी का यह कमरा रहस्य की साँकल चढ़ा लेता था। उस दुपहर साँकल में झिर्री भर जगह छूट गई थी। उत्सुकता की आँखें झिर्री से चिपक गईं। रात भर फ़ोन काँपता था। दुपहर में बुआ काँप रही थीं। उत्सुकता की आँखों में हैरत व डर भर गए थे। आँखों से ठीक ऊपर दरवाज़े व दीवार के जोड़ पर हाड़ा ने छत्ता बनाया था। छत्ते की भुरभुरी मिट्टी उनकी पलकों पर गिरी। माकुर हड़बड़ा गए। हड़बड़ाहट में शोर था। माकुर को लगा कमरे का शोर अवाक् रह गया है। वो जान-प्राण छोड़कर भागे।

सरपट भागते हुए माकुर को जो ठौर मिला वह 'बाबा का वन' था। वन में पोखर था। पोखर के तीन ओर घाट थे। घाट पर अनगिन प्रकार के पेड़-पौधे थे। एक ओर सीढ़ियाँ थीं। सीढ़ियों पर काई की पपड़ियाँ थीं। कोना, पान की पीक से लाल हुआ पड़ा था। पान मसाले की पन्नियाँ व भूरी पत्तियाँ बिखरी थीं। पानी नीचे चला गया था। माकुर के भीतर जल्दी-जल्दी धक-धक हो रही थी। धक-धक का शोर सिर्फ़ दौड़ने के बायस नहीं था। माकुर को लग रहा था कि अभी वो एक बड़ी गलती कर आए हैं। जंगल खामोशी से माकुर की धड़कन सुन रहा था। कोई चिड़िया कभी-कभी टिट-टुइट-टुइट...टिट-टुइट का राग अलापने लगती थी। बरगद की किसी हथेली पर बैठी चिरई पच्च से माकुर की शर्ट पर फारिग हुई। फिर इत्मीनान से पूँछ झाड़कर फुर्र हो गई। माकुर नीचे उतरकर बीट धोने लगे। उन्हें महसूस हुआ कि इस छप-छप के अलावा अन्य कोई आवाज़ वन में नहीं है। पर यह शायद पहली बार था जब उन्हें डर नहीं लगा जरा भी नहीं। प्रत्येक सावन की सप्तमी को गाँव की सारी लड़कियों को घर से बाहर भगा दिया जाता था। उस दिन बरहम बाबा की पूजा होती थी। कहा जाता था कि कुँवारी लड़कियों को इस पूजा प्रसाद के धुएँ से भी दूर रहना चाहिए। पूजा से पहले घर का कोई भी पुरुष बरहम बाबा के मन्दिर में नेवता देने जाता था। पिता के अनुपस्थित रहने पर माँ यह काम माकुर से करवाती थीं। मन्दिर में पहाड़ सरीखा सीमेंट का एक बड़ा पिंडा था जिस पर धोती लपेटी हुई थी। ये बरहम बाबा थे। थोड़ी दूर पर सीमेंट की चार नन्ही पिंडियाँ थीं जिन पर रंगबिरंगे कपड़ों की कतरने रखीं थीं। ये सती माता थीं। ये अच्छे लोग मर चुके थे। माकुर को मरे हुए के नाम से ही असीम डर लगता था। दुपहर की ओर बढ़ती सुबह में अम्मा जब माकुर को नेवता देने भेजती थीं तो माकुर की रूह काँपती थी। कई दफे तो माकुर बिना नेवता चढ़ाए बीच जंगल से ही भाग आते थे। पर अम्मा के जाने के बाद से ही यह ऐसी मामूली चीज़ लगने लगा था जो भूलवश कहीं इधर-उधर रख दी गई थी, और अब अचानक मिल गई हो। भय फटकर छितरा गया था। उसकी जगह शून्यता, उदासीनता, सन्नाटा व थके हुए दुखों ने ले ली थी। माकुर थहरा कर बैठ गए।

दिन खपड़े की छत पर कौवा था। उसके उड़ने की राह तकी जाती थी, पर वह तयशुदा वक़्त पर ही पंख फड़फड़ाता था। पंखों की फड़फड़ाहट में लय थी। दिन लय पर थिरकते बढ़ रहे थे। गुजर रहा लम्हा बेसुरा लगता था।

गुजर चुके दिन बाँसुरी की उदास धुन की तरह याद आते थे। माकुर के पास अधिकांश छुट्टे दिनों के सिक्के थे। ये सिक्के पुराने से भी पहले के थे। कार्तिक के उतरते दिनों की चढ़ती साँझ में अम्मा चौकी पर बिठाकर उनके बालों में तेल लगाती थी। नन्हे माकुर जल्दी हाथ आते ही नहीं थे कि तेल से उनकी मालिश की जाए। बड़ी मुश्किल से बुआ उन्हें फुसलाती थीं, "ऐ बाबू...दूध भात खईबऽ...?"

माकुर की मुंडी हाँ में हिलती थी।

"बाघ मारे जईबऽ...?"

"हुम्म!"

"सियार काटी त डेरईबऽ ना न?"

माकुर अभी 'ना' में मुंडी हिलाते ही थे कि बुआ सामने जोर की ताली बजा देती थीं...'थप्प'। माकुर भय से आँखें पटपटा देते थे। बुआ हँसने लगती थीं, "बाबू डर गया...बाबू डर गया!"

माकुर अम्मा की गोदी में मुँह छिपा लेते थे। अम्मा माकुर के बाल चूम लेती थीं, "मेरा बाबू तो खुद शेर है भाई!"

गोदी गौरैया का घोंसला थी। चूजे इत्मीनान से सुस्ताते थे। वक़्त नदी था। जीवन गड्ढे में अटक गया बारिश का पानी बन चुका था। माकुर अँजुरी भर बासी जीवन उठाते थे। पानी ठहरता नहीं था। उँगलियों की फाँक से कतरा-कतरा टप-टप चू जाता था। डबडबाए पानी में अम्मा और बुआ की गड्डमड्ड तस्वीरें थीं। इन गड्डमड्ड स्मृतियों के बीच अगर कभी तीखी नाक व सन से उजले बॉब कट बालों वाली काकी का चेहरा झिलमिला भी जाता था तो माकुर को गहरे अपरिचय का बोध होता था। एक ऐसा अपरिचय जो घर नहीं सराय में ठहरा था और जिसने उनकी अम्मा को बुरी तरह थका दिया था। काकी के प्रति माकुर के हृदय में घृणा से अपरिचय के बीच का कुछ था। वे मन-ही-मन काकी से कट्टीस थे। गाढ़ी-पक्की कट्टीस।

तुरन्त बुझे दीये की तरह घिरती साँझ की भी एक गन्ध होती है। पानी में झिलमिलाते बिम्ब साँझ के कोने में छिप गए थे। साँझ के स्वागत में बरतन धुलकर रोशनी करने का नियम था। माकुर को लौटना चाहिए था।

घर अपना नियम पूरा कर चुका था। दियरख पर रखी ढिबरी की लौ धीमे-धीमे डोल रही थी। हवा डोल-डोलकर ठहर जा रही थी। पिता चुपचाप कुर्सी पर बैठे थे।

माकुर बीच आँगन में आकर ठहर गए। उन्हें समझ नहीं आ रहा था कि अभी एकदम ठीक-ठीक क्या करना चाहिए। वो बाल्टी से पानी निकालकर हाथ-पैर धोने लगे। पिता ने इत्मीनान से उन्हें देखकर मुँह फेर लिया। अब यह साफ़ था कि पिता भी अभी ही घर लौटे थे और माकुर की घर से लम्बी अनुपस्थिति की बाबत सर्वथा अनभिज्ञ थे। बुआ कनखी से देख रही थीं। माकुर ने इमरजेंसी जलाई। इमरजेंसी भुकभुका कर बन्द हो गई। वो दियरख से ढिबरी लाकर चौकी पर रख दिये। दुमुँहा में बस्ता लेने गए तो बस्ता वहाँ न था। माकुर जानते थे बुआ ने बस्ता 'जबरा' वाले कमरे में रख दिया होगा। उन्हें अजीब-सा महसूस हुआ। शर्म, ग्लानि, उदासी, पता नहीं कैसा तो। बुआ तो समझ गई होंगी न कि वे माकुर थे। बुआ का चेहरा चकला-बेलन में धँसा था। रोटी बेलने के क्रम में चकले की लयबद्ध खट-खट थी। बुआ से बड़ी बुआ की परछाईं भी रोटी बेल रही थी। काकी मुँह हिलाती चिन्तित-सी माकुर को देख रही थीं। काकी की भी परछाईं दीवार पर हिल रही थी। तिलचट्टा इधर-उधर दौड़ रहा था। ढिबरी की जर्द रोशनी में इतिहास की पाठ्यपुस्तक थी। दूर कहीं सियार का हुआँ-हुआँ यहाँ ढिबरी तक सुनाई पड़ रहा था। यह सब कुछ जैसे हुआ जा चुका चल रहा था। जैसे किसी इतिहास की किताब का कोई बेहद उदास और उबाऊ अध्याय था यह या किसी अख़बार के सौ-डेढ़ सौ साल पुराने अंक की कोई धुँधली अकड़ चुकी कतरन!

नींद की तलहटी में उतरती आँखों में स्मृतियों की रेत किरकिरा जाती थी। मार्च के आख़िरी दिन थे। रात छरहरी थी। अब जल्द ही भागने लगी थी। जल्द भाग जाने वाली रात रास्ते में ही होती थी कि, माकुर महुआ चुनने भाग जाते थे। यह बेनींदेपन से भागने का उपक्रम था। माकुर किवाड़ खोलकर बाहर आए तब पता चल कि रात आधे रास्ते में ही थी। पहली श्यामा का चूजा चहका था। श्यामा ने अपने नरम पंखों से बच्चे को थपथपा दिया, "अभी बहुत रात है... छो जा बेटा, छो जा!"

किसी लेट-लतीफ ट्रेन की धड़धड़ाहट सुनाई पड़ रही थी। माकुर को यूँ लगा जैसे ट्रेन के साथ-साथ उजली रोशनी के चौकोर टुकड़े भी पार हो रहे थे। ट्रेन के बाहर खड़े रहने पर ट्रेन कुछ भी नहीं बताती थी। ट्रेन एक उदास शहर थी। उसकी खिड़की से बाहर तारों भरा आसमान था। तारों के पास अपना प्रकाश नहीं था। सूरज माँ था। सिर्फ़ देता था।

अब सूरज बुझ गया था। बुझे सूरज पर राख का ढेर जम गया था। माकुर अतृप्त इच्छा की सूखी लकड़ी से धीरे-धीरे राख हटाते थे। दुनिया से खो चुके शब्द राख के नीचे मरे-मरे-से टिमटिमा रहे थे...साथ याद, जीवन, स्वप्न, नींद और माँ। माँ यानी कि सब कुछ। वह छुट्टी की दुपहरियों में माकुर के साथ होती थीं। दुमुहाँ में खाट पर चित्त सोई थीं। माकुर उनके पेट पर टाँगें चढ़ाए लेटते। उनका एक हाथ माँ की गर्दन से लिपटा होता। आँगन में पछुआ बह रही थी। पुरानी साड़ी के पर्दे उड़-उड़ जाते। किसी कोने से बिल्ली म्याऊँ-म्याऊँ करती थी।

माँ जानती थी कि रोने से थकी आँखों में नींद दबे पाँव आकर सपनों की बालिश पर सिर रखकर सो जाती है। उसे पता था जिस तरह माँ के लिए रोया जाता है, उस तरह और किसी के लिए रोया नहीं जा सकता।

माँ, कहानियों की माँ को नींद के आगे चमका देती थीं। नींद के कान खड़े हो जाते थे। कहानी में माँ, शतदल की माँ थी। शतदल की माँ को अपना तयशुदा 'चले जाना' पता था। शतदल के कन्धे पर बस्ता था। माँ की दी हुई रेत भरी शीशी छाती से चिपकाए और दूसरी हथेली से आँसू पोंछते शतदल चले जा रहे थे। शीशी में आधी रेत हरी होने पर 'पिता' और बाकी रेत लाल होने पर 'माँ' का 'चले जाना' बन्द था। कहानी में एक शैतान था। चम्पा झकझोर कर शतदल से वजह पूछती थी। शतदल की लाल डबाडबाई असहाय आँखों में माँ की आख़िरी बात थी।

हमारे पास मत लौटना बेटा, दूर चले जाना। नहीं तो शैतान तुम्हें भी मार देगा। ख़ूब मन लगाकर पढ़ना। ख़ूब अच्छा काम करना। कोई देखे तो कहे अरे भाई, फलाने पंडित का बेटा तो बहुत बड़ा आदमी बन गया है!

माकुर पैरों से अम्मा को और कस लेते थे। शतदल के हृदय पर दुख का भार था, माकुर के हृदय पर कल्पना का। माँ कुशलता से कहानी का दुख पहलू दर पहलू नींद के आगे चमकाती जाती थी। नींद पास-पास खिसकती आती। रेत के हरे होने पर कल्पना का धैर्य चुक जाया करता। माँ कलेजे से लगा लिया करतीं, "कहानी ह पागल, कोई सच्ची में थोड़ेई है।"

कलेजे से चिपके सुबकते-सिसकते वे सो जाते।

सोते हुए माकुर के सपनों में आधी हरी, आधी लाल रेत भरी शीशी थी। सपने में सूना आँगन था। शतदल के पास माँ की आख़िरी बात रह गई थी।

माकुर चिहुँककर उठते थे। माँ रेंगनी से कपड़े उतारती मिलती। शतदल वापस कहानी में लौट जाते। माँ मुँह धो लेने को कहतीं और पौने साँझ गिल्ली-डंडा खेलने लगती। लेकिन अब हक़ीक़त ने याद की कलाई खींचकर उसे कहानी में मढ़ दिया था। धूसर फ्रेम में माँ मुस्करा रही थीं।

वह सुबह और सुबहों-सी न थी। सूरज कुहरे में लिपटा बोरसी की बुझती हुई आँच-सा टिमटिमा रहा था। रसोई या नलके पर कोई चहलपहल न थी। आँगन में करैत की खाल सा 'काल' पसरा था लिजलिजा व भयानक! दोमुँहा में बुआ जनानियों से घिरी सुबक रही थीं। काकी सिर पर हाथ धरे बैठी थीं। वह धीमे-धीमे पास चले आए। औरतों की भीड़ में किसी ने सिसकारी ली थी, "आय हो हमार बाबू!"

कुछ नींद व कुछ असमंजस में घिरे माकुर ने बुआ की बाँहें थाम लीं। बुआ माकुर से लिपटकर रोने लगीं। काफी देर बाद ख़बर मिली थी कि कुछ नहीं बचा। फिर अम्मा को अस्पताल से ही आगे पहुँचा दिया गया था। माकुर उन्हें नहीं देख पाए। उनकी स्मृति में पिछली रात की ही अम्मा रह गई थीं। बाद की कई रातों व सुबहों तक माकुर को ऐसा ही लगता रहा कि अम्मा कहीं गई हैं, और बस अब वापस आने ही वाली हैं।

इस 'आने' और 'न आने' के बीच माकुर बहुत दिनों तक टँगे रह गए थे।

बैगन की फाँक से दिखते उजले काँपते कीड़े को देखकर जैसी सिहरन होती है, बुआ को देखकर आजकल माकुर वैसा ही महसूस कर रहे थे। वैसी ही झुरझुरी भरी घृणा।

समीज पहने बुआ नलके की पटिया पर बैठीं अपनी एड़ियाँ घिस रही थीं। एड़ियों का रंग गाढ़ा गुलाबी था। माकुर लकड़ी की गिल्ली तैयार कर रहे थे। उन्हें कमरे में काँपती बुआ याद आ जाती थीं और वो मुँह घुमा लेते थे। फिर भी कभी-कभी नज़र बुआ की गर्दन के आसपास ठहर जाती थी। नहाकर तार पर कपड़े फैलाने के लिए बुआ माकुर के बिलकुल पास से गुजरीं। बुआ की देह में साबुन के अलावा भी कोई महक जैसी थी जो इस घर की गन्ध से बिलकुल छिटकी हुई, अलग-थलग-सी मालूम पड़ती थी। वो चुपचाप गिल्ली छीलते रहे। गीले बालों से भीगकर बुआ की समीज उनकी पीठ से चिपक गई थी। बुआ ने कपड़ों को निचोड़कर झटका। आँगन में बहुत दूर तक पानी की बूँदें छिटक गईं।

कपड़े तार पर फैला दिये गए। माकुर को बुआ अब एकदम दूसरी बुआ लग रही थीं। जैसे कोई रहस्यलोक, कोई अनजान शहर, जैसे कोई नई अपरिचित लड़की! वो बुआ से अब बचते थे। जाने क्यों बुआ ने भी फिर कभी पहल नहीं की।

सीमाएँ बँधी होने पर लोग एक-दूसरे से बँधे हुए प्रतीत होते हैं। एक ऐसे वृत्त का भ्रम जिसका हर सदस्य वृत्त का एक सा साझेदार था। इससे और कुछ होता हो या न होता हो सहने का थोड़ा बल तो आ ही जाता है। काकी सबसे पहले इस वृत्त से बाहर निकली थीं। चाय और मिर्ची ने उन्हें उबार लिया था। बुआ थीं। बुआ के रहने से अम्मा के ही 'रहे होने' का भ्रम था। अब बुआ निकल चुकी थीं। सपनों के रास्ते पर, आकांक्षाओं, हँसी, सुख, उम्मीद की दुनिया में। इसलिए अम्मा का न होना पूरी शिद्दत से उपस्थित था। माकुर के पास टूटी परिधियों वाला छूँछा वृत्त भर रह गया था।

पहले सिर्फ़ काकी अकेली थीं। काकी निरीह थीं। जब तक उनकी देह में बल था, वे निरीहता और अकेलेपन को पराजित किये हुए थीं। पर अब वक़्त उन्हें पराजित करने पर तुला था। लेकिन काकी स्त्री थीं, घुन्नी दुनिया देखी बूढ़ी स्त्री, जिसके पास पीढ़ियों से सहेजे खर-खानदान, दर-दयार, अड़ोस-पड़ोस की अनगिन कहानियाँ थीं, बेहिसाब किस्से थे, आसमान भर जितनी कल्पनाएँ थीं। दुनिया आज भी अँधेरी गुफाओं में मृतप्राय मांसल लोथ जैसे रहस्यों को उघाड़-उघाड़ कर देखने हेतु उतनी ही उतावली है जितनी सदियों पहले थी। इतिहास अर्थशास्त्र से भी रोचक विषय था। उस पर तुर्रा यह कि तृप्त जीभ के साथ बुढ़िया कमाल की किस्सागो भी हो जाती थी।

काकी सोचती थीं कि अच्छा ही है कि वे इक बूढ़ी अकेली स्त्री हैं, बूढ़ा पुरुष नहीं। बूढ़े पुरुष के पास ज़्यादातर अपनी स्मृतियाँ होती हैं। बहुत हुआ तो रामायण-गीता-महाभारत बाँचने भर की स्मरण शक्ति! बूढ़ी स्त्री के पास दुनिया भर के रहस्य होते हैं। वे घर के अंदरूनी कोनों में पैठ सकती हैं। रसोई के पास बैठी वे नीक-बाउर कुछ पकते को टकटकी बाँधे देख सकती हैं। बहुएँ इस भय से कि—बुढ़िया तबसे आँख लगाई बैठी है, बिना इसे खिलाए पूआ पचेगा नहीं—उन्हें पूआ थमा दिया करतीं। बूढ़े पुरुष का अहम उन्हें कभी यह करने की इजाज़त नहीं दे सकता। बूढ़ा पुरुष दुआर की चौकी पर, 'कौवाहँकना' की तरह बैठा हर आने-जाने वाले को टोक-टोककर कुशलक्षेम भर पूछ सकता था। काकी कहीं भी टाँग पसारकर कराहने लगतीं, "गोड़ बड़ा टटा रहा है।"

बहुएँ सहानुभूति की गदगदी हथेली से पैर मीसने भिड़ जातीं, "बताइए, रामानुज बो को जरा उबटन से आपका हाथ-गोड़ नहीं मीस देना चाहिए?"

काकी कल्पना व निन्दा के फन्दों से किस्सा-दर-किस्सा बुनती जातीं। ये सारे सुख बूढ़े पुरुष हेतु कतई अलभ्य थे। इसलिए बूढ़ी स्त्री, बूढ़े पुरुष की तुलना में कम असहाय थी।

लेकिन अब काकी अपने अकेलेपन से इतर माकुर का अकेलापन देख रही थीं। वे समझ रही थीं कि माकुर का अकेलापन उनके अकेलेपन से ज़्यादा सघन व निरीह है। उन्हें उबारने लायक कुछ भी नहीं है उनके पास। उनकी अम्मा की आख़िरी कोई बात तक नहीं। बस हठात् का ठिठका एक पल अपने पिलपिली देह के साथ बच गया था। माकुर बार-बार उस देह में उँगली चुभोकर उस पल के सचमुच ज़िन्दा रहने की तस्दीक करते थे। सरगोशियों में साँस लेता हुआ पल सच था। उस पल के ज़िन्दा रहते बाकी सब कुछ कहानी, स्वप्न व स्मृतियों का देश बन चुका था। काकी को माकुर पर जी भर के मोह उपजता था। काकी जरा-के-जरा उनकी तरफ़ आई थीं। माकुर बुआ को देखते थे। बुआ एक नई बड़ी सतरंगी दुनिया देखने में मग्न हो गई थीं। तो क्या हुआ कि माकुर काकी की तरफ़ जरा भी नहीं बढ़े थे, पर उन्होंने काकी से विपरीत भी तो क़दम न बढ़ाया था। वे खामोश वृत्त की टूटी परिधि देख रहे थे।

कच्चे आँगन के सन्नाटे में दुपहर को अमरूद की उड़ती सूखी पत्तियों के साथ उदासी का वलय सिमट आता था। छुट्टी के बाद भी माकुर का घर जाने का मन नहीं होता था। बेवजह इधर-उधर घूमते माकुर 'जोलहा' को देख उसके पीछे भागने लगते। 'जोलहा' डरी-डरी-सी कभी किसी पत्ती पर बैठती, तो कभी एल्युमिनियम के तार पर। उसकी पतली पूँछ लम्बी थी। पारदर्शी पन्नी से पंख थे। पंखों पर धूप पड़ती थी तो झिलमिल से सात रंगों की धारियाँ खिल जातीं। 'जोलहा' पकड़ में आ जाती तो हथेली पर सुस्त-सी कुछ क्षण बैठी रहती फिर मुक्ति का आभास होते ही अचानक उड़ जाती। कँटीली झाड़ियों पर एक पीला नाजुक फूल खिलता था। उसकी पंखुड़ियों को होंठों पर रखकर फूँकने से सीटी बजती थी। कभी सीटी बजती, कभी पंखुड़ियाँ 'फक्क' से फट जातीं। माकुर हँस नहीं पाते थे। यह सब कुछ नहीं था। बस वक़्त को आगे ठेल देता था। दुपहर अपने डैने समेटे शाम के कोने में किकुड़ने को होती थी, तब माकुर घर पहुँचते। काकी दुआर पर राह अगोरती मिलतीं।

माकुर जबरा वाले कमरे में बस्ता रख आते। बुआ गुनगुनाती हुई आँगन में झाड़ू लगाती, बर्तन माँजती या तार से कपड़े उतार, समेटती होतो थीं। अपने-अपने घोंसलों में चूजे और अंडे चुपचाप पड़े रहते। माकुर ने एक बार दीवार पर चढ़कर उन्हें देखा था। चूजे धीमी आवाज़ में चें-चें करने लगे थे। उसके बाद उन्होंने कभी चूजों को करीब से देखने की कोशिश नहीं की। थोड़ी दूर की ऊँची जगह से देखने पर भी वे दिख जाते थे।

कभी-कभी वक़्त आगे नहीं बढ़ पाता था। माकुर घर पहुँच गए थे। चांपाकल के आसपास गाढ़ी मोटी काई जमी थी। काई में ठहरे पानी पर हाड़ा मँडरा रहा था। खामोशी की चींटियाँ अंडे सँभाले कच्ची दीवार पर रेंग रही थीं। काकी सोई थी। बुआ का कमरा फिर बन्द था। बेशक माकुर बुआ से नहीं बोलते थे। पर शनैः-शनैः उनकी सारी चेतना बुआ के इर्द-गिर्द ही ठिठकने लगी थी। जो नई अनोखी चीज़ उन्होंने झटके में जरा-सी देख ली थी, वैसा ही कोई अवसर फिर से प्रतीक्षित था जैसे। कोई बड़ा राज़ जिसे पूरा जान लेने की उत्कंठा चरम पर थी। कन्धे पर बस्ता था। बस्ता भारी था। माकुर ने छुपकर दरवाज़े के भीतर झाँकने की कोशिश की। गर्दन दुखने लगी फिर भी वो झिर्री में आँखें लगाए खड़े थे। तभी, जाने क्या हुआ कि बिना किसी आहट-खटके के दरवाज़ा यकायक खुल गया। भाग जाने के लिए क्षण ही नहीं बचे थे। झुककर खड़े माकुर तुरन्त सीधे नहीं हो पाए। सामने बुआ थीं। शान्त और सीधी खड़ी। बुआ के चेहरे पर हैरत बिलकुल न थी, कुछ और था। माकुर सहम गए। बुआ चुपचाप उनके बगल से निकलीं। नलके पर जूठे बरतन थे। कड़ाही की पेंदी पर बुआ सर्फ मिला राख रगड़ने लगीं। कमरे में कोई नहीं था। बिस्तर पर पिता का रेडियो पड़ा था। रेडियो पर मद्धम आवाज़ में खड़खड़ाता कोई बिसरा पुराना गीत बज रहा था।

ठंडी हवाएँ बहने लगीं। भंडार-कोण बादलों से भरा था। माकुर चौकी के पास ठेहुन में ठुड्डी धँसाए टुकुर-टुकुर चींटियों की कतार देख रहे थे। श्यामा रेंगनी पर सुस्ता रही थी। बस्ता कन्धे पर ही लदा था।

"माकुर...!" काकी ने पुकारा।

"हुम्म...?"

"का हुआ मुन्ना...जाओ मुँह-हाथ धोकर कुछ खाओ-पीओ।"

माकुर कुछ क्षण वैसे ही निश्चल बैठे रहे। फिर उन्होंने धीरे से बस्ता ज़मीन पर रख दिया।

बारिश शुरू हो गई थी। बारिश की बौछार चेहरे पर हल्की चोटें पहुँचा रही थीं।

"दुख आदमी को माँजता है।" एक कबूतर आदमी इतना कहकर उड़ गया था। पर इसी दुख ने माँजते-माँजते माकुर को खँखोर डाला था। दुख सिर्फ़ किसी के चले जाने का नहीं था। दुख बढ़ गया था परिधि के टूट जाने से। किसी बहुत बड़ी मजबूत चहारदीवारी के गिरने से मकान की जो नगई दिख पड़ी थी उससे। रोना सिर्फ़ अकेले में सम्भव था। अकेले कच्ची फ़र्श पर रोते हुए उनके बाल, गाल, होंठों के किनारे व कपड़े धूल से सन जाते। सूरज दरवाज़े भर कमरे में होता था। पर जैसे ही किसी के आने की सुगबुगाहट होती माकुर धूलसनी हथेलियाँ पैंट में पोंछ खड़े हो जाते। उल्टी हथेलियों से वो आँखें पोंछ, कपड़े झाड़ने लगते। पास आया साया माकुर के पास ठहरकर उन्हें आँखों से जाँचने लगता था। कमरे में एक गुप्त गन्ध थी। साये को यह शरारत की गन्ध लगती थी। मुट्ठियाँ बाँधे माकुर अतिरिक्त रूप से सजग हो जाते। जाँचकर्ता की नज़र पैंट पर लगी धूल पर पड़ जाती।

"ये क्या है?"

"...!"

बदले में एक लम्बी डाँट झिड़क समझाइश...

साया मुड़कर चला गया। माकुर के कन्धे पर एक हथेली का स्पर्श हुआ था। माकुर चौंक कर मुड़े। शतदल उदास थे।

"क्या हुआ?"

"कुछ नहीं!" माकुर धीरे से बोले।

"मेरी भी तो माँ नहीं हैं।" वही लाल डबडब असहाय आँखें।

"तुम्हारी माँ तो कहानी में थीं।" माकुर की आवाज़ कुछ ऊँची हो गई।

"तुम्हारी माँ भी तो अब कहानी में है।"

"लेकिन मेरी माँ थी, सच में थी...!" माकुर चीखकर रोने लगे।

"सबकी माँएँ होती हैं। फिर सबकी माँएँ कहानियों में चली जाती हैं। सारी कहानियों में माँ होती है। दरअसल हर कहानी की शुरुआत ही माँ से होती है। जैसे कि कह लो एक घर था...वो घर माँ से था। एक श्यामा थी... श्यामा अंडों की माँ थी। एक आदमी था...तो इसमें बिन कहे ही माँ है।

क्योंकि बिना माँ के कोई आदमी कैसे हो सकता है? देखो मेरी माँ नहीं है, मैं बड़ा हो गया हूँ न! कितने दिनों से मैं बिना माँ के ही बड़ा होता रहा हूँ। तुम्हारी नानी से तुम्हारी माँ तक और तुम्हारी माँ से तुम तक!"

माकुर को लगा शतदल बूढ़े हो जाएँगे। तब भी ऐसे ही कहेंगे, देखो मैं तो बिना माँ के ही बूढ़ा होता रहा हूँ। पर नहीं, शतदल सिर्फ़ बड़े होते रहेंगे। कहानियाँ कभी बूढ़ी नहीं होतीं।

शतदल सन्त थे। सन्त के होंठों पर जीवन धीरे से आरामकुर्सी लगाए बैठा था। माकुर उसे देखने की कोशिश कर रहे थे।

"तुम भी अब बड़े हो जाओ माकुर!" जीवन उनके कानों पर अपने होंठ रखकर फुसफुसाया।

श्यामा घोंसले के पास पंख फड़फड़ा रही थी। वो एकटक उसका घोंसला निहारते रहे। पिछले साल गौरैया के घोंसले वाले दिनों में, एक दिन गौरैया की अनुपस्थिति में अम्मा ने धीरे से एक चूजा माकुर की नन्ही हथेली पर रख दिया था। नरम-नरम-सा नन्हा चूजा। डरा-सहमा-सा बिचारा सिमटा बैठा था। धीरे से पंख फड़फड़ा कर हथेली में और दुबक गया। कौवे-बिल्ली के डर से अम्मा ने जल्द ही उसे वापस घोंसले में रख दिया था। माकुर सोच रहे थे इस श्यामा का चूजा भी वैसा ही गोलू-मोलू सा होगा न? श्यामा का चूजा गौरैया के चूजे से अलग होता है न? जैसा कि गाय का बच्चा भैंस के बच्चे से? श्यामा, गौरैया, गाय, भैंस सब तो अपने-अपने बच्चों की अम्मा ही हैं न!

बारिश के साथ तेज हवाएँ भी थीं। सिहरन हो रही थी। माकुर खोए हुए से यूँ ही बैठे रहे चुपचाप! हवा का तेज झोंका आया।

"चें..! चें..! चें..! चें..!", श्यामा तड़पकर चीखी थी।

माकुर चौंक कर जागे। श्यामा लगातार चीख रही थी। माकुर डरकर खड़े हो गए। श्यामा के अंडे घोंसलों से लुढ़ककर खपड़े से नीचे छप्पर की आरी पर अटक गए थे। एक तीखे डर की लहर से माकुर सिहर गए। छप्पर के नीचे ईंटें बिछी थीं। माकुर के मन में सबसे पहले प्रार्थना आई। वो हाथ से अंडे उठाकर घोंसलों में नहीं रख सकते थे। श्यामा अंडों के पास मँडराती चीख रही थी। हवा का एक तेज झोंका आया। अंडे छप्पर की किसी सींक के सहारे अटके थे। माकुर की प्रार्थना बादलों से ऊपर नहीं जा पाई। अंडे एक के बाद एक टक्क-टक्क गिर पड़े। माकुर की चीख निकल गई।

"अरे का हुआ...?" काकी ने आवाज़ दी।

बुआ कान से फ़ोन सटाए हड़बड़ी में कमरे से बाहर निकलीं। उन्होंने माकुर को देखा। माकुर टूटे अंडे देख रहे थे। बुआ ने भी टूटे अंडे देखे। फिर कन्धे सिकोड़ कर अन्दर चली गईं।

"बेचैनी का टाटी है इ लड़का!" बुदबुदाती धीरे-धीरे चलती काकी पास आ गईं। माकुर अब भी अंडों का अवशेष देख रहे थे। अंडों का मूक जीवन फैला पड़ा था।श्यामा टूटे अंडों के चारों तरफ़ पंख फड़फड़ाती चीख रही थी।

"च...च...च...हाय राम! बेचारी रे चिरइया!"

टूटे अंडे देख काकी अफ़सोस में घिरी खड़ी थीं। शतदल की डबडब भरी आँखों से आज एक आँसू टूट गया था।

"ना भइया...रोओ नहीं! चिरई फिर अंडे देगी।"

काकी ने माकुर को अँकवार में ले लिया और अनुभव की कमज़ोर काँपती हथेलियों से आँसू पोंछ दिये। आँगन के नन्हे गड्ढों में यहाँ-वहाँ पानी जम रहा था। बारिश से उनमें बगूले बनकर टूट रहे थे। माकुर काकी की काग़ज़ों-सी खरखराती साँसों की स्पष्ट आवाज़ बिलकुल पास से सुन रहे थे।

श्यामा माँ थी। माँ होना कहानी के फ्रेम में चला गया था। अब सिर्फ़ श्यामा थी। श्यामा चिरई। लेकिन श्यामा तड़प रही थी। यह एक माँ की तड़प थी। उस माँ की जो माँ थी, पर अब नहीं है। श्यामा जब माँ नहीं थी तो श्यामा थी। अब श्यामा माँ नहीं है, तब भी श्यामा है। लेकिन इस बीच एक माँ की कहानी बन चुकी थी। माकुर के साथ कुछ अलग था। उनकी माँ थी। जब माँ, माँ नहीं थी तब लड़की थी। लड़की थी तो माकुर नहीं थे। जब माकुर आए तो लड़की माँ बन गई थी। माकुर के होने के समय से ही माँ थी। माँ थी तो माकुर थे, इसलिए अब माकुर ज़्यादा अकेले थे। पर एक खो देने का दुख था, जो एक सा था। श्यामा और माकुर एक साथ भोग रहे थे। काकी निकट चली आई थीं परिधि के। माकुर ने सुस्ती से पलटकर उन्हें देखा। माकुर की उम्र नहीं थी। उन्हें नहीं पता था कि चेहरे पर खो देना कैसे पढ़ा जाता है। पर कुछ था जिसकी लिपि अस्पष्ट होते हुए भी माकुर ने पढ़ लिया था। काकी की बरौनियाँ सफ़ेद थीं। उनके होंठों के किनारों पर लार का फेन जम गया था। माकुर ने उल्टी हथेली से उसे पोंछ दिया।

अनभ्यास का नियम

"सुनो ना! चलो सोचना-सोचना खेलते हैं।"

"पहले तुम!"

"अच्छा चलो मान लो एक ट्रेन, एक शहर में पहुँचा दे तुम्हें, रिक्शे-ताँगे, सबके सोए हुए होने के समय पर!"

"अब तुम दूधिया रोशनी वाले लैम्पपोस्ट के नीचे वाली बेंच पर बैठे सुबह को अगोरते हो! प्लेटफार्म के पीछे यूकिलिप्टस के पेड़ों का झुरमुट है। दस मीटर की दूरी पर हिचक-हिचक कर रोता हुआ पीले रंग का खिया चुका वेटिंग रूम है जो काई व सूखी बेल लतरियों से बजबजाया हुआ है।"

"अब तुम्हें लगता है कि इन यूकिलिप्टस के झुरमुटों के सहारे इस भूरी बेंच को कभी भी पहचाना जा सकता है।"

"पर दिक़्क़त यह है कि झुरमुट वाले यूकिलिप्टस खंड-खंड में पूरे प्लेटफार्म की पृष्ठभूमि में फैले हुए हैं।"

"तो ठीक है न, तुम लैम्पपोस्ट के सहारे बेंच को पहचानोगे!"

"पर सारी बेंचें तो लैम्पपोस्ट की रोशनी तले ही हैं।"

"लेकिन...लेकिन यह इकलौती बेंच है जो लैम्पपोस्ट के नीचे है, और जिसकी पृष्ठभूमि में है सफ़ेद ऊँची टहनियों वाला यूकिलिप्टस।"

"यानी कि, अब भूरे रंग वाली बेतहाशा बेंचों के बीच यूकिलिप्टस बनाम लैम्पपोस्ट वाली भूरी बेंच को कभी भी पहचाने जाने में कोई गुंजाइश शेष नहीं रहती।"

शहर को पहचानने की शुरुआत का रोमांच 'उपभोग के सीमान्त नियम' की तरह लागू होता है और अन्तत: रहनवारी के आख़िरी दिन जब तुम अपने

बोरिया-बिस्तर समेत लौटने वाले होते हो (ख़त्म ना रे) स्थगित होता है, बेतहाशा भूख में पहली रोटी की सन्तुष्टि की तरह।

उन दिनों चन्दा मामा यूँ टँगते थे आसमान में जैसे दूसरी क्लास के बच्चे ने अपनी ड्राइंग बुक में क्रमशः लेमन, येलो, और नेवी ब्लू से चाँद और बादल को रँग कर आसमान में फैला दिया हो। दिन बर्फ की तरह सरक जाता था उँगलियों से। पकी हुई पुरानी हवेली की छत की रेलिंग पर बैठने से भी रेलिंग नहीं टूटती थी और स्टील के कप से निकलने वाली सोंधी भाप के बीच शाम बीत जाती थी। शाम पीली थी, और जब सामने वाली इमारत की बाहरी मटमैली पीली दीवारों पर उतरती थी तो सन्तरे जैसे हो जाती थी, जानदार, रसीली।

इन्हीं दिनों 'व्योमकेश बख्शी' अख़बार की कतरनों से 'काँटे से कत्ल करने वाले' कातिल का पता छानता था। वो शरलक होम्स से आगे का जासूस था, जो धोती-कुर्ता पहनता था और रहस्यमयी यारकी वाली मुस्कराहट के साथ सफ़ेद खाकी वर्दी वालों से बतियाता था।

रजत कपूर अच्छा अभिनेता था, व्योमकेश बख्शी एक शातिर जासूस था। जासूसी का खेल चलता जाता था और रात गहराती जाती थी। रात काली थी, पर शाम के घिरते धुँधलके के बीच काली होती परछाइयों, घर के आँगन और बरगद की पत्तियों से कम काली थी।

चीज़ें तुरन्त छूटी हुई ट्रेन की रफ्तार जैसी आरम्भ होती हैं और ख़त्म होती हैं मौन पर। नितान्त अपरिचित सीने में अटका हुआ मौन जो अटता भी नहीं और निकलता भी नहीं।

अब एक छोटी-सी कल्पना और! कई-कई हजार साल बाद, जब एलियन्स पृथ्वी पर छुट्टियाँ मनाने आया करेंगे, मानव सभ्यता के उस दौर में भी हमारे-तुम्हारे जैसे सोचने वाले चिरकुट लोग, तमाम विकास यात्राओं के बाद भी चिरकुट ही बने रहेंगे! मान लोग ख़ूब सर्दी वाली रात में तुम अपनी रज़ाई में पड़े हो, किसी की बाँहों के तकिये पर सोए हुए हो।

बेवजह ही अचानक उचटी हुई नींद के बीच तुम्हें वो छूटा हुआ छोटा-सा शहर याद आता है और याद आता है परिचय की शुरुआत का निचाट-तन्हा स्टेशन। तुम अब के अब पहली ट्रेन पकड़कर पहुँचना चाहते हो वहाँ।

सोचो वहाँ क्या होगा?

इतना घना कुहासा, इतना घना कि लैम्पपोस्ट ढिबरी की मानिन्द टिमटिमा रहा होगा। प्लेटफार्म को बड़ा करने के अभियान के तहत पहला काम हुआ होगा, यह, कि, यूकिलिप्टस के पेड़ काटने पड़े हैं।

आधा अँधेरा, आधा कुहासा और थोड़ी-सी मरियल पीली रोशनी के बीच टटोलते हुए तुम बेंच से टकरा जाते हो। महसूसते हो उसे हाथों से। कोई आश्चर्य नहीं कि सबसे पहले तुम्हारी नज़र पृष्ठभूमि पर जाती है। तमाम अँधेरे के बीच भी तुम्हें दिख जाते हैं यूकिलिप्टस के ठूँठ!

अब आश्वस्त हो तुम!

अब देखो तुम्हारा पागलपन!

तुम बैठना चाहते हो इस बेंच पर पहले की तरह, टाँग पर टाँगें चढ़ाकर, या अधलेटे होकर, या कि चाहे बेंच की बाँह पर पीठ का भार देकर! चाहे जैसे पर पहले की तरह, पहली बार की तरह! पर देखो, तुम तो भूल गए हो पहली बार जैसी कोई भी चीज़।

जो कार्य बहुत लम्बे समय तक किया या दोहराया नहीं जाता है, वह भूल जाता है। इसी को अनभ्यास का नियम कहते हैं। (Douglas & Holland)

रोज़ रात को सोते हुए उस औरत को हमेशा से ही ऐसा लगता था कि जब वह सोकर उठेगी तो आश्चर्यजनक रूप से रास्ते पर कई तहों तक जम चुकी काई की परत उखड़ चुकी होगी जिन पर फिसल-फिसल कर लगातार वह गिरती रही है। ऐसा कुछ हो जाने की सम्भावना रोज़ जैसी ही तकरीबन नगण्य-सी होती थी। पर उसे दिन-ब-दिन लगता था कि सम्भावना प्लस वन की रफ्तार से भागती थी।

अब ऐसे में दो बातें थीं। पहली, कि ऐसा सचमुच हो जाए, हो जाए तो फिर क्या हो?

हो यह सकता था कि जो गोलियाँ पुलिस वालों की बन्दूकों से निकलकर निरीह गोश्तों में धँस चुकी थीं, वे उन गोश्तों से निकलकर वापस बन्दूक की नली में फिट हो जाएँ। गोश्त जो बारूद की जलन से निर्जीव हो चुके थे, पुनः सजीव होकर अपने-अपने कामों पर लग जाते।

मसलन् धरने पर बैठते, नारे लगाते, चावल की खेती करते शाकाहारी गोश्त। बन्दूकें थाने की सीलन वाली दीवारों से टिकी चुपचाप पड़ी होतीं। जिनके ट्रिगर वाले हिस्से पर थक्का-थक्का धूल जमी होती।

और लालझंडी वाला वह तानाशाह मुख्यमंत्री अपनी औद्योगिकीकरण की नीति पर इतरा सकता था—

धोन्यो धान्ये पुष्पे भोरा
आम देर एई वशुंधरा!

ऐसा न होने की स्थिति में दूसरी सम्भावना का अर्थ तवे पर रोटियाँ पलटने के क्रम में उँगलियों के सिरों पर भाप का लग जाना भर होता था। मजेदार बात यह कि भाप लग जाने पर उँगलियों का झटकना तक नहीं होता था, यानी कि इस कदर अभ्यस्त।

बगल कमरे से जबर्दस्ती आती हुई फुल वाल्यूम में समाचार की आवाज़ के बीच जब कभी मिर्चें तेज भुन जाती थीं तो देर तक छींक बनी रहती थी। यानी कि दोमुँहे स्टोव के एक चूल्हे पर रोटियाँ सेंकती औरत को चूल्हे के दूसरी तरफ़ ठीक समय व अन्दाज़ से कड़ाही में मिर्च का फोरन भी देना पड़ता था।

औरत इस एक साथ दो चीज़ों की कला में निपुण कतई नहीं थी, तो कुल जमा यह कि औरत को हमेशा स्लेटी मूड में रहने की आदत पड़ गई थी।

वो लड़की जैसी औरत थी, गो कि उसे औरत सिर्फ़ इस वजह से कहा जा सकता था क्योंकि उसकी माँग में दपदपाता सिन्दूर था, हाथ में शंख-पोला था और वो सलवार-कुर्ता न पहनकर साड़ी पहनती थी। औरत की आँखें उसके चेहरे से बाहर भागी हुई मालूम होती थीं। मधुबनी पेंटिंग्स सरीखी खिंची हुई आँखें और पूरी ज़िन्दगी में यही ऐसी एक चीज़ थी जिस पर औरत नाज कर सकती थी।

औरत को हमेशा भय लगा रहता था कि अगर वो ज़्यादा बोलेगी तो एक दिन ऐसा आएगा कि उसके पास कि, कि के बाद कुछ नहीं बचेगा। सो औरत 'डॉट' लगाकर आधी जगह (सम्भावनापूर्ण) खाली छोड़ देती थी।

मसलन् आदमी के सेकेंड हाफ में घर वापसी का समय शाम सवा चार होता था। औरत दरवाज़े की सिटकनी खोलकर, दरवाज़ा हल्का-सा भिड़ा भर देती थी।

आदमी साइकिल की बाईं तरफ़ के हैंडिल में सब्ज़ियों से भरा झोला लटकाए क्वार्टर के परिसर में प्रवेश करता था।

औरत खुद झोला थाम लेती थी।

"टमाटर?" औरत मुँह से नहीं पूछती थी।

“बड़ी महँगा हथी, बीस रुपिया किलो!” आदमी को मुँह खोलकर बताना पड़ता था।

औरत पूछ सकती थी कि “कटहल कौन सस्ता हलिए?” पर औरत ‘डॉट-डॉट-डॉट’ से भरा एक खाली स्थान चिपका देती थी साइकिल के हैंडिल पर!

क्वार्टर के अन्दर साइकिल प्रविष्ट कराता आदमी सहसा ठहर जाता था चौखट पर ही।

आदमी फिर साइकिल को वापस मोड़कर बागान में लाता था, और आम गाछ से टिकाकर खड़ा कर देता था, खुद अन्दर चला जाता था।

औरत जानती थी कि आदमी ने उस डॉट्स वाले खाली स्थान को साइकिल पर से उकाच कर फेंक दिया है।

ये उकाच देना औरत को बेतरह तकलीफ देता था। औरत सोचती थी कि वो किस दुकान से लाकर गोंद लगाए कि आदमी उस डॉट्स वाले खाली स्थान को उकाच नहीं पाए। और जो खाली स्थान आदमी को अन्दर ही अन्दर ख़ूब-ख़ूब मथ दे। इतना मथ दे, इतना कि आदमी परेशान होकर खुद ही उस खाली स्थान पर कुछ रख दे! जैसे कि...“क्या? बोलो! हाँ! तुम!” आदि-इत्यादि।

औरत जानती थी कि आदमी अप्रैल की दोपहरी से उकता कर आएगा तो सीधा घुसेगा नहानघर में और साबुन घिस-घिस के नहाएगा। आदमी चौहबच्चा से मग भर-भर के पानी निकलता था और देह भर का साबुन छुड़ाता था। देह का साबुन छुड़ाने के क्रम में बहुत सारा साबुन चौहबच्चा में भी चू जाता था। बाद में टंकी में झाँकने पर पानी के ऊपर सफ़ेद-सफ़ेद बहुत सारा कुछ तैरता नज़र आता था। औरत को इससे उबकाई आती थी। इसलिए औरत, आदमी के आने के पहले ही बाल्टी भर पानी टंकी से निकालकर रख देती थी।

आदमी समझदार था, सब बूझता था। इसलिए बाल्टी के सारे पानी से कपड़े धो डालता था, फिर साबुन घिस-घिस के नहाता था। औरत किरोसिन के लहराने वाले स्टोव पर चाय चढ़ा देती थी। वो पिछले नौ महीने से एक ही जगह पर स्टोव रखकर चाय बनाती रही थी। लगातार स्टोव के धुएँ से रसोई की वह दीवार चीकट-काली पड़ चुकी थी। औरत ने उसे साफ़ करने की बहुतेरी कोशिश की पर दीवार साफ़ नहीं हुई।

आदमी चाय पीने से पहले भर गिलास पानी पीता था। निरा छूछा पानी।

हालाँकि औरत ने पहलेपहल पानी के साथ गुड़ और बताशा जैसी चीज़ें देने की कोशिश की थी, पर कलकत्ता दूरदर्शन पर बांग्ला ख़बरें सुनता आदमी उसी बेपरवाही से बताशा को अनदेखा कर पानी का गिलास थाम लिया करता था, जिस बेपरवाही से वो टमाटर को अनदेखा कर कटहल मोल लेता था।

आदमी जब भी इस औरत को देखता था तो लगातार कई जन्मों से जीते रहने की एकरस उबाहट उसके अन्दर भर जाती थी।

आदमी चाय के ठंढी होने की भी प्रतीक्षा नहीं करता था और मोटी-मोटी भाप को परे धकेल कर बाकी चीज़ अन्दर उलीच लेता था। गर्म-तरल चीज़ छाती में जाकर और गर्म हो जाती थी, अन्दर फट-फट कुछ जलाती थी। पर आदमी की छनछनाहट बाहर नहीं आती थी। आदमी छाती जलती चीज़ के नीचे उतरने की प्रतीक्षा कर सकता था। जब चाय क्रमश: छाती से होती हुई पेट में रिस-रिसकर उतर जाती थी, आदमी के लिए कुछ जाहिर करना ज़रूरी हो जाता था। आदमी, कप को झन्न से रख देता था नीचे। आदमी साइकिल गेट से बाहर निकाल ले गया। औरत को दुख था कि उसने अच्छे-खासे क्वार्टर को सरायघर बना डाला था।

आसनसोल स्टेशन के पीछे दो कतारों में बारह-पन्द्रह क्वार्टर्स थे। ये क्वार्टर्स सबसे पुराने मॉडल के थे जिनकी छतें सीधी-सपाट न होकर, बीच के किसी महीन सहारे दोनों तरफ़ से तिरछी थीं।

क्वार्टर्स की कतार के सामने कोलतार की लम्बी, काली सपाट सड़क होती थी। पर एक फर्क होता था। क्वार्टर्स नीचे होते थे, सड़कें ऊपर होती थीं। सो क्वार्टर्स से निकलकर सड़क पर जाने के लिए चार या पाँच पायदानों की सीढ़ियाँ होती थीं। क्वार्टर्स के बागानों में उगे हुए आम, अमरूद, बेल व नीम की पत्तियाँ कोलतार की सड़क पर फैली रहती थीं और बरसात भगाने वाली तेज हवा के बीच इधर-उधर उड़ती रहती थी।

दिनभर गर्म धूल हवा के साथ मिली उड़ती रहती थी। लोगबाग लाल लाइनिंग वाली गमछियाँ माथे पर ओढ़कर ख़ूब तेज साइकिल भगा ले जाते थे। मजदूरनियाँ पीच वाली सड़क पर ना चलकर सड़क के किनारे आवारा उगी हुए भूरी-पीली घासों पर चलती थीं। नंगे पाँव उन्हें लम्बी दूरी तय करनी होती थी। दूर-दूर तक बस काले ताड़ गाछ के ठूँठ थे, नंगे मैदान में पीली-भूरी घास थी। पाँच पायदानों वाली सीढ़ियाँ धूप में तपती रहती थीं, पर फटती नहीं थीं।

साँझ के समय जब औरत इन सीढ़ियों पर पानी डालती थी तो अजब सी महक के साथ पानी गायब हो जाता था। औरत दो-चार बाल्टी पानी और डालती थी। धीरे-धीरे बरामदा और सीढ़ी पानी पीना बन्द कर देते थे, और पानी ठहर जाता था। इन्हीं तपती सीढ़ियों वाले क्वार्टर के दो कमरों में से पहले कमरे में औरत-आदमी सोते थे। कमरे में चार पतले-पतले खानों वाली रैक थी, जिनमें 'ट्रेन की समय सारणी' और 'पांचजन्य' जैसी अवाँट-बवाँट पत्रिकाएँ ठुँसी होती थीं। चीनी मिट्टी के हाथियों का एक जोड़ा रखा होता था, बाकी रैकें खाली होती थीं।

एक चौकी थी। दीवार से टिकाकर खाट रखी होती थी और बाजू में ही रखा होता था छोटा-सा स्टूल। क्वार्टर का एकमात्र पंखा स्टूल पर था।

टेबलफैन का जब स्विच ऑन होता था, तो वह एकबारगी ख़ूब तेज आवाज़ में घरघराता था। फिर बेआवाज़ बिजली की आपूर्ति होते रहने तक हनहनाता रहता था। रात के खाने के बाद आदमी बाहर खड़ी साइकिल को उठाकर अन्दर बरामदे में रख देता था।

औरत फिर अपनी खाट बिछा लेती थी।

सुबह औरत जब नाश्ता-चाय बनाती थी तो आदमी कंघी से बाल काढ़ता था।

औरत पहला कमरा पोंछ लेती थी। फ़र्श अभी गीला ही होता था, कि आदमी अन्दर बरामदे में खड़ी साइकिल बाहर निकाल ले जाता था। गीले फ़र्श पर साइकिल के पहियों के और पंजों के निशान बन जाते थे।

हाँफती हुई औरत अपनी थकान से दोगुनी थक जाती थी। औरत चुपचाप बाल्टी के पानी में पोंछन डुबकाती थी और निचोड़ कर फ़र्श दोबारा से पोंछ लेती थी।

तो आदमी चौकी पर सोता और औरत रस्सी की उरीची हुई खाट पर। रात में औरत को बड़ी तेज की गर्मी लगती थी। औरत अपने बिस्तर पर पानी छिड़क लेती थी और खाट के पास बाल्टी में पानी रखकर सोती थी।

गहरी रात में औरत हौले से उठकर बाल्टी के पानी से अपने हाथ-पैर भिगोती थी। हालाँकि ऐसा औरत बहुत एहतियातन करती थी, पर हल्की-सी खट की आवाज़ हो ही जाती थी। आदमी जैसे,ऐसे ही, किसी क्षण में जाग जाने के लिए ही सोता था। वो तकिये के नीचे टॉर्च टटोलता था और फिर 'उँहऽऽऽ' की आवाज़ कर, करवट फेर लेता था। औरत भीषण अपराधबोध में मुब्तिला हो जाती थी।

औरत साँस दाबे चुपचाप पड़ी थी। उसके पास हिसाब भी नहीं था कि उसने इन स्थितियों से बचने के लिए जाने कितनी बार न रोके जा सकने वाले आवेगों को सुबह तक के लिए स्थगित किया था।

औरत फिर खाट के दूसरी तरफ़ से उतरती थी, और कमरे की इकलौती खिड़की से लगकर खड़ी हो जाती थी। इसी खिड़की से बाहर जबरन बनाया हुआ एक रास्ता गुजरता था जिस पर पीली रोशनी वाली स्ट्रीट लाइट जगमगाती थी।

स्ट्रीट लाइट की रोशनी का कुछ हिस्सा कमरे में भी छिटका था। आदमी गंजी और पायजामा पहने तकरीबन नींद में ही सोता था। बाईं करवट में बड़े अन्दाज़ से, चौकी की आधी जगह छोड़कर। औरत का एकदम से मन करता था कि, वो बाकी बची आधी जगह पर जाकर सो जाए, पर आदमी की छाती पर जंगल की तरह उगे हुए काले बालों से उसे बड़ी घिन होती थी।

एक बात जो खिड़की के पास खड़ी औरत को कभी समझ नहीं आई कि आदमी ऐसे कैसे सो लेता है, कि सुबह उठने पर, उसके बिस्तर पर एक शिकन तक नहीं होती जबकि औरत का बिस्तर यूँ हुआ रहता जैसे उसे किसी ने बुरी तरह उजाड़ दिया हो।

औरत परेशान हो गई थी।

कभी उसे कुतरी हुई शर्ट मिलती, कभी कुतरी हुई साड़ी। औरत ने आदमी से पहली फरमाइश की थी...

“घर में बहुत सारा चूहा हो गया है, रोज़े कुछ न कुछ काट देता है लोग!”

आदमी माथा हिलाकर रह गया था, और ड्यूटी से वापिस आते हुए, एक दुकान से ‘चूहे मारने वाली दवा’ ख़रीद लाया था।

“एक ठो जीव का हत्या करना ठीक नहीं है!” का तर्क देकर औरत ने चूहेदानी मँगवाई थी। दवा को उसने अन्दर वाले रैक के किसी अँधेरे कोने में रख दिया था।

आदमी, शहर की हाट से लकड़ी की एक मजबूत चूहेदानी ले आया था।

चूहेदानी एक नन्हे बक्से जैसी थी। उस छोटी-सी जगह में हाथ डालकर औरत ने उसमें लटके हुए पतले से तार में, रोटी का टुकड़ा फँसा दिया था। औरत ने काठ की वह चूहेदानी रसोई के ऊँचे वाले ताख पर रख दी और दुनिया भर के कामों में बझ गई।

तमाम काम निपटा लेने के बाद और आदमी के फर्स्ट हाफ से वापसी के मध्य का समय नितान्त निजी और आजाद था।

औरत तेजपत्ता, अदरक और चायपत्ती झोंककर, कड़क चाय बनाती थी। गिलास में चाय लेकर आदमी की चौकी पर बैठ जाती थी। आदमी अभी बाहर था इसलिए अभी ये सब कुछ औरत का था, या यह भी कह सकते हैं कि आदमी और औरत का साझा सब कुछ!

औरत ने चाय का घूँट भरा।

खिड़की के पल्लों पर कई तह धूल जम गई थी। औरत ने अपनी तर्जनी से उस पर एक फूल बना दिया। फूल, धूप की हल्की रोशनी में चमकने लगा।

औरत ने बहुत पहले रेडियो पर सुना था कि सूरज आग का गोला है। तब से औरत जब भी सूरज को देखती, सोचने लग जाती कि आख़िर इतनी आग जलते रहने के लिए डीजल, जूट, गोइंठा, कोयला, कुछ तो चाहता होगा न भाई? तो इतना सारा सब कुछ कैसे जो आया होगा सूरज के पास? सूरज जलता रहा है, जलता ही जा रहा है। कब ख़त्म होगा इसका ईंधन?

औरत चाय का आख़िरी से ठीक पहला घूँट भरने वाली थी, कि तभी ख़ूब जोर 'खटाक' की आवाज़ हुई।

औरत चिहुँकी फिर मुस्करा भी पड़ी।

"फँस गए न महाराज!"

उसने बड़े आराम से आख़िरी घूँट लिया और गिलास खिड़की की रैक पर रख दिया। अपने ख़ूब लम्बे गीले बालों को मुट्ठी में मरोड़ कर उसने जूड़ा बना दिया। चूहेदानी लेकर वह कमरे में आ गई और फ़र्श पर पसर कर बैठ गई। वो एक अकेला नन्हा-सा चूहा था जो चूहेदानी में इधर से उधर उछल रहा था। औरत ने चूहेदानी की जाली से अपनी नाक सटाई, वहाँ सिर्फ़ काठ की सोंधी-सी महक थी और कुछ नही था।

औरत चूहे को छूकर देखना चाहती थी।

जाली के फाँक इतने महीन थे कि और किसी भी उँगली की गुंजाइश नहीं थी, सिवाय कनिष्ठा के।

कनिष्ठा चूहे की चिकनी पीठ पर हलके से फिसल कर रह गई। मासूम चूहा सहम गया और दुबक गया था डिब्बे के कोने में।

"तुम्हारा क्या करें हम, बताओ!"

औरत को प्यास लग आई थी। चूहेदानी को लिए हुए ही औरत ने घड़े से पानी निकाला और गट-गटा-गट पी गई।

"अरे, कितना मजेदार न!"

उसने चूहेदानी को बाईं ओर से तिरछा किया और चूहा बाईं ओर सरक गया। अब उसने चूहेदानी को उलट दिया, नन्हा चूहा जालियों पर लटक गया था और उसकी नन्ही सुतली जैसी पूँछ जाली से बाहर आ गई। औरत ने उसकी पूँछ को टोहा। नन्हकू काँप गया जरा-सा! चूहा चूँकि जाली पर था, इसलिए औरत उसकी देह का ज़्यादा से ज़्यादा हिस्सा छू सकती थी। वो बड़ी देर तक टोहती रही। चूहे की नन्ही-सी चिकनी देह।

आदमी का फर्स्ट टाइम की ड्यूटी से वापसी का समय हो रहा था। औरत ने चूहेदानी उलट दी और चूहा काठ की फ़र्श पर गिर गया था। फिर उसने चूहेदानी का दरवाज़ा खोल दिया पर सहमा-सा चूहा कोने में दुबका रहा।

औरत ने हथेली से चूहेदानी को थपथपा दिया और सरपट भागा चूहा गुम हो गया था, क्वार्टर के किसी बिल में।

अब औरत और चूहे के बीच एक साईं-गोटी थी।

औरत जब जी चाहे क्वार्टर के किसी भी कोने से चूहे को उठा लेती थी और फिर उसे जब जिस कोने में जी चाहे वहाँ छोड़ देती थी।

धूल हवा से उतर जाती थी। तब, धूल और पानी का मौसम आता था। धूल पानी में घुल गई थी और थपर-थपर फैल गई थी पीच वाली सड़क पर, सीमेंटेड सीढ़ियों पर, बरामदों पर, हद हो गई जी कि कपड़ों पर भी!!

'शायद अब बारिश रुक जाए कि तब बारिश रुक जाए' की सम्भावना ने सूरज के ढलते जाने की भी परवाह नहीं की थी। आख़िरकार इस सम्भावना को खारिज कर आदमी साइकिल और काला जेंट्स छाता लिए सड़क पर आ गया था। आदमी को रेनकोट लेना औरताना लगता था। कुछ देर पहले जोर-शोर से बरस रहे आसमान का जोश ठंडा पड़ गया था। फुहार थी, जो चेहरे पर गुदगुदी करती थी।

आदमी ने छाता बन्द कर बाईं हैंडिल पर टाँग दिया था। रात थी, चमकती हुई पीली-नारंगी स्ट्रीट लाइट्स थीं, भीगी हुई काली सड़क के ऊपर गहरा आसमान था।

अमूमन शान्त न रहने वाली ये सड़क आश्चर्यजनक रूप से सून-सपाट थी।

साइकिल लिए होने के बावजूद मस्ती में पैदल चलता आदमी तीन-चार सेकेंड्स के लिए एक स्ट्रीट लाइट के नीचे ठहरा था। आदमी ने अपनी गोल डायल वाली घड़ी में समय देखा था। सड़क के दूसरी ओर डैम था काला रहस्यमयी चुप्प! हवा इतनी नाजुक थी, कि बस रोएं सिहरा कर सरक जाती थी। स्ट्रीट लाइट की पीली रोशनी लकीरों की तरह सोई पड़ी थी डैम की सघन चुप्प सतह पर। आदमी ने सड़क पर से एक कंकड़ उठाया और दे मारा डैम में। उँगली की नोक भर दरवाज़ा खुला डैम का, और गोल-गोल कुछ हिलने लगा, जैसे या तो उँगली की नोक भर दरवाज़े में समा जाएगा या बह कर निकल जाएगा डैम की परिधि से बाहर। पर पीली रोशनी की लकीरें सतह पर धीमे-धीमे नाचकर थिरा गईं, हलचल जाने कहाँ बिला गई, किस खोह में?

झींगुर गूँज रहे थे, मेढक की टर्र-टर्र भी!

और एकबारगी आदमी के दिमाग़ में आया था, क्या होगा इस डैम के अथाह पानी के नीचे? दलदल? निरा गाढ़ा दलदल? दलदल के नीचे ठोस ज़मीन? ठोस ज़मीन पर रिसता हुआ डैम का पानी! रिसता हुआ पानी और रिस-रिसकर तैयार होता दलदल!!

और दलदल के नीचे भी दलदल।

यानी कि पृथ्वी के एक छोर पर अगर डैम था, तो उस डैम के नीचे पृथ्वी के ठीक दूसरे छोर पर क्या होगा? दलदल ही न? कंकड़ जो डैम में उछाला गया था, पहुँच चुका होगा अब तक दलदल की पहली परत पर। और दलदल की लिजलिजी देह में धँसते-धँसते सम्भव है किसी काल खंड में निकल गिरे दलदल की आख़िरी सतह से।

क्या होगा उस एक कंकड़ का?

पृथ्वी के पर्यावरण से निकलकर गुम हो जाएगा अन्तरिक्ष के अंधार में, या चक्करघिरनी की तरह घूमता रहेगा पृथ्वी के गुरुत्वाकर्षण में?

"क्या चूतियापंथी है? चोप्प साले चोप्प!!"

हवा थी, पत्तों का डालियों पर डोलना था, सरसराते साँप का गुजरना था, थोड़ी दूर पर नज़र आते बाज़ार की जगमगाहट थी, चेहरे पर हेडलाइट की रोशनी फेंकते हुए स्कूटर का गुजर जाना था और इन सब के बीच चिरकुट-सा जीवन था।

आदमी रुक गया था। अपनी तीसरी छलाँग के बाद एक मेढक साइकिल के सामने आ गया था। चौथी छलाँग में मेढक ने सड़क पार की, आदमी आगे बढ़ गया।

आदमी जब यहाँ आया था तो ताजा-ताजा ही जवान हुआ था। कुल जमा बीस बरस का। आदमी को तब क्वार्टर एलॉट नहीं हुआ था, सो आदमी हट्टन रोड में मंटू घोष के यहाँ किराये पर रहता था।

झड़े चूने और खिया चुके प्लास्टर वाले मंटू घोष के विरासती मकान की खिड़कियाँ सीढ़ीदार आकार में थीं। जिन पर किसी जमाने में सुआपंखी रंग का पेंट चढ़ा होगा।

दिन में भूरे रंग का दिखता वह मकान रात में एकदम स्याह हो जाता था। खुली हुई खिड़कियों के गुलाबी फूलों वाले परदे हिलते रहते थे, और झक पीली रोशनी बाहर गली तक छितराई रहती थी। मकान में एक ब्लैक एंड व्हाइट टी.वी. था जिस पर हर इतवार की साँझ कोई बांग्ला फ़िल्म आती रहती थी। कभी-कभी उस पर मोटी कलात्मक भवों वाली हिरोइन की फ़िल्म भी आती थी जो बांग्ला और हिन्दी फ़िल्मों में समान रूप से काम करती थी।

ख़ूब भारी-भरकम दीवार घड़ी का पेंडुलम लगातार दाएँ से बाएँ हिलता रहता था और ठीक उनसठवें मिनट के बाद घड़ी घन्न-घन्न-घन्न नौ बजा देती थी। मंटू घोष फोल्डिंग सोफा पर बैठकर लाल झोल वाली सब्ज़ी के साथ उसना भात चाभता था। ख़ूब पुराने स्टील के गिलास का पानी बुड्ढा घटर-घटर पी जाता था। बुड्ढे की तीन बेटियाँ थीं। बेटा एक ही था जो पार्टीगिरी करता था और झूठमूठ के नारे लगाता था—

आधा रोटी तावा में,
ज्योति बोसु हावा में,

उसकी बड़ी बेटी किसी बांग्लादेशी से शादी करके ढाका भाग गई थी। मझली बेटी दिनभर सिलाई करती थी। उसकी सबसे छोटी बेटी दसवीं में पढ़ती थी।

सिलाई करनेवाली ये सुन्दर लड़की बरामदे में मशीन में गड़ी सूई में से धागा निकालती थी। लड़की की आँखों में पानी भर आता था, सो लड़की अपनी नज़र भटकाती थी।

सामने खड़ा आदमी चेत जाता था।

"वो...घोष बाबू?"

"बाज़ार...!"

लड़की फिर सूई और कपड़े को जोड़ने वाले धागे को दाँत से काटकर सिरा-तोड़ देती थी।

लड़की खटर-खटर बड़ी कुशलता से मशीन चलाती थी। कमीज का किनारा सीती हुई लड़की की लम्बी पतली उँगलियाँ कपड़े के साथ-साथ सूई के करीब चलती जाती थीं। इधर से कच्चा कपड़ा लगाने पर, दूसरी ओर से सिला हुआ कपड़ा गिरता जाता था।

आदमी को हमेशा भय लगा रहता था कि कहीं कपड़े की लहर में लड़की की उँगली भी सूई के नीचे ना चली जाए। वो इस बाबत कई बार लड़की को सचेत भी करना चाहता था।

यह तो बाद के दिनों में गौर से देखने पर मालूम हुआ कि स्टैंड गिराने के बाद कपड़े के अलावा हवा की भी गुंजाइश नहीं होती सूई के नीचे आने की।

लिहाजा आदमी आश्वस्त हो गया था।

तुरपाई और सिलाई के अलावा और ऐसा कुछ नहीं था जो लड़की दुनिया से बटोर पाई थी।

घिरी साँझ तक सिलाई करती लड़की छह बार घन्न-घन्न की आवाज़ के बाद छोटी बहन के साथ मिलकर सिलाई मशीन कमरे में रख देती थी और शंख फूँकती थी।

आदमी जब ताश की महफिल से वापस आता था तो गर्मी की रातों की तेज हवाएँ अपेक्षाकृत कम गति से बहती थीं। आदमी बेहया के बेढ़ा से टिकाकर साइकिल लॉक कर देता था। चाबी शर्ट की ऊपरी जेब में डालकर विरासती इमारत के पिछवाड़े जाने के क्रम में दो खिड़कियों के पश्चात् तीसरी खिड़की रसोईघर की होती थी जहाँ सिलाई करनेवाली लड़की कटहल के टुकड़े भूँजती होती थी। लड़की आहट पकड़कर बाहर झाँकती थी, बेपरवा आदमी जल्दी से पार हो जाता था। घर के पिछवाड़े पहुँचकर आदमी कुल जमा बीस सीढ़ियाँ चढ़ता था, और अपने कमरे का दरवाज़ा खोलता था। दिन भर का बन्द कमरा आदमी के नथुनों तक एक शिकायती गन्ध छोड़ता था, अकेलेपन की गन्ध, दिनभर किसी तरह के बर्तनों की कोई उठापटक न होने की त्रासदी की गन्ध,

लगातार सोते रहने से उपजी आलस की गन्ध! वह कमरा बार-बार इतनी उबासियाँ लेता था कि आदमी ऊब जाता था और कमर से लाल लाइनिंग वाली गमछी लपेटकर खाट पर पड़ जाता था।

देर तक यूँ ही पड़े आदमी की नाक से एक गन्ध टकराती थी और आदमी भयानक हड़बड़ी के साथ उठ बैठता था। माड़ स्टोव पर गिरता हुआ फ़र्श पर फैल जाता था। आदमी पोंछन को चार-पाँच बार उलट-पुलटकर माड़ समेट लेता था, धो-गार कर पोंछन को कोने में खूँटी में टाँग देता था।

नीचे वाले कमरों से गुजरते हुए आदमी को अक्सर ही कभी अंडे की महक आती थी और कभी भूँजी जाती मछली की। आदमी यद्यपि नाक-मुँह नहीं दाबता था, पर कभी उसके अन्दर कुछ जगा नहीं! आदमी को अपना ननिहाल याद था जहाँ नानी की रसोई से निमकी-अचार की खट्टी-खट्टी महक आती थी। जब भी आदमी को नानी की याद आती थी, उसे गरम भात, अरहर की दाल और निमकी का अचार भी याद आता था। इन सब यादों के बीच सब कुछ इस कदर पच जाता था कि आदमी को तुरत-फुरत कुछ बनाना बेहद ज़रूरी हो जाता था।

आदमी को बेहद शुरुआती दिनों में अजय देवगन पसन्द था। इतना पसन्द था कि आदमी अजय देवगन के पोस्टकार्ड साइज फ़ोटो सहेज-सहेज कर रखता था। यथा, मधु को बाँहों में लिए प्यार करता अजय देवगन, अमरीश पुरी से बहस करता अजय देवगन, विलेन्स के छक्के छुड़ाता अजय देवगन, और भी तमाम तरह का अजय देवगन।

आदमी जब बिहार में था तो उसके पोस्टकाड्र्स में लौंडा नाच के तमाम सीन भरे पड़े थे। आदमी अपने गाँव से एक कोस दूर मिडिल स्कूल में पढ़ता था और लगन के टाइम में उससे भी एक कोस दूर लौंडा नाच देखने के लिए रात-रात भर गायब हो जाता था।

आदमी का बाप एक बूढ़ा आदमी था जो फूस की पलानी में बैठकर गुड़ की चाय सुड़कता था और भसके हुए आँगन में लाठी टेककर चलता था।

बूढ़े को जब गहरी बात कहनी होती थी तब अपनी कत्थई देह में उपजे हुए कत्थई हाथों को अपने चमकते चिक्कन कत्थई टकले पर अन्दाज़ से फिराता था फिर आँखें दो-तीन बार झपका कर थूक निगल लेता था।

"अबकी धान तो बेसी हुआ नहीं!"

"हम्म...!" (कौन सा पहले बेसी होता था!)

"घर की हालत तो तुम देख ही रहे हो!"

"..." (आगे)

"आई.टी.आई. कर लोगे तो कइसा रहेगा?"

"ठीक ही है बाउजी!" (ना हमको मास्टरी करनी है।)

आदमी की माँ एक टाँठ औरत थी जो बुड्ढे के आलस को कोसती थी और फिरकन्नी की तरह आँगन भर में नाचती रहती थी।

आदमी का बाप चोर था।

आदमी का घर एकदम खुला था, बोले तो मेंड़ जैसी कोई चीज़ नहीं थी। दो कमरों के अलावा सारा आँगन खुला निचाट था। अब, दिक़्क़त यह थी कि टाँठ औरत को मुँह धोना या पेशाब करना जैसे छोटे कामों के लिए भी रात का इन्तज़ार करना पड़ता था, आवेगों को लम्बे-लम्बे घंटों तक स्थगित करने के कारण टाँठ औरत कई दफा भीषण पेट दर्द से पीड़ित हो चुकी थी।

आदमी का बाप लोगों के घरों से या ईंटों के ऊँचे-ऊँचे ढेरों में से अक्सर एकाध ईंटें चुरा लिया करता था और घर के चारों ओर मेंड़ तैयार होती जाती थीं।

यही ताजा जवान हुआ आदमी जब पहली बार आसनसोल स्टेशन पर उतरा था तो अकबका गया था। धीरे-धीरे चलता आदमी, दौड़ने लग गया था। गजब रे वैभव! कि बस में जिस तरफ़ महिलाएँ लिखा होता था उस तरफ़ सिर्फ़ महिलाएँ बैठ सकती थीं। आदमी धीरे-धीरे सूती साड़ी और ताँत की साड़ी में फर्क भी चीन्ह गया था।

इस शहर में इतनी गलियाँ थीं कि यहाँ खोया जा सकता था। प्लास्टिक, काग़ज़, काँदो का ढेर होता था किनारे, और बीच सड़क पर रिक्शा पों-पों गुब्बारा बजाता पार हो जाता था।

यह किसी मूक नाटक में चलते दृश्य जैसा था जहाँ हर पात्र के चेहरे पर मास्क था और मजा यह कि मास्क वाले हर चेहरे से एक्प्रेशन्स जाहिर हो जाते थे। यह एक बेहद सीधा-सादा शहर नहीं था, पर आदमी को यह चीन्हने में भी ज़्यादा वक़्त नहीं लगा कि यहाँ गाँठें अधिक नहीं थीं। कई बार ये गाँठें इतनी ढीली होती थीं, कि आदमी धागा पकड़कर वहाँ पहुँचने-पहुँचने को होता था कि लो, गाँठ ही खुल गई! अब बताओ?

ऐसे ही धागे का एक सिरा पकड़कर आदमी वहाँ पहुँचा था जिसे लच्छीपुर कहते थे। कहते थे कि, कलकत्ते के किसी दबंग के हड़काने पर इस पूरी बिरादरी

ने यहीं अपना डेरा-डंडा जमा लिया था। इस बिरादरी में मादाएँ ज़्यादा थीं जो पेटीकोट को स्कर्ट की तरह करके पहन लेती थीं। मादाएँ पक्के कमरों के आगे पान चबाती टाँग पर टाँग चढ़ाकर बैठी होती थीं। उनकी समूची देह का भार उनके टिके हुए हाथों पर होता था। मादाओं की छातियाँ लटक गई होती थीं, और पेट लटकी हुई छातियों के बराबर निकल आया होता था। वहाँ जलकुम्भी और काँदो-कीचड़ से बजबजाता एक पोखर था जिसके एक किनारे लाइन से कनेर के तीन पेड़ खिल आए थे।

आदमी ऐसे ही एक कमरे में उस दिन घुसा था, जब आसमान बिलकुल निर्वस्त्र था। उस दिन सड़ा हुआ धुआँ उगलती बहुत सारी मिनी बसें गुजरी थीं।

कोठरी में सड़ती हुई मिट्टी की गन्ध फैली थी और चप्पलें धरती से चपर-चपर करती हुईं अलग होती थीं। एक कोने के बेहद छोटे-से दायरे में थूक और पीक से धरती लाल हुई पड़ी थी। कोठरी में एक सिरे से दूसरे सिरे तक बाँस बँधा हुआ था जिस पर बसाते हुए कपड़े पटके हुए थे। आदमी के सामने जो औरत थी वो स्थूल थी। ढलकी छातियों वाली इस औरत की देह हवा से फूली हुई थी। उसने लाल रंग की कोई सस्तहुआ ओंठलाली लगाई थी। चेचक के दागों के बावजूद लाल टीप वाली औरत सुन्दर दिख रही थी।

अनाड़ी आदमी पहली बार कोई रहस्य जानने आया था। औरत फुर्सत में नहीं थी। आदमी हाथ-पाँव मार रहा था। औरत ने सहारा देने की कोशिशें कीं, आदमी था कि फिसलता जा रहा था बार-बार। आदमी की नाक में घरेलू पसीने की महक समाई थी, सूती साड़ी के आँचल से स्टील की गीली थाली पोंछकर,परोसी जाती भात की महक, पर औरत की गर्दन के पास जर्दे की इतनी तेज महक थी कि आदमी को लगा उसके होंठ गल जाएँगे और सड़कर चू जाएँगे इस बेकायदा गन्धाती छातियों के ढेर में। भयानक रूप से डरा हुआ आदमी झटके से दूर खड़ा हो गया। औरत खिसिया कर उठ बैठी—

"बेपार टा की रे बोक्का?"

डरे हुए आदमी ने नंगी चौकी पर पचास का नोट धर दिया, और बाँस की अलगनी से खींचकर शर्ट पहन लिया।

काले पैंट पर, काले रंग की महीन खड़ी लाइनिंग वाली सफ़ेद शर्ट पहनने वाला आदमी कभी शर्ट इन नहीं करता था। इस आदमी को हमेशा बेल्ट वाली हाथ घड़ी अच्छी लगती थी।

आदमी खास तरह के प्रयास से चुप रहता था और बंगाल का वैभव निहारता रहता था। शहर था कि तमाम पुरानी शाही बिल्डिंग्स से भरा हुआ था। काई जमी हुई दीवारों वाली इन हवेलियों की रेलिंग काठ की होती थी और खिड़कियों के टीन वाले पल्ले सीढ़ीनुमा आकार में होते थे। सब कुछ रहस्यलोक जैसा लगता था और ख़ूब चमकता हुआ दिन बीत जाता था। दिन-ब-दिन मछली की महक तेज होती जा रही थी और यह महक आदमी की निहायत ही ज़रूरी आदतों में शामिल होती गई थी।

आदमी को यह शहर एक औरत लगता था, औरत जो बिना कलफ वाली लाल-पाढ़ की ताँत की साड़ी पहन कर गीले बालों में हरे रंग की टीन वाली खिड़की से धूपबत्ती दिखाती नज़र आती थी।

शहर था कि आदमी के तईं अलग-अलग खुलता जाता था, और आदमी उसे चपेत-चुपत कर जेब में रखता जा रहा था।

सुन्दर लड़की जब मुर्गा लकड़ी के विरासती पलँग पर लेटती थी तो पलँग बिना हिले अजब सी चर्रर्ऽऽ की आवाज़ करता था और कमरे में अचानक कुछ नहीं रह जाता था। लड़की से सटी मेज-कुर्सी, कोने में कपड़ों-गद्दों से लदे ट्रंक के अलावा भी कोई चीज़ थी कमरे में, जो अब नहीं रही और बिना उसके कमरा खाली हो गया है। बुखार से तपते कमरे में मरी पीली रोशनी टिमटिमाती थी। पंखा घर्र-घर्र इस तरह से नाचता था कि पंखुड़ियों पर जमी धूल उसकी गति में नहीं दिखती थी। पंखे की हवा से खिड़की का गुलाबी फूलों वाला परदा जंगले की छड़ों से चिपक जाता था, पर बाहर की ताजा हवा जब धकेलती थी, परदा नाचता हुआ ख़ूब ऊपर तक उड़ जाता था और मेज पर रखी हुई तमाम किताबों में से किसी किताब के पन्ने फड़फड़ा जाते थे। हवा वापस लौटती थी, कमरा सटपट चुप्प हो जाता था और परदा इस कदर लोहे की छड़ों से चिपक जाता था, मानो दो छड़ों की बीच वाली जगह से सरककर बाहर निकल जाना चाहता हो।

बिछ्छुकुतिया पूँछ पटकती ऊपर चढ़ जाती थी।

आदमी जिद जैसी किसी अय्याशी वाली चीज़ के बीच पैदा ही नहीं हुआ था। आदमी ने अपने बूढ़े बाप को बताया भर था की बंगाल नामक वैभवशाली राज्य की एक सुन्दर बंगाली लड़की से वह ब्याह करना चाहता है...कि वह बंगाली लड़की गृहकार्य में निपुण है और चिथड़ों में भी रह लेगी हमारे साथ।

बूढ़ा बाप, अपने कत्थई टकले पर बड़ी देर तक कत्थई उँगलियाँ फिराता रह गया।

टाँठ औरत उस दिन बड़ी देर तक ओखल में मुट्ठी भर धान कूटती रह गई थी। चावल के बुरकन्नी हो जाने तक फिर मिट्टी की दीवार के सहारे पसरकर रोती रही थी। उसी साल की पहली लगन में जिस दिन आदमी आँखों में काजल और पैरों में आलता पोतकर जहानाबाद के एक गाँव में लड़की ब्याहने गया था, हट्टन रोड के उस छोटे-से गली-कूचे वाले मोहल्ले में बात आग की तरह फैली थी कि स्टोव फटने से घोष की मझली बेटी जल गई।

आनन-फानन उसे कस्तूरबा गांधी अस्पताल में भर्ती कराया गया था। दाएँ हाथ और पैर की झुलसन के अलावा बाकी लड़की साबुत बचा ली गई थी।

वापस आया आदमी स्तब्ध था। वापसी की शाम ही वो मिला लड़की से।

"तुम लोगों ने स्टोव कब ख़रीदा?" आदमी बहुत चाहकर भी नहीं पूछ पाया।

"बोउदी कैसी हैं?" लड़की के पास इसके अलावा और कोई सम्बोधन नहीं था।

आदमी के हाथ में लड़की का दायाँ हाथ था। जिस पर झुलसन के निशान थे। लड़की आदमी की नई घड़ी की चेन से खेल रही थी।

लड़की पिघल जाने से डरती थी, आदमी आँच तेज कर रहा था। आदमी सचमुच चाहता था कि यह लड़की दो बरस की छोटी बच्ची बन जाए, जिसे आदमी अपने कलेजे से लगाकर रख ले।

घने अँधेरे में आदमी हाथ से इशारा करे, "उ देखो भकऊँआ...!"

अँधेरे में देखती बच्ची डर के मारे अपनी नन्ही बाँहें आदमी के गले में लपेटकर चिपट जाए। आदमी उसे छाती से लगाकर ख़ूब दुलारे, "अले मेला बाबू ले...!"

सौ डिग्री सेंटीग्रेड पर पानी उबल जाता है। लड़की गल गई थी और बूँद-बूँद बड़ी देर तक रिसती रही थी आदमी की छाती पर।

आदमी ने कभी नहीं बताया लड़की को कि उसके पास बस एक बूँद भर आँसू बचा है जिसमें वो अपनी उम्र भर का रोना बहा सकता है।

बादल थे, बारिश थी, धूप थी, बाज़ार का शोर था, बिन ब्लाउज की ताँत साड़ी पहने साँवली औरत थी जिसके हाथ से फिसल-फिसल कर मछलियाँ सामने बिछे प्लास्टिक पर छितराती जाती थीं। लाल टीप लगाए बाल खोलकर

हँसती औरतें थीं, ट्रेन का आगाज़ था, मालगाड़ी का गुजरना था, शाम के सन्तरईपन में धुएँ की एक लकीर थी और लो!! पलक झपकते ही सारा दृश्य गायब हो जाता था।

आदमी रिंच से पटरी का नट-बोल्ट कसता था और धूप की तरफ़ देखता था तो सात रंग दिखाई पड़ते थे। इर्द-गिर्द, दाएँ-बाएँ छितरे हुए। आदमी हथेली के सबसे नर्म-गुदगुदे कोने से रगड़कर माथे का पसीना पोंछ लेता था। पीठ पर टेरीकॉट की कमीज भीगकर चिपक जाती थी।

आदमी नट कसकर पटरी फलाँगता आता था। कितना कुछ छूटा पड़ा था पटरियों पर...!!

फ्रूटी का डब्बा, मल, प्लास्टिक की बोतल, पत्तों का दोना, मूँगफली और केले के छिलके, प्लास्टिक में बचा हुआ बासी-तिरासी खाना व इन सब के बीच ट्रेन रुकने और चल पड़ने के बीच का कुछ क्षण जीवन!

एक ढकचल कुतिया पटरियों के बीच का बचा-खुचा फेंका हुआ दुरदुराया हुआ जीवन सूँघती थी। उसी के साथ लगे-लगे दौड़ते नन्हे-नन्हे मरघेवल से पिल्ले थे। बाज़ार के छोटे-छोटे दिखते रोशनी के कतरे पास आ गए थे। चहल-पहल, भाग-दौड़, बाज़ार की खुमारी में कहीं कोई कमी नहीं थी।

आदमी का मन तीता खाने का हो गया था। ख़ूब तीता, चटक-मटक! आदमी एक ठेले के पास रुका था।

पकती चाशनी और आलू-चॉप के बीच शहर महकता था और महकती थी प्लास्टिक के शेड से चूती हुई बरस चुकी बारिश की बूँदें! बूँदें गर्म सरसों तेल में पड़कर छनछना जाती थीं। आदमी को पता था कि ऐसी ही कोई छनछनाहट औरत को भी पसन्द थी। सो तमाम रोटियाँ सेंक लेने के बाद औरत लोटे के पानी में उँगलियाँ डुबाकर गर्म तवे पर छिड़क देती थी।

और बूँदें, उछलकूद कर, छनछना कर ख़त्म हो जाया करती थीं।

आलू-चॉप ख़रीद कर लौटते हुए आदमी के दिमाग़ में इन्तज़ामी औरत आती थी, जो गीले कपड़े सुखाने के लिए बरामदे में तार बाँधती होती थी, ताकि बरसात में कपड़ों से बास न आए।

आदमी, औरत के कपड़ों के बाजू में ही अपनी गीली शर्ट निचोड़ कर पसार देता था। आदमी जानता था कि औरत सिंथेटिक की गुलाबी साड़ी पूरी तरह सूख जाने के पहले ही उतार लेगी क्योंकि पूरी तरह सूखने पर साड़ी तार

से सरक जाती थी और साड़ी के नीचे छुपाकर टाँगे हुए औरत के अंत:वस्त्र नंगे हो जाते थे।

कई सारी चीज़ें बेकार थीं जो बेकार, बेमतलब, बेशऊर थीं। कई सारे बिम्ब थे जो अनायास थे, पर साले सारी ज़िन्दगी को उघाड़ कर रख देते थे।

नहीं जी, ये सारे कैमरे से क्लिक हुए सीन थोड़ी न थे जो जैसे थे, वैसे ही थे। ये सब तो किसी अनाड़ी चित्रकार के द्वारा फ़ोटो इंजेक्ट पेपर पर फूजी कलर का अकुशल इस्तेमाल था। जो वैसे थे, जैसा उन्हें चित्रकार ने देखा था। चित्र में न रंग सही भरे थे, न छाया का कुशल इस्तेमाल था। चित्रकार के पास कुछ नहीं था, सिवाय उसकी आत्मा के, जिसे जंग खाए टीन की तरह बेकार करार दे दिया गया था।

आत्मा उस चित्र में वैसे ही नज़र आती थी जैसे किसी फ़ोटो फ्रेम के सामने खड़े होने पर नज़र आता है अपना प्रतिबिम्ब!

वक़्त अगर ट्रेन था तो आदमी ट्रेन के भागने वाली दिशा की ओर खिड़की पर बैठा था। विपरीत दिशा वाली खिड़की पर बैठने से सिर्फ़ आने वाला दृश्य दिखाई देता था, छूटा हुआ नहीं, जबकि ट्रेन की दिशा वाली खिड़की पर बैठे आदमी को ऐन सामने से गुजरा हुआ दृश्य दिखाई पड़ता था, बड़ी दूर तक।

औरत अपने तहखाने में छिपाकर रखे ढेर सारे पोस्टकार्ड निकालती थी और दृश्यों को क्रम से देखती थी। उसकी उँगलियों में यानी कि एक 'पॉज' दृश्य होता था, और हर 'पॉज' दृश्य के साथ उसकी स्मृति कहानी पूरी कर देती थी।

औरत की उँगलियों में जो पहला पोस्टकार्ड थमा था, उसमें छः साल की बच्ची थी जो अपने फ्रॉक के घेरे को चिमोर-मिमोर कर हाथ में पकड़े एक नंगे खेत में बैठी थी। बच्ची अपनी बत्तीसी का सारा बल जैसे अपने पेट में धकेलती थी और जोर से काँखती थी..."अँह..."। बच्ची नीचे देखती थी, कुछ सकारात्मक परिणाम देखकर पुन: बल की मात्रा बढ़ाने की सोचती। बच्ची की पीठ पर सटाक से कुछ बजता था। झपटकर खड़ी हुई बच्ची, फट से फ्रॉक का घेरा छोड़ देती थी।

"खाली हगइते रहबे, कि छगरियन के ले जइभी?"

बच्ची एक क्षण नीचे देखती थी और एक क्षण पास खड़े ममेरे भाई को। बच्ची फिर सरपट भागती थी और बकरियों को समेटती घर पहुँच जाती थी।

औरत, तीन साल की बच्ची थी, जब उसका बाप खून उगलते मर गया था। भतार खौकी डायन को तब गाँव वालों ने ईंट और पत्थरों से कुचलकर मार डाला था। बच्ची को ननिहाल पहुँचा दिया गया। नरभक्षी डायन किसी की बेटी थी, और बच्ची उस बेटी की एकमात्र निशानी। मूलधन से प्रिय ब्याज होता है और नानी ख़ूब जतन से सहेज-सहेज कर ब्याज रखती जा रही थी।

बच्ची दिनभर खेतों में घूमती थी, काँदो-कीचड़ में सन जाती थी। सरसों के फूलों की नाजुक डंठल तोड़कर उनकी बाली, चूड़ियाँ और हार बनाकर पहन लेती थी। बच्ची जब सारी बकरियों को समेटकर घर पहुँचती थी तो सूरज हाँफ रहा होता था। और ईंट के मकान में एक औरत, हाथ नचाकर बूढ़ा-बूढ़ी से लड़ती होती थी कि डायन की बेटी के ब्याह के लिए आख़िर पैसे कहाँ से आएँगे।"

सरसों के फूल मुरझा जाते थे। बच्ची चुपचाप बकरियों को ले जाकर बाँध देती थी और चांपाकल पेरने लगती थी। बच्ची चांपाकल इतना पेरती थी, इतना पेरती थी कि घर भर की बाल्टियँ, बासन, भांडे सब पानी से लबालब हो जाते थे।

नानी रात में चौकी पर बच्ची को छाती से चिपका लेती थी। बच्ची हमेशा सचेत रहती और कभी भी अपनी नाक या आँखें नानी की छाती से नहीं चिपकाती थी। हमेशा अपने कान नानी की छाती से चिपकाकर सोती थी और नानी की धड़कन सुनती रहती थी।

नानी ज़्यादा चालाक थी। धीरे से अपना हाथ बच्ची की आँखों के पास रखकर टोहती थी। पर, इससे पूर्व कि टोहने का प्रत्याशित या अप्रत्याशित परिणाम मिलता बच्ची नानी का हाथ झटक देती और निंदियाई आवाज़ में कहती, "हमरा सुते दा न!!"

नानी शान्त हो जाती थी।

जब नानी सो जाती तब बच्ची ख़ूब आहिस्तगी से अलगाती थी खुद को। बच्ची करवट फेर लेती थी और दीवार से चिपक जाती थी। समझदार बच्ची फ्रॉक का एक सिरा गेंद जैसा बनाकर मुँह में ठूँस लेती थी।

बच्ची की किसी सखी, सहेली, बन्धु-बान्धवी का नाम सपना नहीं था और इसलिए इस शब्द से सर्वथा अनभिज्ञ रहते हुए ही बच्ची, औरत हो गई थी।

औरत बड़ी देर से दाबे बैठी थी जो चीज़ वह अब धीरे-धीरे खुल रही थी। अन्ततः उन्मुक्त हो गई थी हवा में।

औरत जानती थी, कि पहले यह जरा-सी चीज़ हवा में घुलेगी फिर पूरे कमरे में फैल जाएगी। जो बदबू औरत के नथुनों तक सबसे पहले पहुँची थी, औरत उसके आदमी की नाक तक पहुँचने और फिर उसकी प्रतिक्रिया के इन्तज़ार में बैठी थी।

आदमी चुपचाप बूढ़े पिता को चिट्ठी लिख रहा था। औरत साफ़-साफ़ देख पा रही थी कि आदमी की पुतलियाँ रेनौल्ड्स पेन के हिसाब से भागती और ठहरती थीं।

औरत को जाने कैसे तो लग गया कि बस्स!! अब कुछ पहुँचने ही वाला है आदमी की नाक तक। औरत को ऐसा लगा कि कंठ के ऐन ऊपर कुछ अटक गया है।

औरत उसे निगलती थी खामोशी से! पर शायद अटकी हुई चीज़ पूरी तरह अन्दर नहीं जा पाई थी और कुछ झिल्लीनुमा बाकी रह गई थी।

औरत होंठ दाबे अटकी हुई चीज़ को जरा बल लगाकर घोंटती थी और आवाज़ होती थी—"इहम्मऽऽऽ!"

एक बच्चा था जी। ड्यूटी से वापस आते पिता को बच्चा रोज़ पाँच वर्डमीनिंग्स याद करके सुनाता था। पर उस दिन बच्चा खेलता रह गया था और वर्डमीनिंग्स याद नहीं कर पाया था। बच्चा जानता था वर्डमीनिंग्स नहीं याद करने के एवज में एक बार कनैठी और चार झापड़ तय हैं। बच्चा यह भी जानता था कि चीनी मिट्टी का फूलदान टूटने पर एक कनैठी समेत लम्बी डाँट के बाद माफी थी। बच्चा बस फूलदान को, वर्डमीनिंग्स से रिप्लेस कर देने की कोशिश करता था।

बच्चा रबर की गेंद लाता था और फ़र्श पर पटक-पटक कर खेलता था। ऐसा हुआ कि चौथी बार फ़र्श पर उछाल के बाद गेंद फूलदान से जा टकराई।

फूलदान गया टूट, पिता गए रूठ!

और बच्चा तब अकबक रह गया था जब पिता ने उसे कुल दो कनैठी, चार झापड़ समेत लम्बी फटकार सुनाई थी।

यानी कि, कोई चीज़ रिप्लेस नहीं हुई थी अलबत्ता जुड़ गई थी।

चिट्ठी में आख़िरी पंक्ति लिखते आदमी की कलम 'बाकी सब यहाँ ठीक' पर ही ठहर जाती थी। आदमी अपने दोनों नथुने हल्का-सा सिकोड़ कर छोड़ देता था। भौंहें उचकाता था। चिट्ठी से सर उठाकर इधर-उधर देखता था।

कमरे में जो चीज़ फैली थी वह वाकई बहुत भयंकर थी। आदमी चिट्ठी पर किताब रखकर, अँगूठा नथुनों पर मलता बाहर निकल गया था।

औरत चूहे को छटपटा कर ढूँढ़ती थी। पता नहीं कैसे तो, चूहे को अनुभव हो जाती थी औरत की छटपटाहट! चूहा फुदक कर बैठ जाता था उसकी गोदी में।

सुनो रानी एक कहानी
एक था राजा, एक थी रानी!

चुप्प, चूहा कहीं का!
सुनो बताएँ! एक आदमी था।
हुम्मऽऽऽ
एक औरत थी!
तो?
दोनों पति-पत्नी थे।
अच्छा!!

तो पति चौकी पर बैठा चिट्ठी लिखता होता था, और पत्नी बगल में बैठी मटर, छील रही होती थी।

पति बार-बार डाँटता था—"चुप्प रहो, चिट्ठी लिखने दो।" पत्नी हर बार दाँत चियार कर बकबकाना जारी कर देती थी। और तभी फुस्स से कुछ बड़ी भयंकर चीज़ घुल गई थी हवा में।"

पति दाईं भौंहें चढ़ाकर पत्नी को ताकता था। बेशरम पत्नी आँखें मटकिया कर बताती थी, उसके नाना कई बरस पहले धनबाद कोइलरी में काम करते थे। नाना के एक पक्के दोस्त जो भोजपुर क्षेत्र के थे। एक दिन जब ऐसे ही नानी ने बदबू घोली थी हवा में, तब नाना के पक्के वाले दोस्त की बीवी ने उन्हें एक किस्सा सुनाया था।

किस्से में एक नईनवेली बहुरिया थी जो आँगन में बैठी साँझ की रसोई बना रही थी। घर के सभी मरद-मानुष खाने बैठे थे।

तभी, एक अवांक्षित-सी आवाज़ के साथ कुछ हवा में घुल गया। सास ने बहू को झिड़का

"यहीं आँगन में तेरे ससुर-भसुर बैठे हैं, तुझे लाज नहीं आई?"

तब घूँघट की ओट से उस नई नवेली दुल्हनिया ने सास को सुनाया। पत्नी, पति के कन्धे पर कुहनी टिकाए बता रही थी।

ससुर भसुर अंगना
बहुरिया कइली टींऽऽऽ

पत्नी बड़ी अदा से पति की ठुड्डी सहलाती थी,

ए सास हम कुल निक धिय
हम फेर करब टीं...!!

तिरछा मुस्कराता पति गरिया देता था—"चुप्प बनेच्चर!"

चूहे की मूँछ से नाक लड़ाती असली औरत पूछती थी, "अच्छा बताओ, अभी हम ख़ूब भीड़ वाली बस में होते तो ठीक होता न?"

"क्यों?"

"हम बड़े मजे से कह देते, राम! राम! पता नईं कोन हथी?"

एक दिन जब हम सोकर उठे तो हमें नज़र आया आईने में कि हमारा चेहरा अद्‌भुत लावण्य से चमक रहा है। हम सोचने लग गए थे कि ऐसा क्या हुआ था पिछली रात कि इस दुनिया में रहते हुए भी इतनी गाढ़ी नींद आ गई थी? हमें दोबारा भी चाहिए थी ऐसी ही गाढ़ी नींद।

औरत कई सारे यत्न-प्रयत्न कर डालती थी।

पिछले हफ़्ते के दूसरे दिन को जब औरत पौने चार बजे फ़र्श पर पोंछा लगा रही थी (बेशक यह एक रूटीन से बाहर का काम था) और पोंछा लगाते हुए ही वह चौकी के दाहिने पाए पर पहुँची थी कि, ठीक तभी बाहर गेट खुलने और साइकिल की खड़खड़ाहट साथ-साथ सुनाई पड़ी थी।

जल्दी आया हुआ आदमी हड़बड़ाया नहीं था उस दिन। आदमी ने बाल्टी में रखे पानी से स्नान किया था और बड़े आराम से मीठे बताशे के साथ पानी पी गया था।

चूहे ने बताया था औरत को, कि जब दुनिया में सारे संयोग एक साथ इकट्ठे हो जाते हैं तो घटनाओं की पुनरावृत्ति होती है।

औरत अपने हिस्से से कोई गलती नहीं करना चाहती थी। रोज़ ठीक तब, जब छोटी सूई तीन और चार के बीच रहती थी तथा बड़ी सूई आठ पर होती थी

औरत क्वार्टर के प्रवेश द्वार से पोंछा लगाना शुरू करती थी। बड़ी सूई के नौ पर पहुँचते न पहुँचते, औरत को पोंछन समेत चौकी के दाहिने पाए तक पहुँच जाना था। पर, औरत पहुँची थी तब, जब बड़ी सूई नौ को पार कर गई थी।

संयोग पूरा नहीं हो पाया था। आदमी समय से घर पहुँचा था। कभी ऐसा भी होता था जब, बड़ी सूई आठ और नौ के बीच ही रहती थी, तभी औरत चौकी के दाहिने पाए पर पोंछन लगाती पहुँच जाती थी। वो फिर अपने हिस्से से गलती कर गई थी।

पर, अब औरत सचेत हो गई थी। औरत ने बड़ी नजाकत से पोंछन को बाल्टी के पानी में निचोड़ दिया था। फिर पोंछन को फ़र्श पर धीरे-धीरे रगड़ती बढ़ती गई थी। औरत ने घड़ी देखी। छोटी सूई तीन और चार के बीच थी, और बड़ी सूई आठ व नौ के बीच। औरत ताबड़तोड़ पोंछन लगाती हुई चौकी के दाहिने पाए पर पहुँची थी। औरत ने समय देखा था। बड़ी सूई ठीक नौ पर थी। वहाँ फ़र्श पर पता नहीं कैसा तो एक दाग था। औरत बड़ी देर तक पोंछन रगड़ती रही। पर, दाग नहीं छूटना सो, नहीं छूटा। तीन पचपन हो गए थे, औरत थक कर आगे बढ़ गई।

औरत अन्दर कमरे में गई थी। चूहेदानी की छत से अन्दर कड़ियों में फँसी सूखी रोटी लटकी हुई थी और चूहा इधर से उधर दौड़ रहा था।

औरत घुटने मोड़कर बैठ गई और चूहेदानी को अपने घुटनों पर रख लिया।

"झूठे हो तुम!" औरत को जोर का गुस्सा आया था।

"अरे हुआ क्या?" चूहा आकर चिपक गया चूहेदानी की दीवार से।

"संयोग-फंयोग कुछ नहीं होता, समझे!"

"होता तो है।" चूहे ने पूँछ सरसराई।

"आज क्यों नहीं हुआ तब?"

"उस दिन तुमने कौन से रंग की साड़ी पहनी थी?"

"हरी!"

"आज क्या पहनी हो?"

"गुलाबी!"

"तो?"

औरत माथा पीटकर रह गई थी अपनी गलती पर। उसने चूहेदानी का दरवाज़ा खट से खोल दिया था। चूहा बिला गया था क्वार्टर के किसी अंतड़े-पतड़े में।

आदमी हैरान होता था कि औरत रोज़ हरी साड़ी पहने रहती थी और आदमी के वापस आते ही साड़ी बदल लेती थी।

मोमबत्ती जलती थी, गलती थी, पर ख़त्म नहीं होती थी। टप-टप-टप पिघलती हुई मोमबत्ती, एक नई मोमबत्ती तैयार कर देती थी।

औरत को चीज़ें बमुश्किल याद रहती थीं। किसी एक चीज़ को याद रखने के लिए कोई दूसरी चीज़ याद रखना निहायत अनिवार्य था जैसे!

जैसे मान लो मौसम ही!

आधा बादल, आधी धूप जैसे किसी मौसम में औरत को मिट्टी के ढेलों से भरा हुआ लम्बा-चौड़ा परती खेत याद आता था।

या जैसे कि मान लो किसी की चिट्ठी! बिन देखे-सुने की चिट्ठी। अगर गोल-गोल नन्हे-नन्हे अक्षर हों तो सहज ही सुन्दर-सलोनी आकृति बनती थी मन में—एक सुन्दर-सलोनी लजकोकड़ लड़की!

होने की ज़रूरत नहीं थी, बस ऐसा लगा करता था।

ख़ूब टकाटक घूप सिर पर होने के समय में औरत को अक्सर अपने गाँव के उत्तरी मुहाने पर खड़ा दो कमरों का एक खंडहर याद आता था।

औरत ख़ूब सोचती थी फिर भी नहीं समझ पाती थी कि ऐसा कैसे हो जाता है कि अच्छे-खासे मकान के पीछे पीपल का एक पौधा उग आता है। नन्हा पौधा बड़ा हो जाता है, इतना कि उसकी जड़ें ईंटों वाले दो कमरों में जाले की तरह फैल गई थीं। खंडहर के पलस्तर इस कदर झड़ गए थे कि अधटूटी छतों वाला ईंटों का ढाँचा भर लगता था।

कभी दोनों पहर झाड़ू-पोंछा लगने वाले कमरों की फ़र्श पर बबूल की झाड़ियाँ उग आई थीं।

खाली घर सम्भावनापूर्ण होता। पर उन दो कमरों में इस कदर अबाड़-कबाड़ भरा था कि उस घर को सिरे से खाली करके नई चीज़ें भरना असम्भावनाओं से परिपूर्ण था।

पर, ज़िन्दगी में एक बड़ी टुच्ची गलती पनप गई थी।

औरत को समीकरण जल्दी समझ में नहीं आते थे। समझने के फेर वह इतना उलझ जाती थी कि, सब कुछ उल्टा-पुल्टा समझ लेती थी।

औरत, बच्ची थी तब पहली बार स्कूल गई थी।

मास्टर जी ने सामने 'बाल-पोथी' फैला दी और बोले, "पढ़।"

औरत बच्ची धड़ल्ले से 'क' से कमल, 'ख' से खरगोश, 'ग' से गमला पढ़ती गई थी और आकर अटकी थी 'ब' पर।

गुरुजी बोले—"पढ़!"

"बऽऽ कऽऽ रऽऽ र में बड़ी ई की मात्रा रीऽऽ!"

"उच्चारण बताओ क्या होगा?"

बच्ची मोटी बरौनियाँ उठाकर गुरुजी को ताकती थी फिर जीभ पर जम आई थूक को निगल जाती थी।

बच्ची अपनी तर्जनी 'ब' पर जमा देती थी और पूरे उत्साह से शब्द पढ़ना शुरू करती थी।

"बऽऽ कऽऽ रऽऽ र में बड़ी ई की मात्रा री...!"

फिर बच्ची अपनी तर्जनी एक चित्र पर रखती थी,

"छगरी!!"

सहसम्बन्ध का समीकरण समझने में सदैव आंशिक असफल होती रही अनाड़ी औरत, दरअसल ड्रामाई ज़िन्दगी को जीते-जीते, ड्रामा जीने की ही अभ्यस्त हो गई थी और ज़िन्दगी का सबसे बड़ा ड्रामा तो शुरू हुआ था अब! अड़ोसियों-पड़ोसियों की मदद से औरत जब अपने पति का प्रकरण जान पाई थी तो रोमांच की लहर उसकी नाभि से होती हुई उसके गाल के एकदम महीन भूरे रोंओं पर छितरा गई थी।

औरत को पहला मौका मिला था कुछ जीत लेने का, और वो जीतना चाहती थी। कई सीढ़ियाँ थीं, वो पहली सीढ़ी पर चढ़ी थी। वह चूँकि क्षुद्र नहीं थी, इसलिए उसने किसी को कुछ भी नहीं बताया। ना आदमी के माँ-बाप को, ना अपने नाना-नानी को। हालाँकि मन के महीनतम कोने में औरत यह जानती थी कि उन लोगों को बता देने का भी कोई अर्थ नहीं था, बावजूद इसके औरत ने अपना बड़प्पन बनाए रखा था।

औरत के पास बहुत छोटा-सा पासपोर्ट साइज का आईना था इसलिए औरत कभी अपनी पूरी देह नहीं देख पाई थी। पर उसे पता था कि, उसकी साँवली, छरहरी लम्बी देह में एकदम सन्तुलित नमक था। इतना सन्तुलित कि नवरात्र के व्रत में इनसान अन्न की कमी से नहीं नमक की कमी से बेचैन हो जाए।

पर आदमी मीठा प्रेमी था सो उसके लिए व्रत-उपवास बहुत सुविधाजनक चीज़ें थीं।

औरत जब आई थी तो निहत्थी थी, पर शीघ्र ही आदमी ने पकड़ लिया कि अब औरत हाथ में हथियार लेकर चलती है। आदमी भी मजबूत ढाल लेकर सजग हो गया था।

पर दरअसल बात यह थी कि अनाड़ी हाथ में पिस्टल लेकर बस कहना जानते हैं—"पास मत आना, वर्ना गोली मार दूँगा।"

चला कभी नहीं पाते।

आदमी ने जल्द ही यह भी सूँघ लिया और ढाल को फिरकन्नी की तरह घुमाकर हवा में उछाल दिया।

ऐसा कभी नहीं होता कि, एक चीज़ कही जाए तो अगली बात एकदम सटीक समझ ली जाए। जैसे पानी कहने पर प्यास बाद में याद आती है और नदी, नाले, समुन्दर पहले याद आते हैं। और प्यास कहने पर बस लोटा भर पानी याद आता था नदी, नाले, समुन्दर नहीं।

वैसे "मृत्यु" कहने पर मर जाना पहले समझ में आता है जबकि समझाना चाहते थे हम "भय!"

पिस्टल हाथ में लेनेवाले अनाड़ी कभी नहीं जान पाते कि ट्रिगर पर कितना दबाव काम तमाम कर देने के लिए काफी है। डरा हुआ अनाड़ी इनसान, बस और बस डराना ही तो चाहता था। पर, उसे दबाव का अन्दाज़ा नहीं हो पाया था और शूँ...गोली भेजे के पार!!

एक नन्ही-सी सुपरिचित ख़बर यह थी, कि वह चौबीसों घंटे बिजली से सराबोर रहने वाला शहर था और लालटेनें वहाँ गरजने-तड़कने वाली इक्का-दुक्का रातों में ही जलती थीं।

उन्हीं यदा-कदा के चुनिन्दा दिनों में से यह एक चौबीस घंटा भी दिनभर बरसने वाली बारिश का था।

बाहर रात थी, पत्तों से टपकती हुई बची-खुची बरसात थी, मेढक थे, झींगुर थे और फितिंगियों से छपी काँपती हुई लालटेन थी।

औरत उसी एक रात में देख पाई थी कि बजाय पूरे दिन के या बजाय पूरी रात के, आदमी लालटेन की टकाटक पीली आधी रोशनी में ज़्यादा मोहक दिखता था।

आदमी थाली पर झुका था। पीली सुगबुगाती रोशनी की महीन रेखाएँ उसकी मूँछों पर बिखरी हुई थीं।

गीले मौसम में औरत ने सूखा खाना बनाया था। सूखी रोटी, सूखी सब्ज़ी और कोने में परोसा हुआ सूखा नून! आदमी कच्चा नून नहीं खाता था और नमक थाली में आख़िर तक यूँ ही पड़ा रह गया था।

आदमी रोटी-सब्ज़ी खाने के बाद एक गिलास दूध पीता था।

शुरू-शुरू में औरत ने आदमी को गिलास में दूध दिया था। फिर पता नहीं कहाँ से तो उसने एक ख़ूब बड़ा सा स्टील का कप जुगाड़ लिया था। उसी में दूध परोसती थी। हालाँकि कप, धारिता में गिलास का आधा ही था, इसलिए एक बार ख़त्म होने के बाद औरत दुबारा से कप को भर देती थी। आदमी चाहकर भी इस परिवर्तन का कारण नहीं पूछ पाया था और सुड़क-सुड़क कर दूध ख़त्म कर जाता था।

वजह बहुत छोटी-सी थी। आदमी रात में चूँकि हड़बड़ाया नहीं रहता था, इसलिए दूध का बहुत नन्हा-सा घूँट भरता था, और बहुत छोटी-सी आवाज़ होती थी—

"सुड़ऽऽऽक!!"

आदमी के होंठ जब कप से चिपकते थे, तो गोल हो जाते थे और उसकी पतली लम्बी नाक के नथुने हल्के से फूल जाते थे। ऐसे में आदमी छोटा-सा बच्चा मालूम होता था।

"मऽऽ दऽऽ नऽऽ—मदन"
"घऽऽ रऽऽ—घर"
"चऽऽ लऽऽ—चल"

गिलास से दूध पीने पर होंठ ढक जाते थे।

आसमान तड़ातड़ बरसने लगता था। चाँद होता था पर नहीं दिखता था, वैसे ही, जैसे नहीं दिखती थी हृदय में उठती हुई मरोड़।

औरत को कुछ गीलापन महसूस होता था। वह खाट से उतरी थी। बहुत आहिस्तगी से।

बत्ती गुल थी और अँधेरा कहता था कि मैं ही हूँ। औरत टॉर्च से ढूँढ़ती थी। आख़िरकार आदमी की एक झरी हुई सफ़ेद गंजी मिलती थी।

औरत कफ़न की अदला-बदली कर लेती थी। हाँ सचमुच, औरत को ऐसा ही लगता था कि सफ़ेद, नीले, पीले, छींटदार, कशीदेवाले, धारियों वाले तमाम रंगों और डिजाइन के कपड़ों की तह में औरत सदियों से लाशें फेंकती रही है। नन्ही-नन्ही अबोध-अधपकी लाशें। सादे-सूदे कपड़ों की तह में सोई पड़ी ये गाढ़ी-गाढ़ी लाशें कभी भी झट से अपनी आँखें खोल देंगी और लगेंगी हिलक-हिलक कर रोने।

काई से भरा हुआ सीमेंटेड आँगन था। आँगन के एक कोने में स्नानघर था और दूसरे कोने में शौचालय! स्नानघर से थोड़ी ही दूर पर काठ की एक कुर्सी रखी हुई थी जो कई दिनों से लगातार बारिश में भीग रही थी। गरज-तड़क बरसती काली रात में औरत बाएँ हाथ में एक नन्ही लाश का बोझ उठाए धीरे से उतरती थी आँगन में। अचानक ऐसा लगा औरत को, कि ख़ूब ढेर सारी नन्ही-नन्ही लाशें धीरे-धीरे सुबक रही हैं और अपनी मृत्यु का हिसाब माँग रही हैं।

ख़ूब तेज डरी औरत हाँफती हुई कमरे में आई थी, और भरसक सँभलती रही थी।

"कुर्सिया दू दिन से बरखा में भिजित हई जी!"

औरत ने, आदमी के देह की ओर हाथ बढ़ाया था और उतनी ही तेजी से वापस भी खींच लिया था।

औरत वापस दरवाज़े के पास गई थी और खुले (आधा!) दरवाज़े को झटके से पूरा खोल दी थी—भड़ाम-भड़ाम!

आदमी चौंककर उठा।

"उ...हम कह रहे थे कि कुर्सिया दू दिन से बरखा में भिजीत हई जी!"

आदमी मुंडी झुकाए दो मिनट बैठा था, फिर टॉर्च जलाकर टाइम देखता था।

आदमी आराम से उठकर बाथरूम में घुस जाता था। बहुत कम क्षण थे। औरत सर पर सूप से आड़ करके फिसलन भरे आँगन में सँभल-सँभल कर धीरे-धीरे चलती थी। पिछवाड़े का दरवाज़ा खोल नाले में लाशें बहा आती थी।

आदमी छाती पर हाथ बाँधे बरामदे में खड़ा था। औरत ने हाथ माँज कर बरामदे की किसी खूँटी में सूप टाँग दिया। उसने आँगन में देखा कि दो दिन से बारिश में भीगती कुर्सी अभी भी भीगती-गलती नज़र आ रही थी।

उन दिनों औरत दिनभर हाथ माँजती रहती थी। इन्हीं दिनों को समझदार आदमी अपने आप बूझ जाता था। वह समझ जाता था कि औरत आज चांडालिनी, धोबिन या कि चमारिन की योनि में है।

शुद्ध आदमी, अशुद्ध औरत के हाथ का खाना खाने के बजाय बाहर से ही खाकर आता था।

औरत को नन्हकू चूहे ने एक कहानी सुनाई थी।

कहानी में एक प्यारी-सी पत्नी थी और एक ख़ूब अच्छा पति था। प्यारी-सी पत्नी दिनभर के कामधाम के बाद ख़ूब अच्छे पति की चौकी के बगल में चटाई बिछा लेती थी।

"ई चटाई इहाँ क्यों बिछाई हो?"

"सोएँगे न...!"

ख़ूब अच्छा पति हैरानी से ताकता था।

"तुम कुछ समझती तो हो नहीं!"

"क्या?"

"कुछ नहीं!"

"इधर आओ!"

पत्नी मुंडी हिला देती थी—"ना, ना, ना!"

"बुला रहे हैं न हम।"

प्यारी पत्नी लचकती हुई पहुँचती थी ख़ूब अच्छे पति के पास।

"हाँ...! अब बोलो!"

पत्नी, पति की बाँहों की मछलियों पर उँगली से गोल-गोल कुछ-कुछ बनाती रहती थी।

"कुछ समझते तो हो नहीं, खाना बनवाकर खा लिए हमसे! पर अब हम सोएँगे नहीं...।"

रिसियाई हुई पत्नी की खीस में एक दुलार होता था।

"क्यों?" ख़ूब अच्छा पति सारे नाटक का पटाक्षेप जानता था।

"पाप लगेगा जी!"

"किसे?"

"हमें...और किसे?"

ख़ूब अच्छा पति चूम लेता था ख़ूब प्यारी पत्नी के होंठ!

"लो, अब सारा पाप हमारा!"

लजाई हुई पत्नी, पति की छाती में छिप जाती थी।

असली औरत खाट पर लेटी थी। वो आँखों से कुहनी हटाकर आदमी को ताकती थी। आदमी चित्त सोया था। औरत मन-ही-मन उसे गरिया देती थी, "कठकरेज।"

आदमी के मित्र के यहाँ सत्यनारायण की कथा थी। औरत की ख़ूब प्रगाढ़ पड़ोसिन ने कुछ दिनों पहले उसे हल्के पीले रंग की ताँत की साड़ी उपहार में दी थी। औरत, एकमात्र ताँत की वही साड़ी पहन रही थी। औरत को लग रहा था कि सिंथेटिक की अपेक्षा ताँत की साड़ी में बहुत ज़्यादा नखरे हैं। ऊपर का भाँज सही बैठ गया था पर माँड़ की वजह से नीचे की भाँज बैठती ही न थी और गुब्बारे की तरह फूल गई थी। औरत ने बहुत कोशिश की और इसी प्रयास में धम्म से गिर भी गई। उसने दरवाज़े के पास पर्दे की झिर्री से देखा। शर्ट-पैंट पहनकर तैयार खड़ा आदमी कलाई में घड़ी की बेल्ट फँसा रहा था।

अचार के जार के पीछे से चूहा दौड़कर आया और औरत के चारों तरफ़ घूमने लगा।

औरत उँगलियों में फँसाकर साड़ी की भाँज गिनती होती थी और झुँझलाकर पूछती थी—"क्या है?"

"जानती हो एक ख़ूब अच्छा जोड़ा था!"

"हूँऽऽऽ"

प्यारी पत्नी ख़ूब अच्छे पति से कहती थी, "ऐ सुनो! नीचे की भाँज सही कर दो ना!"

पति आँखें दिखाता था, "अच्छा! अब हम तुम्हारी साड़ी ठीक करें?"

पत्नी फिर गुजारिश करती, "ऐ, कर दीजिए न जी!!"

झूठमूठ का खिसियाया हुआ पति भुनभुनाता था और साड़ी के नीचे वाली भाँज खींच-खींचकर सही कर देता था।

असली औरत का भाँज गिनना पूरा हो गया था। औरत "हूँ...!" करती थी और भाँज इकट्ठे करके पेटीकोट में खोंस लेती थी।

असली आदमी ने साड़ी की छितराई हुई प्लेट को देखा, कहा कुछ भी नहीं।

औरत कनैल का फूल लग रही थी।

आदमी हाथ खोले मस्ती में चलता था। औरत को वे औरतें निहायत ही फूहड़ लगती थीं जो मर्दों की तरह हाथ भाँज कर चलती थीं। लिहाजा औरत ने पीठ पर खुले आँचल की किनारी को दूसरे कन्धे पर खींच लिया था और दोनों हाथ उसे सँभालने में व्यस्त हो गए थे।

भीड़ की धक्कामुक्की थी। आगे-आगे चलता आदमी औरत के बराबर आ गया था। आदमी ने अनायास औरत को देखा। औरत कहीं और ताक रही थी।

आदमी डोर सुलझाते-सुलझाते पहुँचा तो पता चला कि वह चाट और गोलगप्पे का एक ठेला था।

साथ चलता आदमी फिर दो क़दम आगे बढ़ गया और मजे से चलता हुआ ठेले के पास पहुँचा था। औरत बहुत बार, बहुत कुछ, पूछने-पूछने को होकर भी नहीं पूछ पाती थी। उसने आदमी को देखा और चुटकी भर मुस्करा पड़ी। तुरन्त अपनी इस मुस्कराहट पर वह लजा भी गई थी।

आदमी उड़ती नज़र से देख रहा था आसमान, धरती, भीड़, बाज़ार, ठेला और आख़िर में औरत पर नज़र उड़ाकर आदमी घड़ी ताकने लगा था।

ठीक उसी क्षण जब, आदमी की उड़ती हुई नज़र औरत पर से हटी थी, आदमी को ऐसा लगा था कि औरत मुस्कराई थी। अपनी भ्रम की पुष्टि के लिए आदमी ने औरत को दुबारा देखा था। लजाई हुई औरत प्यारी लग रही थी।

आदमी को पहली बार अफ़सोस हो रहा था। दरअसल यह एक 'छोड़ी हुई' नहीं, बल्कि 'छूट गई' मुस्कराहट थी।

आदमी और औरत में गहरा अन्तर था। आदमी बहुत सी चीज़ों को उधार के खाते में डाल देता था जबकि औरत तुरत-फुरत नकद लेन-देन कर निश्चिन्त हो जाती थी।

जैसे कि, ले लो मुस्कराहट ही।

ख़ूब भीड़ वाली सड़क पर चलते हुए कई तरह के नरमुंड दाएँ-बाएँ से गुजरते थे।

ऐसे ही कई तरह के नरमुंडों की भीड़ में आदमी को कोई चीन्हा हुआ नरमुंड दिख जाता था।

आदमी जब तक पहचान को चीन्हता, तक तक वह पहचान वाला चेहरा दृष्टि फ्रेम की परिधि से बाहर चल जाता था। आदमी को याद आता था कि, उस चेहरे के होंठों पर एक महीन-सी मुस्कराहट थी।

आदमी ठहर जाता था और मुड़कर देखता था। पहचान वाला चेहरा दूर निकल गया होता था। आदमी हल्का-सा सिर झटकता था, मुस्कराहट को उधार के खाते में डालकर आदमी आगे बढ़ जाता था।

औरत ठीक उलट थी।

औरत को जैसे ही याद आता था कि एक पहचाने हुए चेहरे पर उगी हुई मुस्कराहट उससे छूट गई है, औरत ठहरकर मुड़ती थी।

बावजूद इसके कि वह पहचान वाला चेहरा दूर निकल गया होता था, औरत उसके पीछे भागती थी। हाँफती, थकती औरत उस चेहरे के करीब पहुँचकर उसके कन्धे पर हाथ रखती थी। चौंक कर चेहरा मुड़ता था, तो औरत भर होंठ दाँत चियारती थी। पिछली-बिचली-अगली पीढ़ियों का हाल-समाचार लेती थी, तब वापिस आती थी।

औरत गोलगप्पों को होंठों के पास लाई, तब मालूम चला कि गोलगप्पों का आकार होंठों की फाँक से बहुत बड़ा है।

औरत ने आदमी को कनखी से देखा। आदमी गोलगप्पों में व्यस्त था। औरत चेहरा घुमा लेती थी और मुँह फाड़कर गोलगप्पे ठूँस लेती थी।

पैरों को हलके सूती चादर से ढककर बैठने वाली, रुई-सी सर्द शाम थी।

औरत ने उबले हुए आलू को छीलकर उसमें उँगली धँसाई और "सीऽऽऽ" करके तुरन्त निकाल भी ली थी। फिर पास में रखे लोटे के पानी से उँगली धो ली।

पका हुआ टमाटर-बैगन, उबला हुआ आलू और कतरे हुए लहसुन-मिर्च औरत ने एक कटोरे में ली, पर हथेली से सान नहीं पाई।

यद्यपि औरत जानती थी कि हाथ से बना हुआ चोखा ज़्यादा स्वादिष्ट होता है, पर सब कुछ इतना गर्म हुआ था कि औरत ने उन पर नमक और सरसों तेल गिराकर कलछुल से मिला दिया था।

आदमी ने चोखा खाकर धीरे से पूछा, "चोखा कलछुल से सानी हो क्या?"

औरत 'हाँ' करती थी और हैरान होती थी। यानी कि, हाथ में सचमुच होता है कोई स्वाद।

यानी कि औरत इतना आलतू-फालतू नहीं सोचती थी।

यानी कि आदमी भी वह सोच सकता है जो वह सोचती है।

यानी कि शायद देह में भी होता होगा कोई स्वाद?

यानी कि, यानी कि...क्या? कुछ भी नहीं! कुछ हो भी तो क्या अन्तर पड़ता था?

आदमी, चलो मान लो निरपेक्ष न होकर घृणा ही करता था तो भी क्या था?

औरत की माँग में पीला सिन्दूर था, मायका था, आदमी के माँ-बाप थे, गली-कूचे मोहल्ले थे, महिमामय पूरा भारतवर्ष था, और इन सब के बीच औरत का एकतरफ़ा प्रेम था।

औरत घर पोंछती थी, और चूहे को ढूँढ़ती थी।

आदमी पटरी के नट कसता था, प्वाइंटर रिपेयर करता था, शेड में खड़े इंजन का ब्रेक ठीक करता था और साँसों की हर अनुलोम-विलोम के साथ बंगालिन लड़की को सोचता था। इन सब के बीच क्षण के सौवें हिस्से भर समय के लिए भी पृथ्वी अपने अक्ष पर ठहरी नहीं थी।

ऐसा लगता था कि कोई उबा देनेवाली चीज़ भी थी, जो धकेलती थी आदमी के पास। औरत के पास उबा देने के लिए पूरी ज़िन्दगी पड़ी थी, सो औरत बार-बार मौत के पास भागती थी।

यह चीज़ बड़ी लुभावनी लगती थी। चूँकि कुछ भी नया बनाने पर अच्छा लगता था—नई कविता, नई कहानी, नया कपड़ा, नया पकवान, या नया दुख ही!!

वो मरती थी, टहलती थी, खाती थी, खाट बिछाती थी, फिर मरने चूहे के पास आ जाती थी।

औरत बच्ची थी जब, तब जाड़े के दिनों में उसकी उँगलियों में नाखून के आसपास का हिस्सा सूजकर लाल हो जाता था। बहुत दर्द देता था वह। उस सूजे हुए हिस्से पर किसी नुकीली चीज़ को चुभोने पर, एक नया दर्द पैदा होता था। और दोनों पीड़ाएँ मिलकर एक अद्भुत मजा देती थीं। औरत बच्ची जाड़े भर यह खेल दुहराती थीं।

ख़ूब बड़ी दुनिया के आगे औरत को बड़ा होकर जीना पड़ता था और सुलगते रहना होता था। औरत पड़ोसिनों से हँसती थी, बतियाती थी, उपहारों का पकवानों का लेन-देन करती थी और बड़प्पन से जीती थी—श्रीमति फलाना परसाद!!

औरत बहुत ख़ुश थी कि अब उसके पास यह एक नन्हा-सा चूहा था।

छुद्र-सा प्यारा चूहा जहाँ औरत बेखौफ क्षुद्र हो जाती थी और जी भरकर बुराई कर लेती थी अपने मायके की, ससुराल की, पति की और तमामतर दुनिया की।

दुपहर के चार बजे थे।
पहाड़ी ट्रेन की सीटी भी,
सूरज को काटती हुई यही कहती है।
मैं दिल को सुनता हूँ इसके हृदयहीन पंखों को,
क्या कोई पक्षी पीड़ा में है?
मैं यह भी नहीं कह सकता मत हिलो,
ठहरो,
पीड़ा को थम जाने दो,
लेकिन वे समझते नहीं,
न दिल,
न उसके भीतर हिलता हुआ पक्षी,
दुपहर के चार बजे।

(निर्मल वर्मा की डायरी 'धुंध से उठती धुन' से)

लगातार कई दिनों तक बरसते रहने के बाद आसमान थक कर, थम गया था। आसमान एकदम साफ़ था, स्टील की थाली में रखे पानी-सा चमकता साफ़ आसमान और ख़ूब कड़ी धूप!!

आदमी सेकेंड टाइम की ड्यूटी पर था।

बरसात की दुपहरिया सूखी हुई होने के बावजूद उमस भरी थी। हर कोने से सीलन और गीलेपन की बू उठ रही थी। औरत ने बाहर बरामदे में जहाँ ख़ूब धूप थी, वहाँ तख्त डालकर उस पर गद्दे, तोशक, तकिये और घर भर के कपड़े सूखने के लिए डाल दिये थे।

फ़र्श ठंडा था। औरत ने टेबल फैन फ़र्श पर रख दिया और सुस्ताने लगी। पंखा पहलेपहल घरघराया फिर ख़ूब तेज-तेज चलने लगा। औरत ने अपनी चोटी खोल दी और पीठ पर लम्बें गहरे भूरे बाल फैला दिये। उसने छाती से आँचल हटाया और नंगे फ़र्श पर लेट गई।

चूहा उछलता हुआ आया और उसके बाएँ हाथ का ज़रूरत से ज़्यादा बढ़ा हुआ नाखून सूँघकर भाग गया।

वो लेटी हुई आसान ढंग से मुस्कराई।

औरत गहरी नींद में थी। पंखा ख़ूब तेज आवाज़ में घरघराया था। औरत चौंक कर उठी। बीच में शायद बिजली गुल हो गई थी। और अब दुबारा बिजली आई थी, तो पंखा शुरुआती घरघराहट कर रहा था। वो इतने गहरे सोई कि उसे बिजली गुल होने की ख़बर नहीं हुई थी। उसने घड़ी पर नज़र डाली। सवा तीन। दो-तीन उबासियों के बाद औरत ने आँचल को छातियों पर फैला लिया था।

औरत स्विच ऑफ करने उठी थी ताकि पंखे को उठाकर उसकी जगह पर रख दिया जाए और सन्नाक रह गई।

छोटा-सा बच्चा, टेबल फैन के जालीदार दो कवर जहाँ पर मिलते थे उनकी बीच वाली जगह पर फँसा पड़ा था। सहमी हुई औरत ने झट से स्विच ऑफ किया। तेजी से हनहनाता पंखा मद्धम पड़ गया। धीरे-धीरे रेंगती पंखुड़ियाँ थिरा गई थीं।

नन्हा चूहा शायद तब, जब बिजली गुल हुई थी, पंखे की जालियों पर चढ़ा खेल रहा होगा। अचानक बिजली आ गई होगी। उसकी परवल जैसी बीच से चिराई हुई देह जालियों में फँसी चिपकी हुई थी। सुतली जैसी पूँछ बाहर लटक रही थी और पपीते के बीज जैसी आँखें खुली थीं।

औरत चुपचाप बैठी रह गई थी, आदमी की वापसी तक।

बच्चे के दाँत में दर्द था।

बच्चा चायनीज डाक्टर के पास गया। डॉक्टर ने अच्छी तरह दाँत का मुआयना किया और कहा, "दाँत तो पूरी तरह सड़ गया है। ख़ूब दर्द हो रहा है न?"

बच्चा रिसिया गया। बच्चा सोचता था कि डॉक्टर उसके दाँत में से गोली जैसी कोई चीज़ निकलकर अपने दाँत में ठूँस ले, और तब बताए, "ओ माँ...! सच में! बिशो...न बेथा रे!!"

एशिया, आस्ट्रेलिया, अमेरिका, यूरोप, तमाम महाद्वीप, महासागरों के समानान्तर एक नन्ही दुनिया थी जहाँ पठार थे बस। औरत चूहे के साथ मिलकर धीरे-धीरे महासागरों के लिए गड्ढे खोदती रही थी। महासागर के लिए खुदते गड्ढों के अवशेषों से अवसादी चट्टानों के पहाड़ स्वयमेव तैयार होते जा रहे थे।

अब औरत अकेली पड़ गई थी, इसलिए डर भी गई थी।

औरत पिस्टल ढूँढ़ती थी।

उसे अन्दर कमरे की रैक के अँधेरे कोने में चूहे मारने वाली दवा मिल भी गई थी।

भाज्य में भाजक से भाग देते हुए एक दशमलव भर बिठाया था, और बेशक ख़ूब बड़ा भागफल मिलते हुए भी शेष शून्य हो जाता था।

कहीं कोई खट की आवाज़ नहीं होती थी।

आदमी की नींद टूट जाती थी। आदमी दो तकियों के बीच से टॉर्च निकलता था, जलाने को होता था, पर जलाता नहीं था।

वापस टॉर्च को दो तकियों के बीच ही रख देता था। चौकी, चार गुटकों पर रखकर ऊँची कर दी गई थी तथा खाट को उसके नीचे ठेल दिया गया था।

आदमी, देह से लिपटकर सोई हुई सुन्दर बंगाली लड़की का दायाँ हाथ सहलाता था और आहिस्ता से उसे चूम लेता था।

लड़की कुनमुनाई तक नहीं थी और बेसुध सोई रहती थी।

लेटे हुए खिड़की से बाहर झाँकने पर स्ट्रीट लाइट की पीली रोशनी के नीचे दूर तक जाती हुई सूनी पगडंडी दिखाई पड़ती थी।

आदमी को हर एकान्त में उस औरत की आख़िरी बात परेशान करने लगती है। औरत ने रोते हुए पीड़ा के साथ कहा था, "हम मरना नहीं चाहते...हम तो बस तुम्हें डराना चाहते थे!"

कोई अभ्यास नहीं था जी!!

बस कोई खट की आवाज़ नहीं होती थी।

और आदमी जाग जाता था।